dtv
premium

Ausführliche Informationen über
unsere Autoren und Bücher
finden Sie auf unserer Website
www.dtv.de

Jean-Paul Dubois

Der Fall Sneijder

Aus dem Französischen
von Nathalie Mälzer

Roman

Deutscher Taschenbuch Verlag

MIX
Papier aus verantwortungsvollen Quellen
FSC
www.fsc.org
FSC® C013736

Deutsche Erstausgabe 2014
edition manholt im dtv
Deutscher Taschenbuch Verlag GmbH & Co. KG,
München

Titel der französischen Originalausgabe:
›Le cas Sneijder‹
Für die deutschsprachige Ausgabe:

Umschlagkonzept: Balk & Brumshagen
Umschlaggestaltung: Wildes Blut, Atelier für Gestaltung,
Stephanie Weischer unter Verwendung
eines Fotos von gettyimages/Adrian Assalve
Gesetzt aus der Berling 10/14˙
Satz: Gaby Michel, Hamburg
Druck und Bindung: Kösel, Krugzell
Gedruckt auf säurefreiem, chlorfrei gebleichtem Papier
Printed in Germany · ISBN 978-3-423-24998-0

für Hélène
für Tsubaki, Louis und Arthur
und natürlich für Charlie, Watson und Julius

»Der rationale Teil unseres Gehirns wusste, dass Unfälle nichts weiter sind als Unfälle und dass sie nur die Absurdität und Nichtigkeit des Daseins beweisen, trotzdem legen wir gern ein Raster über alles, was uns umgibt; wir überkreuzen Vektorlinien, die stets zu uns, zum Ausgangspunkt oder zumindest zum archimedischen Punkt zurückkehren, der uns erlaubt, diese schwere, wirre, überladene Welt so weit anzuheben, bis sie eine handhabbare schematische Form annimmt.«

John Updike

Ich erinnere mich an alles, was ich je getan, gesagt oder gehört habe. An Menschen und Dinge, an Wesentliches genauso wie an Kleinigkeiten, und seien sie noch so winzig, trivial oder überflüssig. Unterschiedslos bewahre, horte, häufe ich an, ohne zu überlegen, und mute meinen Knochen und meiner Seele auf diese Weise eine schwere Bürde auf. Manchmal würde ich meinen Geist gern entlasten, mich von meiner Erinnerung befreien. Die Vergangenheit abtrennen, wie mit einem Hackbeil. Doch das bleibt mir verwehrt. Ich leide weder an Hypermnesie noch an einer dieser modernen Verhaltensstörungen, die sich mit Bromazepam auflösen. Ich glaube, ich weiß, was mir fehlt. Ich kann nichts vergessen. Es mangelt mir an der Fähigkeit, Dinge auszulöschen, an jener Fähigkeit, die uns von der Vergangenheit befreit. Nur wenn wir sie Jahr für Jahr zurechtstutzen, ihr eine erträgliche Form verleihen, halten wir sie in Schach. Dies ist die einzige Möglichkeit, gegen diese wuchernde und zerstörerische Speicherfunktion anzukämpfen. Aber ganz gleich, wie radikal unsere alljährlichen Beschneidungen auch sein mögen, am Ende wird unser Gedächtnis uns unaufhaltsam ersticken wie ein rankender, alles verschlingender Efeu.

EINS

Seit Dienstag, dem 4. Januar 2011, müsste ich tot sein. Und doch bin ich hier, bei mir, in diesem Haus, das mir allmählich immer fremder wird. Ich sitze allein am Fenster und denke an unendlich viele Einzelheiten zurück, an all jene kleinen Dinge, die der Zufall sorgfältig zusammengetragen hat und dank derer ich an jenem Tag überlebt habe. Wir waren zu fünft in der Kabine. Ich bin der einzige Überlebende.

Der Unfall ereignete sich Punkt 13:12 Uhr. Durch den Aufprall ist meine Uhr stehen geblieben. Seitdem ich das Krankenhaus verlassen habe, trage ich sie an meinem rechten Handgelenk. Stumm begleitet sie mich überall hin, und wenn zuweilen das Ziffernblatt unter meinem Hemdärmel hervorschaut, erinnern mich der stehen gebliebene Oszillator, die erstarrte Unruh und der eingefrorene Sekundenzeiger daran, wie spät es wirklich ist und wohl in jeder Minute bleiben wird, bis an mein Lebensende.

Doch bevor ich von diesem 4. Januar erzähle, muss ich auf ein Ereignis zu sprechen kommen, das sich am Abend des 3. ereignet hat und mich seitdem verfolgt wie ein Schatten, der nicht zu mir gehört.

An jenem Abend stand ich in der Küche, kochte Nudeln mit Pesto und beobachtete, wie der Garten allmählich zuschneite und sich auf dem Fensterbrett eine watteartige weiße Schicht bildete. Aus dem Fernseher schallten Nachrichten, die sich in den duftenden Basilikumschwaden verloren. Da wurde meine Aufmerksamkeit auf die Bilder einer ungewöhnlichen Reportage gelenkt. Männer in weißen Anzügen, die Schutzhandschuhe trugen und deren Gesichter mit einer Gasmaske bedeckt waren, sammelten in den Straßen und auf den Häuserdächern einer Ortschaft tote Vögel auf. Mit Greifzangen hoben diese Totengräber die kleinen Kadaver auf, höchst vorsichtig, als würden sie mit giftigen Stoffen hantieren, und warfen sie mit spitzen Fingern in schwarze Plastiksäcke. Die Szene spielte sich in Beebe, Arkansas, ab, einem Ort mit fünftausendsechshundert Einwohnern. Über fünftausend herabgestürzte Vögel wurden gefunden. Fast einer pro Einwohner. Die Katastrophe hatte sich nachts ereignet. Die Leute hatten seltsame Geräusche gehört, ein Knallen auf den Dächern, als würde jemand Steine auf die Dachziegel werfen. Einige waren vor die Tür getreten und hatten die vom Himmel gefallenen Vögel entdeckt: Rotschulterstärlinge.

Am nächsten Morgen lagen überall tote Vögel. Und die Einwohner, die verstört zwischen den aufgereihten Kadavern umhergingen, wussten nicht, was sie sagen oder denken sollten. Es war ein lähmender, schmerzhafter Anblick, er erinnerte an *Magnolia*, den Film von Paul Thomas Anderson, in dem ein Krötenregen auf Los Angeles niederprasselt – gewiss in Anspielung auf eine der sieben ägyptischen Plagen, einer jener närrischen Strafen Gottes. Aber diesmal gab es weit und breit kein Froschtier und auch keine sündige Tat, die man Beebe, Arkansas in jener Silvesternacht hätte zum Vorwurf machen können. Die Experten vor Ort mutmaßten, dass die fünftausend Rotschulterstärlinge aufgrund eines emotionalen Schocks umgekommen waren, der durch das gezündete Feuerwerk verursacht worden wäre. Bei der Fortsetzung der Geschichte kamen sie jedoch in Erklärungsnot. Der Journalist berichtete, man habe am selben Tag, nur knapp hundert Kilometer von Beebe entfernt, hunderttausend tote Fische in den Gewässern des Arkansas treiben sehen. Auch sie gehörten alle ein und derselben Spezies an: dem Roten Trommler.

Die Bewohner des Ortes warfen sich verstörte Blicke zu, sie gingen die Hauptstraße auf und ab, stupsten hin und wieder mit der Fußspitze gegen eines der toten Tiere und hoben den Blick gen Himmel, als erhofften sie sich von dort eine wundersame Erklärung für all die toten Kreaturen, die vom Himmel gefallen waren oder die der Fluss angeschwemmt hatte.

Da trat Anna in die Küche und sah, wie ich gebannt vor dem Bildschirm saß, diese aus den Fugen geratene Welt betrachtete, Vogelleichen zählte und das Federkleid der Tiere untersuchte, auf der Suche nach einem Grund für das, was sich ereignet hatte und wahrscheinlich niemals einen Sinn ergäbe. Außer vielleicht für mich. Denn die Bilder dieses schicksalhaften Herabstürzens deuteten mit unschuldig-prophetischer Kraft darauf hin, was sich am nächsten Tag ereignen sollte.

»Was machst du da?«

Als wäre ich bei etwas Verbotenem ertappt worden, zuckte ich stumm mit den Achseln und kehrte zurück an meinen Nudeltopf. Ich verspürte nicht die geringste Lust, meiner Frau die Einzelheiten dieser Geschichte zu erzählen, zumal ich wusste, dass sie sich nicht dafür interessieren würde.

Anna ist holländischer Herkunft, genau wie mein Vater. Da sie mit beiden Beinen fest auf dem Boden steht und ein ebenso geradliniger wie praktisch veranlagter Mensch ist, hat sie ganz selbstverständlich einen mächtigen Einfluss auf unsere Entscheidungen. Zudem brüstet sie sich damit, stets genau zu wissen, was das Richtige für uns ist, und lässt es einen bei jeder Gelegenheit spüren. Ihr autoritäres Verhalten hängt sicherlich auch mit ihrer Führungsposition bei Bell Canada zusammen. Dieses große Telekommunikationsunternehmen hat sie 2004 zur Leiterin des Spracherkennungslabors gemacht; die Stelle war deutlich lukrativer als der Posten, den sie zuvor in Frankreich bekleidet hat. Sie arbeitet auf dem *Campus Bell* in Montreal, in einem der neuen Gebäude, die das Unternehmen auf der Ile des Sœurs errichtet hat – ein reiches, florierendes Monaco am Ufer des Sankt-Lorenz-Stroms, gleich hinter der Champlain-Brücke. So belanglos diese topographischen Details im Augenblick auch scheinen mögen, sie werden zu gegebener Zeit noch ihre Bedeutung entfalten.

Ehrlich gesagt habe ich nie begriffen, welcher Tätigkeit meine Frau genau nachgeht, auch nicht, welche Aufgaben sie im Einzelnen zu erfüllen hat. Jedes Mal, wenn ich sie darauf anspreche, hält sie mir einen rätselhaften Vortrag, dem ich nur entnehmen kann – aber dafür lege ich meine Hand nicht ins Feuer –, dass am Ende einer asymptotischen Kurve schwer verständliche Begriffe aufeinander zustreben, ohne je einander zu berühren; Begriffe wie »reflexiver Wettbewerb« und »friktionelle Solidarität«. Wenn ich es daraufhin wage zu fragen, was sich hinter diesen Begriffsungetümen verbirgt und worin ihre Forschung im Bereich der Spracherkennung denn besteht, wird Anna stets sehr ungehalten, weil ich so wenig von Technologie und von der Welt des Managements verstehe. Dann tadelt sie mich für meine archaische Beschränktheit, deretwegen ich wohl für immer aus der Welt der *High Potentials* ausgeschlossen bliebe.

Vermutlich werde ich nie herausfinden, was es mit dieser Welt der *High Potentials* auf sich hat, außer dass es dort vermutlich nur so wimmelt von Topmanagern und Corporate Leadern, die die Spieltheorie und die Kalkulation von Kuppelprodukten praktizieren. Ich vermute, Anna bereitet es sogar ein gewisses Vergnügen, mich spüren zu lassen, dass wir in beruflicher Hinsicht auf völlig unterschiedlichen Planeten leben. Sie hält sich für ein Mitglied der postmodernen Aristokratie, während ich mit meinen äußerst begrenzten Kapazitäten am untersten Rand der Unterschicht herumkrebse. In mancherlei Hinsicht hat Anna sogar recht. Wir leben in zwei unvereinbaren Welten. Als sie mich an jenem Abend des 3. Januar vor dem Bildschirm ertappte, während sich draußen der Schnee wie eine dämpfende Decke über die Geräusche der Stadt legte, fühlte ich mich außer Stande, die Ereignisse auch nur mit einem Wort zu erwähnen. Und erst recht nicht, dass sich weiter im Süden Tausende hochsensibler Vögel mit purpurfarbenen Schulterklappen in den ersten Stunden des neuen Jahres verabredet hatten, um an einem Ort zu sterben, der bis dahin kaum auf der Landkarte existiert hatte.

Ich heiße Paul Sneijder und bin gerade 60 Jahre alt geworden. Mein Vater, Bastiaan, wurde in Scheveningen geboren, einem Stadtteil von Den Haag, direkt an der Nordsee. Seit Generationen bauen die Sneijders hübsche Kanalboote mit stählernem Rumpf. Dank ihres geringen Tiefgangs kann man damit problemlos die Brücken der zahllosen holländischen Wasserkanäle unterqueren. Die Sneijder Fabriek liegt am Hafen, gleich neben anderen Werkstätten. In diesem kleinen Unternehmen waren immer nur Familienmitglieder angestellt. Die vier Brüder meines Vaters blieben auf der Werft und hielten an der Metallverarbeitung und der Familientradition fest, während mein Vater als Einziger aus Scheveningen fortging. Das Hantieren mit den Lötkolben erschien ihm offenbar wenig verlockend, und so verließ er als Volljähriger die Werkstatt und ging in den Süden. Nachdem er mehrfach in Frankreich umhergezogen war, ließ er sich am Ende in Toulouse nieder – wie ein Schlittenhund, der sich vor dem Hinlegen ein paar Mal um die eigene Achse dreht. Dort lernte er gründlich Französisch, eine Sprache, die er bis zu seinem Tod mit einem so starken batavischen Akzent sprach, dass man ihn oft für einen Deutschen hielt. Dank seiner Kenntnisse im Bereich der Metallverarbeitung fand er schnell einen Posten in einem Subunternehmen des Flugzeugbauers Latécoère. Später wurde er bei Sud Aviation, der heutigen Aérospatiale, als Werkstattleiter eingestellt, wo er Bauteile für die Caravelle fertigte – ein von ihm hochgradig verehrtes Flugzeug –, ja sogar für die Concorde, über die er jedoch nie ein gutes Wort verlor. Er gehörte zu den wenigen Angestellten, die dieses Überschallflugzeug regelrecht verachteten, weil es seiner Ansicht nach hässlich, laut und vor allem zu kompliziert war. In Fragen der Luftfahrttechnik vertrat mein Vater eine radikale Theorie, die auf seiner Erfahrung im Schiffbau gründete: »Das Bessere ist der Feind des Guten«, pflegte er stets zu sagen und fügte hinzu: »Bei dieser auf- und absteigenden Nase, diesem Rumpf, der sich bei hoher Geschwindigkeit wie ein Kaugummi auseinanderzieht, und all dem anderen technischen Schnickschnack gewinnt man den Eindruck, dass dieses Flugzeug in erster Linie gebaut wurde, um Ingenieuren eine Freude zu machen, aber ganz gewiss nicht, um Passagiere zu befördern.«

Da sich Bastiaan Sneijder selbst in der Firma zu solch lästerlichen Bemerkungen hinreißen ließ, erhielt er von seinen Vorgesetzten lange Zeit schlechte Beurteilungen und wurde von den Gewerkschaften öffentlich kritisiert. Bei diesen heiklen Angelegenheiten, wie übrigens auch in allen anderen Bereichen, stand ihm jedoch Maria Landes, meine Mutter, die von den Leuten des Viertels respektvoll Frau Doktor genannt wurde, mit Rat und Tat zur Seite.

Mit achtzehn war die Tochter von Landwirten, die weder Geld noch Beziehungen hatte, nach Toulouse gekommen, um ein Medizinstudium aufzunehmen. Damals wurde sie als eine Anomalie der Gesellschaft angesehen, als eine schamlose Provokation der unerschütterlichen Ordnung in einer Fakultät, wo der Beruf des Arztes seit Generationen vom Vater auf den Sohn vererbt wurde, ohne dass irgendjemand daran Anstoß nahm. Nie verlor meine Mutter auch nur ein Wort über die Verachtung und Missbilligung, die ihr während ihres Studiums entgegengeschlagen war. Und ebenso wenig darüber, wie sie es finanziert hatte. Es war, als hätte sie die Erinnerung an diese Jahre in einer Art Schatztruhe verschlossen, deren Schlüssel sie in einen tiefen Fluss geworfen hatte. So wurde sie selbst zur Gefangenen ihrer Erinnerungen, von denen sie sich nie befreien konnte und deren schwere und erstickende Last sie bis ans Ende ihrer Tage mit sich trug.

Dass Maria Landes eines Tages meinem Vater begegnete, war nur folgerichtig, sofern man den Zufall als eine Macht versteht, die aufmerksam und wohlwollend in unser Schicksal eingreift. Die Geschichte ist ganz einfach: Bastiaan Sneijder, der es sich als guter Holländer nicht nehmen ließ, alle Wege stets mit dem Fahrrad zurückzulegen, wurde eines Tages von einem Auto angefahren und in die Notaufnahme des Krankenhauses Purpan gebracht, wo meine Mutter seit jeher auf ihn gewartet hatte. Sie nähte seine Wunden, setzte seinen Oberarmknochen wieder zusammen und fand Gefallen an diesem niederländischen Patienten, der wie ein Bajuware klang; im Jahr darauf heiratete sie ihn, eröffnete kurze Zeit später ihre Praxis in unserer Wohnung und hieß fortan für uns und das gesamte Viertel der Colombette nur noch Frau Doktor.

Mein Vater hat mir oft erzählt, wie gerührt er an jenem Tag war, als er für seine Frau das Messingschild am Säuleneingang anbrachte: »Maria Sneijder, Allgemeinmedizin, Sprechstunde von 14:00 bis 19:00 Uhr.«

Bei diesen beiden bescheidenen, herzensguten und klugen Menschen wuchs ich also auf – in einer sehr stillen Wohnung, der nur das Kommen und Gehen der Patienten ein wenig Leben einhauchte. So ohne Geschwister fühlte ich mich ein wenig wie eine Waise, zumal mein einziger Zimmergenosse ein Prachtfink war, der in seinem Käfig vor lauter Langeweile regelmäßig einging und den mein Vater unermüdlich ersetzte, als sei nichts dabei.

Es kommt mir manchmal so vor, als hätte meine Kindheit Jahrhunderte gedauert. Die gleichförmig faden Tage zogen in süßer Trägheit vorbei. Ich könnte sagen, dass ich mich an jeden einzelnen erinnere. An das Klopfen der gusseisernen

Heizung im Winter, wenn die Gastherme ansprang. An das schüchterne Klingeln, das die Patienten ankündigte, und an das doppelte oder dreifache Klappen der Eingangstür, deren Holzrahmen verzogen war und die daher nicht mehr richtig schloss. An diesen unglaublichen Geruch im Sprechzimmer meiner Mutter, eine Mischung aus Kampfer und anderen, weniger klar erkennbaren Medikamenten. An den der Küche, die nur selten nach Küche roch, außer wenn mein Vater beschloss, eine seiner gefürchteten *Erwtensoepen* zuzubereiten, einen sämigen Erbseneintopf mit Schweinefleisch und Räucherspeck, an dem man regelrecht erstickte. Es gibt so vieles, das ich nicht vergessen habe, etwa den Kristallaschenbecher auf einer Ecke des Schreibtischs, denn damals rauchten Ärzte und Patienten noch während der Sprechstunde.

All diese unnützen und flüchtigen Dinge sehe ich vor mir, sie sind derart präsent und lebendig, dass ich sie fast berühren, in meiner Hand halten und von allen Seiten betrachten könnte, wie das zerbrechliche Modell einer verschlafenen Welt.

Auch weiß ich noch, wie mir damals bewusst wurde, dass die Einsamkeit meiner Eltern meiner eigenen in nichts nachstand. Außerhalb ihrer Arbeit trafen sie sich fast nie mit Freunden und luden auch niemanden zu sich ein. Allmählich begriff ich, dass die gesellschaftlichen Klassen hermetisch voneinander getrennt waren. Folglich gingen Ärzte nur selten bei Arbeitern zu Abend essen. Und mein Vater war einer. Lag es an seiner bescheidenen Herkunft oder an seinem unabgeschlossenen Studium, dass meine Mutter nie wagte, dieses Tabu zu brechen? Jedenfalls hat kein einziger Kollege meiner Mutter je bei uns am Tisch gesessen.

Letztlich bin ich davon überzeugt, dass sich weder Maria noch Bastiaan an diesen Lächerlichkeiten stießen. Jahraus, jahrein gab sie zufrieden ihre Sprechstunden, während er vergnügt schimpfend in die Fabrik ging; und in der restlichen Zeit, denke ich, liebten sie sich einfach.

Ich kann nicht behaupten, dass mein Gefühlsleben ebenso einfach und harmonisch wäre. Ich würde sogar sagen, es schwankt ständig zwischen Chaos und Verwirrung. Zweimal habe ich geheiratet. Was noch kein Beweis ist. Meine erste Lebensgefährtin hatte einen kaum aussprechbaren und nicht leicht zu tragenden Vornamen: Gladys. Gladys Valence. Ich rede von ihr in der Vergangenheitsform, denn sie ist im Jahr 2000 in der Silvesternacht gestorben. Man fand sie tot am Steuer ihres alten Cabriolets mit über dreieinhalb Promille im Blut. Der Wagen war offenbar nach einem Ausweichmanöver von der Straße abgekommen und in einen eiskalten Teich gestürzt, wo er bis zur Hälfte versank. So entdeckte man Gladys, bis zur Taille im Wasser, die Hände am Lenkrad – Herzstillstand wegen Unterkühlung. Als ich die Nachricht erfuhr, war ich erschüttert, aber keineswegs überrascht. Soweit ich mich erinnern konnte, hatte ich Gladys während unseres gemeinsamen Lebens kein einziges Mal nüchtern gesehen. Und das ist kein bloßer Spruch. Seit dem Tag unserer Begegnung bis zu dem unserer Trennung habe ich sie immer nur mit einem Glas in der Hand gesehen, ganz gleich ob sie sprach, telefonierte, las oder arbeitete. Sie war eine unglaublich intuitive Frau, sensibel in der Wahrnehmung des Lebens, originell, zerstörerisch und selbstmörderisch, eine Frau, die sich stets in der Vorhölle des Alkohols aufhielt. Sie trank maßlos, aber, wie ich sagen muss, mit einer gewissen Eleganz, ohne je das geringste

Anzeichen von Kontrollverlust oder Trunkenheit zu zeigen. Wir waren uns bei einem unsympathischen Violinisten des Orchestre National du Capitole begegnet, mit dem sie mehr oder weniger was am Laufen hatte. An diesem Abend wurde ich Zeuge, wie der große Künstler nach einer langen und ergreifenden Lobrede auf sich selbst volltrunken in einem Ledersessel zusammenbrach, während die B&O-Lautsprecherboxen sich bemühten, einige Mitschnitte seiner Konzerte originalgetreu wiederzugeben. Ich glaube nicht, dass der Virtuose Gladys Valence je wiedergesehen hat. Vor ihrem Aufbruch verschwand sie ein letztes Mal in seiner Küche, um ein frisches Stück Butter der Marke Besnier in der Innentasche ihres Designerkostüms verschwinden zu lassen.

Damals war ich 24 Jahre alt und hielt mich mit Gelegenheitsjobs über Wasser, die ich nach Lust und Laune und je nach Bedarf auswählte. Meine Begegnung mit Gladys warf dieses sorglose Leben gründlich über den Haufen. Innerhalb weniger Wochen verwandelte ich mich in einen verantwortungsbewussten Mann und nahm eine Anstellung in einem Unternehmen an, das auf Verbraucherumfragen spezialisiert war. Als Gladys schwanger wurde und im selben Rhythmus ein Glas nach dem anderen in sich hineinkippte, machte ich mir größte Sorgen um unser Kind und begriff im Verlauf unserer Dispute, dass unser gemeinsames Leben schon bald wieder zu Ende wäre. Als meine Mutter, die Frau Doktor, mir einige Tage nach der Geburt des Babys mitteilte, dass es sich bester Gesundheit erfreue und alle Untersuchungsergebnisse gut seien, waren meine Ängste plötzlich wie weggeblasen. Ich hatte eine Tochter. Sie war, gesund und munter, am selben Tag wie ich zur Welt gekommen. Ein kleines Wunder. Sie hieß Marie.

Zwei Jahre später wurden Gladys und ich geschieden. Wir trennten uns einvernehmlich und ohne Streit; meine Frau rechnete es mir hoch an, dass ich während des Prozesses nie auf ihren Alkoholismus zu sprechen gekommen war, etwa damit man ihr das Sorgerecht für unsere Tochter entzöge. Wenn ich heute daran zurückdenke, insbesondere an all den Hass gegen Gladys, der sich die ganzen Jahre in mir angestaut hatte, weil sie das Leben unseres Kindes gefährdet hatte, finde ich es ausgesprochen grausam vom Schicksal, dass es fünfunddreißig Jahre später – nach dem Tod der Mutter – mir, einem vorbildlichen und stets nüchternen Mann, die ungeheuerliche Aufgabe übertragen hat, unser Kind in den Tod zu fahren.

Manchmal fällt es mir schwer, es zuzugeben, aber trotz der vielen Jahre fehlt mir Gladys noch immer, besonders seit sie nicht mehr am Leben ist. So unerklärlich es scheinen mag, aber ihre unkonventionelle und zugleich stilsichere Art, durchs Leben zu gehen, ihre völlige Desillusioniertheit und Hoffnungslosigkeit und auch ihre Aufrichtigkeit haben mir gleichsam jenen Mut und jene Kraft gegeben, an denen es mir heute so oft mangelt. Anna, meine zweite Frau, stellt in mancherlei Hinsicht das Gegenteil der ersten dar. Es ist ihr nie gelungen, mich aufzuwühlen oder meinen Widerspruchsgeist zu wecken, wäre es auch nur gegen mich selbst. Vermutlich ist sie zu konventionell, womit ich sagen will, dass ihre Gedanken stets dem Zeitgeist entspringen, sie in ihrer Wandlungsfähigkeit immer mit der Mode geht und opportunistisch genug dem Mainstream folgt, diesem mächtigen und dunklen Strom, der sie nach Kanada fortgerissen hat und seitdem in dem Glauben belässt, sie bewege sich in einer Welt der *High Potentials*. Ich sage das ganz ohne Groll. Aber mein niemals ruhendes Gedächtnis erinnert mich regelmäßig daran, wie sehr Gladys mir seit ihrem Tod ans Herz gewachsen ist, während Annas Gestalt, so lebendig und präsent sie auch sein mag, im Laufe der Jahre allmählich verblasst.

Etwa drei Jahre nach meiner Scheidung habe ich Anna Keller geheiratet. Mein Vater, der Gladys mit all ihren Schwächen liebte – in ihrer Gesellschaft trank er gern ein oder zwei Gläser –, zeigte sich gegenüber meiner neuen Lebensgefährtin reserviert. Eines Tages sagte er in einem Ton, in dem keinerlei Bewunderung mitschwang: »Sie wird ihren Weg machen.« Aus Gründen, die gewiss mit unserer Geschichte, unserer Herkunft und der Unerbittlichkeit des Gedächtnisses zusammenhängen, hat in unserer Familie keiner je besonderen Gefallen am Ehrgeiz gefunden, diesem dunklen Trieb, diesem seltsamen Durst der Seele. Und so dauerte es nicht lange, bis der Mann aus der Sneijder Fabriek begriff, dass er mit dieser jungen Frau bestenfalls ein paar Höflichkeiten auf einer Cocktailparty austauschen könnte. Ich erinnere mich noch an ein Gespräch, bei dem sich mein nicht sonderlich geselliger Vater bemühte, Interesse an den Zukunftsplänen seiner Schwiegertochter zu heucheln.

»Was für einen Abschluss haben Sie noch einmal gemacht?«

»Einen Doktor in Mathematik, ein Statistikdiplom und einen weiteren Abschluss im Bereich Management und strategische Entscheidungen.«

»Aha, also auch strategische Entscheidungen …«

»Kennen Sie sich damit aus?«

»Nein. Aber ich kann mir vorstellen, dass da viel Arbeit drinsteckt.«

»Ja, unglaublich viel Arbeit.«

»Sehr schön.«

Ich denke, diese wörtliche Wiedergabe des Gesprächs zeigt ganz gut, wie viel diese beiden Menschen sich zu sagen hatten. Kurze, fleischlose Dialoge. Ein höfliches Morsen. Meine Mutter bemühte sich ihrerseits, einen herzlichen Umgang mit Anna zu pflegen, aber ich kannte Frau Doktor zu gut, um nicht zu sehen, dass sie sich bei allem Bemühen, die sogenannte Familie zusammenzuhalten, nur aus Anstand vertraulich gab. Im Übrigen sollte sich unser kleiner, ein wenig angeschlagener Familienkreis mit der Geburt der Zwillinge, Hugo und Nicolas, schon bald erweitern.

Die beiden Jungs glichen sich nicht nur aufs Haar, sondern waren obendrein der männliche Klon ihrer Mutter. Diese Tatsache sollte eine unerwartete Wirkung auf mich haben: Ich fühlte mich ausgeschlossen, ins Abseits gedrängt, um meine Vaterrolle betrogen. In dieser neuen Familie, das spürte ich in jedem Augenblick, gab es auf der einen Seite die Jungs und ihre Mutter, die Kellers, und auf der anderen mich, ein zugelassenes Faktotum, ein Genlieferant mit Führerschein, um die Personenbeförderung zu erleichtern. Sicherlich haben meine Söhne schnell begriffen, dass ihre Mutter, eine *High Potential* und Expertin auf dem Gebiet der strategischen Entscheidungen, der einzig akzeptable Gesprächspartner in diesem Haus war. Sie erkannten sich in ihr wieder und sie sich in ihnen.

Nach der Geburt der Kinder bekam meine Frau bei Motorola Halbleiter in Toulouse einen angemessenen Posten. Und ich, da ich keinen Abschluss hatte, hangelte mich unterdessen bei der Telekom von einem Job zum anderen; anfangs arbeitete ich im Kundendienst, dann war ich für die Bereitstellung der Anschlüsse zuständig. Bis zu unserem Eintreffen war der Kunde ein hilfloses Wesen, ganz auf sich allein gestellt und von allem abgeschnitten – doch sobald unsere Aufgabe erledigt war, überkam ihn ein Gefühl der Dankbarkeit, nun ein achtbarer Kunde zu sein, der dank eines kleinen Kabelendes endlich mit der Welt verbunden, oder genauer, an sie gebunden war. Tagsüber beschäftigte ich mich also mit Dreileiterkabeln. Und nachts komponierte ich Jingles für regionale Rundfunkstationen und Werbesender. Ich hatte mir im Haus ein kleines Studio eingerichtet, das aus einem vierspurigen Tonband der Marke Revox und zwei Korg Analog-Rechnern bestand, die ich als Klangerzeuger verwendete. Nach wenigen Jahren hatte ich bereits über fünfzig Jingles an den Mann gebracht, wenn auch die meisten nur mittelmäßig waren. Eines wurde ein Jahr lang als Telefon-Warteschleife im nationalen Netz der P&T verwendet. Ich mochte diese entspannende Arbeit, bei der nichts auf dem Spiel stand und die es mir erlaubte, mein Gehalt aufzubessern. Doch meine Söhne interessierten sich nicht für meine kleine Soundwerkstatt, sie schenkten ihr ebenso viel Beachtung wie einer leeren Zollstation. Kein einziges Mal stellten sie mir die geringste Frage über den Sinn oder Unsinn meiner Arbeit. Und wenn ich ihnen am Telefon stolz die kleine Tonfolge vorspielte, die P&T mir gerade abgekauft hatte, reichten sie sich kurz den Hörer weiter und legten dann mit den Worten auf: »Es klingt wie immer.« An dem Tag spürte ich, dass es mir nie und nimmer vergönnt sein würde, meine Söhne zu lieben.

Marie zu lieben war auch nicht einfach. Dabei war sie das Gegenteil eines gleichgültigen oder komplizierten Kindes. Sie strahlte immer, war zärtlich, interessierte sich für jedes kleinste Detail auf der Welt und war eine wahre Quelle des Glücks. Sie wirkte beruhigend auf mich und versprühte dieselben Lebensfunken, die ich manchmal in den Blicken ihrer Mutter gesehen hatte. Doch das alles wurde mir, aus unerklärlichen familiären Gründen, denen ich mich beugen musste, geraubt.

Eine beschämende Geschichte, bei der es um Traumatisierungen, Misshandlungen und Jugendkonflikte zwischen Anna, ihrer Halbschwester, die ich nie kennengelernt habe, und der zweiten Frau ihres Vaters geht. Dieses Gefühlschaos, dieser weibliche Groll führte dazu, dass Anna eines Tages den Wunsch äußerte, unsere Familien sollten fortan hermetisch voneinander getrennt leben. Die Zwillinge würden Marie nicht mehr zu Gesicht bekommen – und man würde sie auch nicht mehr im Haus empfangen. Anna wusste, wie sehr sie mich damit erschütterte, doch sie blieb unnachgiebig. Es stand mir jedoch frei, meine Tochter so oft zu treffen, wie ich wollte, solange diese Treffen außerhalb unserer vier Wände und in Abwesenheit unserer Söhne stattfanden. Im Klartext sollte meine Vergangenheit mit Gladys, und sei es auch nur in der zarten Verkörperung unserer Tochter, nie wieder die Schwelle unserer Tür überschreiten. Ich erinnere mich noch gut, wie mir dieses Ultimatum schlichtweg den Atem raubte.

»So etwas kannst du nicht von mir verlangen.«

»Doch, sehr wohl. Und ich lege größten Wert darauf, dass diese Anweisung strikt befolgt wird.«

»Aber das ist doch Irrsinn. Was haben Marie und Gladys mit der Vergangenheit deiner Familie zu tun?«

»Gladys hat nichts damit zu tun. Ich möchte nur nicht ein zweites Mal durchmachen, was ich als Kind erlebt habe. Ich lasse nicht zu, dass sich die Geschichte meines Vaters wiederholt.«

»Was für eine Geschichte? Es gibt keine Geschichte. Marie kommt uns am Wochenende besuchen, sie spielt mit ihren Brüdern und kehrt anschließend zurück zu ihrer Mutter. Das bereitet doch keinem ein Problem.«

»Und ob.«

»Herrgott noch mal, was denn für eins?«

»Ich will und kann nicht darüber sprechen. Basta. Ich fühle mich nicht in der Lage, noch einmal über all das zu sprechen. Ebenso wenig wie über meinen Vater, meine Schwiegermutter oder meine Halbschwester.«

»Du willst nicht, dass Marie herkommt.«

»Ganz genau.«

»Ich hoffe, du weißt, was du da sagst. Ist dir klar, dass das, worum du mich bittest, unmenschlich, idiotisch und völlig sinnlos ist.«

»Ich weiß, aber es ist mir lieber so.«

So kam es, dass ich gut zwanzig Jahre lang an jedem Freitagabend das Haus verließ, um meine Tochter bei Gladys abzuholen und das Wochenende mit ihr bei meinen Eltern zu verbringen. Dasselbe galt für Weihnachten, für manche Ferien und die Geburtstage. Während ich dies schreibe, werden mir die Absurdität und der Aberwitz dieser Situation sowie der Abgrund, der zwischen mir und Anna aufgeklafft ist, in ihrem ganzen Ausmaß bewusst. Ich habe oft daran gedacht, einfach abzuhauen und mir ein anderes Leben aufzubauen. Das wäre zwar bestimmt genauso mittelmäßig gewesen wie dieses hier, aber wenigstens hätte ich es mit eigenen Händen erschaffen – ein Leben, in dem meine Tochter und ich es nicht nötig gehabt hätten, uns heimlich zu treffen. Aber einige vorgeschobene Gründe und vor allem meine Feigheit, dieses erbärmliche Übel, ließen mich davor zurückschrecken, und so wurde mir klar, wie unglaublich leicht wir uns in inakzeptable Situationen fügen. Und jeder spielte seine Rolle. Anna verschanzte sich hinter ihrer Arbeit und ihren Zwillingen und tat, als sähe sie nicht, was für ein grausiges Drama sie uns aufzwang. Hugo und Nicolas ergriffen nicht etwa Partei für ihre Schwester, sondern hüllten sich in schuldbewusstes Schweigen und senkten den Blick, als würde sie das alles nichts angehen. Gladys war angesichts von so viel boshafter Dummheit einfach nur empört und verfluchte Anna hundertmal, bevor sie beim dritten Glas allmählich vergaß, dass sie überhaupt existierte. Meine Eltern, deren Haus gegen ihren Willen in ein Bed & Breakfast verwandelt wurde, hielten sich mit Verurteilungen zurück und waren bemüht, diesen Exilwochenenden den Anschein eines angenehmen Familienrituals zu verleihen. Und was meine Wenigkeit betrifft, so weiß ich seit damals, was von mir zu halten ist, aber ich vermeide, so gut es geht, mir über das Thema den Kopf zu zerbrechen.

So lebten wir vor uns hin, eine auseinandergerissene Familie, Festlandfranzosen mit ihren Leasingautos, auf den Rolltreppen des Fortschritts – ein paar Gesellschaftsstufen hinauf und dann wieder hinunter; wir zehrten die Lebensversicherung unserer Eltern auf, nachdem wir sie zu Grabe getragen hatten, und sahen zu, wie unsere Kinder heranwuchsen und die Jahre davoneilten, wie eine Herde Kühe, die dem Zug so lange nachblickt, bis er vorübergefahren ist.

Anna und ich zogen 2004 von Toulouse nach Quebec. Ein einzigartiges Angebot, das, wie meine Frau mir erklärte, man einfach nicht ausschlagen konnte. Zu dem Zeitpunkt waren die Zwillinge fünfundzwanzig, Marie war vier Jahre älter, meine Eltern waren tot, und ich hatte nur einen kleinen Angestelltenjob und ein paar Jingles in die Waagschale zu werfen. Also zogen wir nach Montreal, ohne die Kinder, die bereits damit beschäftigt waren, ihr eigenes Leben zu entwerfen.

Ein hübsches Haus mit hellem Parkett, weiß lackierten Türen und Fensterrahmen sowie drei Schlaf- und einem Arbeitszimmer im ersten Stock, in der Avenue des Sorbiers, gleich am Parc Maisonneuve mit dem Botanischen Garten und dem Olympiastadium. Dort leben wir. In einem nicht allzu schicken Viertel, recht weit entfernt vom Stadtzentrum, doch bietet es mir die Gelegenheit, nach nur wenigen Schritten in dem schönsten japanischen Garten des Landes spazieren zu gehen. Ich gehe oft dorthin, verbringe gern meine Zeit darin, selbst wenn es schneit oder sehr kalt ist.

Ehrlich gesagt, habe ich mich nie mit dem Winter hier abfinden können, und auch nicht mit der Kürze der anderen Jahreszeiten. Seit sechs Jahren versuche ich nun, mich an die vielen Schneevarianten und an das Familienklima zu gewöhnen, das mir manchmal ebenso frostig erscheint wie das Wetter.

Bis zum 4. Januar dieses Jahres arbeitete ich in der Vertriebsabteilung der SAQ, Société des Alcools du Québec.

Diese aus der Commission des Liqueurs du Québec hervorgegangene und in den zwanziger Jahren eingerichtete öffentliche Institution sollte damals, also zur Zeit der Prohibition, den Spirituosenvertrieb kontrollieren. Sie ist bis heute der einzige Vertrieb, der in Québec Wein und Schnaps verkaufen darf. Da ich mich recht gut mit den französischen Weinanbaugebieten auskenne, wurde mir die quasi hauswirtschaftliche Aufgabe übertragen, bei den sturköpfigen Winzern des Burgund, den ausgefuchsten Weinbauern des Bordelais, drei kooperativen Kooperativen des Languedoc und einigen geschickten »Panschern«, die sich auf die Verarbeitung von Weintrauben aus allen möglichen Regionen spezialisiert hatten, vorteilhafte Konditionen auszuhandeln. Dieser Job, den ich Annas einflussreichen Beziehungen verdankte, bot sich mir zu einem Zeitpunkt, da ich kurz davor stand, mich vor lauter Verzweiflung von der Nationalen Energiegesellschaft *Hydro Québec* als Stromableser einstellen zu lassen. Wie das Verwaltungsdokument unter dem Stichpunkt »Ihre Rolle« erläuterte, hätte meine Arbeit darin bestanden, »verschiedene Zählertypen mithilfe spezieller Geräte abzulesen, den Zustand der Zähler zu prüfen, Fälle von Stromdiebstahl aufzuspüren und anzuzeigen, Kundenfragen zu beantworten und sie, wenn nötig, an die entsprechende Abteilung zu verweisen«. Das Einzige, was ich mir beim Lesen dieser Notiz merken konnte, war folgender Einschub, jener kleine Nebengeschmack, der im Mund zurückbleibt, wenn alles andere bereits vergessen ist: »wenn nötig«. Ich stellte mir den Verfasser dieses Textes vor, der es sich beim Durchlesen des fertigen Textes nicht hatte verkneifen können, mit einem letzten Pinselstrich ein »wenn nötig« hinzuzufügen. Etwas weiter definierte er das »Profil« und das Portfolio, über das der Empfänger verfügen musste: »Einen Gymnasialabschluss, einen gültigen Führerschein der Klasse 5, die Fähigkeit, bei gutem wie bei schlechtem Wetter längere Entfernungen zu Fuß zurückzulegen, einen guten Orientierungssinn, Kundenfreundlichkeit, keine Angst vor Tieren, insbesondere nicht vor Hunden.« Offenbar stellte Hydro Québec, ähnlich wie Bell Canada, nur *High Potentials* ein, Ableser, die in der Lage waren, ihren Kunden selbst dann noch zu schmeicheln, wenn sich ihnen zahlreiche Tiere in den Weg gestellt hatten und sie stundenlang durch Eis und Kälte gelaufen waren, obwohl sie einen unentbehrlichen Führerschein der Klasse 5 in der Tasche hatten.

Bis zu dem Unfall habe ich fünf Jahre lang, vor Hunden und schlechtem Wetter gefeit, jede günstige Gelegenheit genutzt, zugunsten der regionalen Steuern niedrige Preise für französische Weine aller Qualitätsstufen auszuhandeln. Heute Morgen habe ich mir aus Neugierde die monatliche Weinauswahl der SAQ-Experten angesehen: ein neuseeländischer Wein (Konrad Bunch), drei amerikanische (Chester Kidder, Lachini, Three Rivers), drei argentinische (Desierto Pampa, Mendozo, Piedra Negra), drei chilenische (Los Vascos, Vina Chocalan, Novas) und einen australischen (Gemtree). Wäre ich paranoid, hätte ich angesichts dieser Liste keinen Zweifel, dass die Leute der SAQ meinen Abschied gründlich gefeiert haben.

ZWEI

Gerade bin ich vom Botanischen Garten heimgekehrt. So klirrend kalt war es heute, dass niemand draußen war, um diese herrliche Landschaftsarchitektur zu genießen. Erst bin ich ein wenig durch den chinesischen Garten geschlendert, vom »Hof des Frühlings« über den »Pavillon der unendlichen Sanftmut« bis zum »Steinernen Schiff«, und habe mich dann noch eine Weile im japanischen Garten aufgehalten, der von Ken Nakajima entworfen wurde. Diese Spaziergänge sind mir zur Gewohnheit geworden, sie sind für den Blick und den Geist wie eine sanfte, verstohlene Liebkosung.

Anna ist bei ihrer Arbeit am anderen Ende der Stadt, und ich sitze allein in unserem Haus. Seit dem Unfall hat Marie endlich die Erlaubnis, sich hier aufzuhalten. Ihre Asche, die mir in einer Urne mit ihren Initialen übergeben wurde, steht in dem kleinen Raum im oberen Stock, der mir als Arbeitszimmer dient. Nun sind Marie und ich vereint. So viele Jahre hat das gebraucht. Ihr Tod hat gewissermaßen Ordnung in die Dinge gebracht. Aber mit welchem Zynismus.

So ungeheuerlich es scheinen mag: Anna blieb sechsunddreißig Jahre lang unnachgiebig, eingemauert in ihre Festung, vor jeglicher Gefühlsregung geschützt. Es gab einen Moment, da glaubte ich noch, Gladys' Tod würde sie von ihrem Urteil abrücken lassen. Doch weit gefehlt. So ist meine Tochter gestorben, ohne meiner Frau je begegnet zu sein, ohne je ein Wort mit ihr gewechselt, ja ohne auch nur erfahren zu haben, warum sie ihr und ihren beiden Brüdern ein normales Familienleben verweigerte, auf das sie wie alle anderen Kinder ein Anrecht gehabt hätte. Hundert Mal hat meine Tochter mir diese Frage gestellt. Und ich habe ihr nichts anderes bieten können, als ausweichende Antworten und das vage Versprechen, mit der Zeit würden sich die Dinge schon richten. Als Kind hat mich Marie häufig gebeten, ihr von ihren beiden jüngeren Brüdern zu erzählen, sie zu beschreiben. Und obwohl ich mit ihnen unter einem Dach lebte, merkte ich damals schon, dass ich sie nicht kannte, nichts über ihr Leben wusste, völlig außer Stande war, sie zu beschreiben, geschweige denn auseinanderzuhalten. Im Grunde habe ich sie immer nur als eine Art genetischen Wurmfortsatz meiner Frau betrachtet.

Im Alter von zwölf Jahren schrieb Marie an ihre Brüder einen langen Brief, den sie mir anvertraute. Ich übergab ihn Hugo, der den Umschlag wie ein totes Insekt anstarrte, bevor er ihn Nicolas reichte. Dieser gab ihn mir mit verstockter Miene zurück und behauptete dreist: »Wir kennen keine Marie.«

Keiner dieser beiden Armleuchter besaß genügend Mut, Neugier oder Menschlichkeit, um dem Verbot der Mutter zu trotzen und sich mit ihrer unbekannten Schwester zu treffen, die ihnen zum Geburtstag einen Liebesbrief geschrieben hatte.

Ich muss wohl nicht erwähnen, dass ich dies meinen Söhnen nie verzeihen, weder vergeben noch vergessen werde. Alles ist mir gegenwärtig, lebendig wie am ersten Tag. Jedes Mal, wenn ich sie sehe, sie und ihre Mutter, spüre ich, wie die Vergangenheit in mir gärt, in meinem Bauch, in meiner Brust. Dann bin ich wie ein wildes Tier, das in seiner intakten Erinnerung eingesperrt ist, ein Tier, das am liebsten mit einem Satz aus dem Käfig herausspringen und diesen Unholden die Klauen ins Fleisch jagen würde.

Da ich fünf Tage nach Maries Tod noch immer im Koma lag, wandten sich die Bestatter an Anna, um zu erfahren, was mit dem Leichnam meiner Tochter passieren sollte, ob die sterblichen Überreste beerdigt, nach Frankreich überführt oder verbrannt werden sollten. Meine Frau entschied sich für die letzte Möglichkeit.

Seitdem ich das weiß, und so wie ich Anna kenne, kann ich nicht umhin zu denken, dass sie meine Tochter aus denselben Gründen einäschern ließ, aus denen man ein kompromittierendes Beweisstück ins Feuer wirft.

Jede Spur auslöschen, den Platz frei machen. Doch mein Gedächtnis ist feuerbeständig.

Die Asche meiner Tochter hat keinen Geruch. Sie ist ebenso leicht wie die meiner Eltern.

Nachdem ich das Krankenhaus verlassen hatte, führte mich mein erster Spaziergang zum Kolumbarium, wo ich Maries Urne abholen wollte. Ich füllte die nötigen Formulare aus und kam mit meiner Tochter unterm Arm nach Hause. Einen Teil des Weges legte ich zu Fuß zurück, den Rest mit dem Taxi, da mir die Beine noch wehtaten. Als ich zu Hause die Tür hinter mir schloss, wurde mir bewusst, wie einsam ich von nun an wäre. Die ganze Kindheit meiner Tochter brach wie eine Flut über mich herein, ich hörte ihre Stimme, sah ihr

Kindergesicht, ihre Hand griff nach meiner, und so fing ich, auf der Treppe sitzend, an zu weinen.

Ich erinnere mich sehr gut, wie der vergangene 4. Januar begann. Beim Aufstehen schaltete ich als Erstes das Radio an, um die Nachrichten zu hören und zu erfahren, was es mit diesen Scharen von toten Vögeln und Fischen auf sich hatte. Die Neuigkeit hatte bereits an Attraktivität eingebüßt, sodass die Journalisten wenig Hintergrundinformationen gaben und lediglich erwähnten, dass Tausende weiterer Rotschulterstärlinge vom Himmel gefallen waren, diesmal in Louisiana. Man merkte, dass diese weitere Fuhre, kaum dass sie gestorben, auch schon vergessen, abgeheftet, archiviert war.

Die kleine Wetterstation in unserem Haus zeigte eine Außentemperatur von -7° C an, lustlos wirbelten vereinzelt Schneeflocken durch die Luft.

Marie war am 29. Dezember nach Montreal gekommen, um in einem Ferienhaus am Cloutiersee in der Nähe von Saint-Alphonse-Rodriguez mit einigen Freunden Silvester zu feiern. Dieses hübsche, von Bäumen umgebene Chalet, das mit Schnee überpudert und unmittelbar an einem nun erstarrten See gelegen war, hatte ich ausgesucht. Marie hatte die Reise in Begleitung einer jungen Frau und eines Pärchens angetreten, mit denen sie die Zahnarztpraxis teilte. Dem Beispiel ihrer Großmutter folgend, hatte sich meine Tochter für eine Karriere in der Medizin entschieden und sich dann, zu meiner großen Enttäuschung, auf Zahnmedizin spezialisiert – ein Berufsstand, mit dem ich seit Langem auf Kriegsfuß stehe. Zur Erklärung muss ich hinzufügen, dass ich zu einer Generation gehöre, deren Zähne einer wahren Zahnausreißer-

Mafia, einem Folterverein anvertraut wurden, der mit grobschlächtigen Instrumenten und Betäubungsmitteln hantierte, die ursprünglich von Tierärzten entwickelt worden waren. Wenn man Glück hatte, bekam man von diesen Leuten nur eine Bleimine in den Mund verlegt, doch hatte man Pech, was häufig vorkam, kassierten die Herrschaften ihre Zahnziehprämie und ließen einem zwischen zwei Terminen gerade genug Zeit zur Wundheilung. Zugegeben, die Dinge haben sich inzwischen geändert und die Zahnärzte haben sich in menschliche Wesen verwandelt wie du und ich. Die wenigen Male, da ich mich von Marie habe behandeln lassen, ist alles glatt gelaufen. Ich habe mich in die Hände ihres Kollegen begeben, eines hochgewachsenen schlanken Iren, der viel Charme besaß und von dem ich seit Langem vermutete, er könne ihr Verlobter sein. Als ich meine Tochter eines Tages offen danach fragte – das ist inzwischen sechs Jahre her –, brach sie jedoch in lautes Gelächter aus.

»Victor? Machst du Witze?«

»Warum, er ist doch ein netter Kerl.«

»Als Kollege ist er perfekt. Aber das ist auch alles.«

»Komisch, ich hätte schwören können, dass ihr zusammen seid. So wie er bei der Behandlung über dich gesprochen hat, seine Art, all das …«

»Ach, Papa, das bildest du dir nur ein.«

»Mag sein, aber du kannst mich nicht davon abbringen zu denken, dass der Kerl etwas für dich empfindet.«

»Papa, ich bin lesbisch.«

»Du bist was?«

»Lesbisch.«

»Seit wann?«

»Seit immer. Alle Welt weiß das. Und ich war überzeugt, du wüsstest es auch, du hättest es bemerkt.«

»Es tut mir leid. Verzeih mir diese lächerliche Unterhaltung, ich wollte nicht indiskret sein. Ich hatte ja keine Ahnung, dass es diese Form annehmen würde.«

»Ist es dir unangenehm?«

»Nein. Wirklich. Gar nicht. Ich bin bloß überrascht. Damit hatte ich nicht gerechnet.«

»Gut, nun weißt du es. Deine Tochter ist Zahnärztin und Lesbe.«

Heute kommt es mir vor, als läge dieses Gespräch Jahrhunderte zurück. Aber ich nehme es mir noch heute übel, dass ich mich Marie gegenüber so linkisch und ungeschickt verhalten habe. Ich dachte bei mir, dass ich hätte aufmerksamer sein müssen. Wenn »alle Welt es wusste«, wäre es das Mindeste gewesen, dass auch ich es wusste. Ein Vater sollte die Entscheidungen seiner Kinder begleiten. Selbstverständlich trifft diese Bemerkung nicht auf die Zwillinge, meine Söhne, zu und auch nicht auf ihre sexuelle Orientierung, deren unerforschliche Wege ich mir nicht einmal vorzustellen wage und die mir im Übrigen auch gänzlich egal ist. Das Einzige, was ich mit einiger Sicherheit über sie sagen kann, ist, dass beide kurz vor ihrem dreißigsten Lebensjahr Nachwuchs gezeugt haben, als hätten sich beide im Voraus über den Zeitpunkt ihrer Fortpflanzung verständigt. Über meine Enkel werde ich kein Wort verlieren – aufgrund ihrer Unschuld und ihres geringen Alters genießen sie völlige Immunität. Doch bei ihren Müttern, die beide einer Fernsehserie aus den sechziger Jahren entstiegen sein könnten, bin ich außer Stande, dieselbe Milde walten zu lassen. Diese Frauen wurden geboren, um ihr Leben im Morgenmantel vor dem Badezimmerspiegel zu verbringen, sich die Fingernägel zu lackieren, Martini zu schlürfen und große Kombis mit holzfurnierten Türen zu fahren. Wie oft habe ich nicht verwundert festgestellt, dass die Zwillinge immer zusammengeblieben sind, stets alles, aber auch wirklich alles gemeinsam gemacht haben. Sie sind auf dieselbe Schule gegangen, haben dasselbe studiert, haben denselben Typ Frau gewählt, haben ihre Kinder gleich erzogen, denselben dämlichen Beruf gewählt und mit derselben Charakterschwäche ihre einzige Schwester bis zum Schluss ignoriert.

In einer Straße von Toulouse gibt es nun ein weiteres Messingschild mit dem Namen Sneijder. In diesen hochanständigen Räumen wird nichts behandelt oder kuriert, was in irgendeiner Weise nennenswert wäre. Vielmehr werden in diesem Büro recht erbärmliche Dinge erzählt und ausgeheckt, immer neue Abrechnungsmethoden angesichts sich wandelnder Gesetzesparagraphen entwickelt, die ebenso undurchschaubar sind wie die Stundensätze jener, die sich mit den Gesetzen befassen und sie nach ihren Vorstellungen zurechtbiegen. Bei Sneijder & Sneijder, Steueranwälte, wird kein Fall, kein Kunde zurückgewiesen, hier kümmert man sich um jede Angelegenheit. Und am Ende gewinnen immer die Zwillinge.

Vor sechs Jahren erfuhr ich also aufgrund meiner Ungeschicklichkeit, dass Marie lesbisch war. Natürlich änderte das nichts zwischen uns, nur dass ich von dem Tag an bei jedem unserer Treffen die verschiedenen Freundinnen meiner Tochter in einem anderen Licht betrachtete. In ihren stets neu zusammengewürfelten Freundesgruppen versuchte ich herauszufinden, welche der jungen Frauen wohl ihre Geliebte sein mochte. Ich habe darauf nie eine Antwort erhalten, wobei ich natürlich auch nie gefragt habe. Doch als Marie und ihre Freundinnen am vergangenen 29. Dezember am Flughafen Pierre Elliott Trudeau de Dorval landeten, war ich auf Anhieb überzeugt, dass die junge Frau, die sie begleitete, meine Schwiegertochter war. Gemeinsam nahmen wir am Flughafen eine rasche Mahlzeit ein, dann brachen sie in ihrem Mietwagen, einen Monospace Dodge, der nach Reinigungsmitteln roch, nach Saint-Alphonse-Rodriguez auf, das etwa eine Stunde in östlicher Richtung vom Flughafen entfernt lag.

Marie und ich hatten verabredet, dass wir uns nach den Feiertagen in Montreal treffen würden, um zwei gemeinsame Tage zu verbringen. In der Zwischenzeit genügte es mir zu wissen, dass meine Tochter nur eine Stunde von mir entfernt war. Noch nie hatte sie sich so nahe der Avenue des Sorbiers, dem »Pavillon der unendlichen Sanftmut« und dem »Steinernen Boot« aufgehalten.

Zu Silvester rief Marie mich gegen Mitternacht an. Anna hob ab. Wortlos legte sie den Hörer zur Seite und sagte: »Für dich«.

Ich unterhielt mich eine Weile mit meiner Tochter, dann schnappte ich mir die Autoschlüssel und fuhr mehrere Stunden durch die fiebrig-fröhliche, hell erleuchtete Stadt. Ich weiß noch, dass die Temperatur in dieser Nacht ungewöhnlich mild war und das Thermometer im Auto 4° C anzeigte.

Am nächsten Morgen und an den folgenden Tagen bis zu Maries Rückkehr nach Montreal wechselte ich kein Wort mit meiner Frau, die sich ebenso in Schweigen hüllte. Vor dem Unfall waren die fast letzten an mich gerichteten Worte: »Für dich.«

Am 4. traf Marie gegen zehn Uhr in der Stadt ein, und wir verabredeten uns in einem Café auf der Sherbrooke. Wir waren überglücklich, uns wiederzusehen, auch wenn ich diese Freude gewiss im Lichte der noch folgenden Ereignisse deute. Aber ich kann mich nicht erinnern, sie in der Vergangenheit je so intensiv verspürt zu haben, zumindest nicht unter ähnlich banalen Umständen.

Marie erzählte, wie begeistert sie von ihrem Aufenthalt am See war und dass sie sogar erwog, im Sommer wiederzukommen, falls das Chalet frei wäre, denn Ende August sollte in Montreal ein Zahnärztekongress stattfinden. Zum ersten Mal führten wir ein sehr ernsthaftes Gespräch über ihren Beruf. Sie hielt mir einen kleinen Vortrag über Implantologie und prä-implantäre Chirurgie, von dem ich mir nicht viel gemerkt habe, außer dass Marie ihrer Mutter immer ähnlicher wurde, bis hin zu dem so charakteristischen Timbre ihrer Stimme.

Gegen Mittag bat mich meine Tochter, sie zu einem Kollegen zu begleiten, dessen Praxis sich im achtundzwanzigsten Stock eines Hochhauses an der Saint-Antoine befand. Er wollte ihr einige Forschungsergebnisse für einen Universitätsprofessor in Toulouse mitgeben. Als wir die riesige Eingangshalle betraten, kam auch schon einer der sechs Aufzüge, die in allen Stockwerken des Hochhauses hielten.

Gegen 13:10 Uhr verabschiedete sich Marie von ihrem Kollegen und holte mich im Warteraum ab. Dann gingen wir gemeinsam zu den Aufzügen. Bevor sich die Stahltüren öffneten, dachte ich noch, dass ich nie so deutlich wie jetzt den Wunsch verspürt hatte, alles stehen und liegen zu lassen: Anna, meine Arbeit, das Haus, dieses eisige Land, ja sogar den

Botanischen Garten, um nach Süden zu fliegen, heimzukehren und wieder in der Nähe von Marie zu wohnen. Eine verschüttete Welt wollte ich ausgraben. Gladys vor meinem inneren Auge sehen, wie sie mit meinen Eltern ein Glas Wein trank, die Korg-Geräte und den alten Revox wieder anschließen, ein neues Leben beginnen, das endlich Hand und Fuß hätte. Dazu brauchte es nur ein kleines bisschen Würde und Mut.

Vermutlich war es schon 13:12 Uhr, als sich die Türen des Fahrstuhls auseinanderschoben und wir die Kabine betraten. Es standen bereits drei Leute drin. Zwei Männer und eine Frau. Ich habe nicht die geringste Erinnerung an ihre Gesichter, erst im Nachhinein erfuhr ich aus Zeitungsartikeln, wer sie waren, welche Berufe sie ausübten und wie sich ihre Familien zusammensetzten.

Wir alle waren zur vereinbarten Zeit der Vorladung des Schicksals gefolgt: Andrea Teasdale, dreiundfünfzig Jahre, angestellt in der Personalabteilung von Holt Renfrew, verheiratet; Bassim Assah-Tyhiany, siebenundfünfzig Jahre, Werkstattleiter bei Lexus, verheiratet, zwei Kinder; Serge Paquette, zweiundvierzig Jahre, ehemaliger Hockeyspieler und Barbesitzer, geschieden, ein Kind; sowie Marie und Paul Sneijder, sechsunddreißig und sechzig Jahre, die um diese Zeit eigentlich nichts dort zu suchen hatten, sondern im Haus an der Avenue des Sorbiers hätten Mittag essen sollen, bevor sie zu einem Spaziergang durch den Botanischen Garten aufgebrochen wären.

Jeden Tag durchlebe ich diesen Morgen, gehe hundert Mal dieselben Wege ab, presse die Stunden dieses 4. Januar durch das feinste Sieb, in der Hoffnung, noch irgendetwas zu entdecken: den Hinweis auf einen Fehler, auf den Hauch einer Chance, die wir missachtet hätten. Seit Monaten stelle ich Recherchen über Aufzüge an. Unter anderem habe ich herausgefunden, dass etwa alle einundzwanzig Sekunden einer der sechs Aufzüge dieses Hochhauses in dem Stockwerk hält, wo wir gestanden haben. Dieser Gedanke ist am schwersten zu ertragen: Fünf Leute aus den verschiedensten Teilen der Stadt und der Welt haben ihre Termine und das Tempo ihrer Schritte stillschweigend so perfekt aufeinander abgestimmt, dass sie an diesem Tag keine einundzwanzig Sekunden zu spät zu der wohl wichtigsten Verabredung ihres Lebens gekommen sind.

Meine Tochter betrat den Fahrstuhl als Erste und machte einen Schritt zur Seite, um mir den Platz in der Mitte zu überlassen. Die anderen drei lehnten an der gegenüberliegenden Wand. Wir grüßten uns nicht und wechselten auch sonst kein Wort miteinander, so als wollten wir bis zum Schluss die Regeln des Anstands wahren, die unter Fremden üblich sind. Die Türen schlossen sich, und die Abwärtsfahrt begann, allerdings so abrupt, dass sich ein Gefühl der Leere in der Brust breitmachte. Kurz darauf ertönte ein lautes Krachen und der Aufzug raste noch schneller hinab. Jemand stieß einen Schrei aus. Ich wurde gegen eine Metallwand geschleudert, konnte mich jedoch am Handlauf festhalten. Mein Blick begegnete dem meiner Tochter, der weder Panik noch Angst verriet. Da blieb die Kabine mit einem Ruck stehen, gewiss durch die Bremsbacken gestoppt, und verharrte in der Position. Wir waren vermutlich zwei oder drei Etagen tiefer zum Stehen gekommen. Doch blieb uns nur eine kurze Ruhepause vergönnt. Kaum hatten wir uns wieder aufgerappelt, gab es eine heftige

Explosion. Die Deckenlampe erlosch, eine schwache Notbeleuchtung schaltete sich ein, wir hörten ein ohrenbetäubendes metallisches Kreischen; dann folgte der freie Fall.

Wie in Beebe, Arkansas.

Ich weiß schon, welche Einwände gleich kommen: Es ist völlig ausgeschlossen, dass ein Fahrstuhl auf diese Weise abstürzt, schließlich ist jeder Aufzug mit einem sogenannten »Fallschirm« ausgestattet, einer unfehlbaren Sicherheitsvorrichtung, die die Kabine abbremst und blockiert. Für den Fall, dass eines der vier Tragseile reißt, wobei jedes Seil hundertfünfundzwanzig Prozent des gesamten Kabinengewichts halten kann, wird sie automatisch aktiviert. Das alles weiß ich. Und doch hat man festgestellt, dass die Aufhängung plötzlich riss, der »Fallschirm« sich nicht öffnete und wir mit ungeheurer Wucht gegen die Dämpfer im Schacht prallten. Die Fachleute waren sich einig, dass unsere Geschwindigkeit in dem Moment etwa zwanzig Meter pro Sekunde erreicht haben musste.

Andrea, Bassim, Serge und Marie mussten aus einer Kabine befreit werden, die einem zusammengepressten Stück Blech glich. Sie konnten nur noch tot geborgen werden. Als man mich ins Royal Victoria Hospital brachte, lag ich im Koma. Keiner hat je begriffen, wie es mir gelungen war, dem Tod von der Schippe zu springen. Die Rettungskräfte hatten mich auf den anderen Körpern liegend gefunden, als hätten sich diese im letzten Moment übereinandergeworfen, um zwischen mir und dem Tod einen Puffer zu bilden.

Zwei gebrochene Beine, eine ausgekugelte Schulter, oberflächliche Verletzungen an Gesicht und Armen, ein Metallstück, das meine linke Niere knapp verfehlt hatte, und eine

Bewusstlosigkeit, der keine Kernspintomographie je auf die Spur kam, da in meinem Kopf weder ein Ödem noch eine Blutung zu sehen war.

Mein Gedächtnis hat alles bis wenige Sekunden nach dem Aufprall registriert. Ich habe alles aufbewahrt, den gesamten Sturz und die Bruchlandung, alles ist archiviert, Bild für Bild. Die Ärzte sagen, das sei unmöglich, ich hätte den Ablauf der Katastrophe im Nachhinein rekonstruiert, meine Visionen wären bloß post-traumatische Fiktionen. Dabei weiß ich genau, dass das nicht stimmt, ich habe mir das alles weder eingebildet noch ausgedacht, sondern mit eigenen Augen gesehen, wie wir zu fünft, eingeschlossen in dieser Blechbüchse, mit schwindelerregender Geschwindigkeit dem Schlachthof entgegenrasten – die Augen angstgeweitet wie dem Tode geweihte Säugetiere. Angesichts des Abgrunds, der uns verschlang, waren wir unfähig einander zu helfen, uns um die anderen zu kümmern. Das Entsetzen schob uns seine Faust in den Rachen und ließ uns kreidebleich werden. Auch kann ich alles über den Moment des Aufpralls erzählen, unendlich präzise, ich kann genau sagen, was mit unseren Körpern passierte, als die Schwerkraft ihr Werk vollendete. Aber ich werde alles bis an mein Lebensende für mich behalten, nichts erzählen, Schweigen bewahren. Selbst wenn mich die Erinnerung weiterhin jede Nacht wecken sollte. Denn an diesem Tag habe ich Dinge gesehen, die ein Mensch, die ein Vater niemals sehen sollte.

Bis zum 27. Januar lag ich in einem anscheinend friedlichen Koma. Von dieser Bewusstlosigkeit weiß ich nichts. Weder von guten noch schlechten Träumen, auch nicht von Gesprächen, die um mich herum stattgefunden hätten. Es war eine lange Nacht, die dreiundzwanzig Tage währte, ein neuronaler Klärvorgang, ein langer Genesungsschlaf, den der Körper einforderte, um sich dem Fortleben stellen zu können.

Das Aufwachen gestaltete sich übrigens ziemlich merkwürdig. Denn ich fiel zwei weitere Male ins Koma. Das erste, dreiwöchige Koma wurde von einer kurzen Wachphase unterbrochen, auf die augenblicklich eine neue Bewusstlosigkeit von drei Tagen folgte.

Die neurologischen Ursachen für mein erstes langes Wegbleiben kann ich zwar nicht benennen, dafür kenne ich die Gründe und den Auslöser für das zweite Koma umso besser. Am Abend des 26. Januar nämlich führte der Zufall meine beiden Söhne nach Montreal. Sie wollten ihre Mutter besuchen und bei der Gelegenheit einen Blick auf die bandagierte Mumie werfen, die ihnen als ihr Vater präsentiert wurde. So machte sich der mir verbliebene Rest der Familie am frühen Nachmittag des 27. auf den Weg in die Avenue des Pins, wo das Royal Victoria Hospital lag. Dort angekommen, stellten sie sich am Fußende meines Bettes auf, wie es sich ihrer Ansicht nach im Beisein eines Sterbenden gehörte. Da schlug ich entgegen aller Erwartung die Augen auf, und mein Bewusstsein fuhr, wie von einem alten Akku angetrieben, langsam wieder hoch. Nach dem ersten Moment der Blendung konnte ich schließlich erkennen, wer da vor mir stand: die drei Kellers, die Zwillinge und ihre angebetete Matrix, quasi austauschbare Exemplare, die gesamte Dynastie. Ich sage das im vollen Ernst, und ich bin davon überzeugt, dass dieser albtraumhafte Anblick meiner Söhne samt ihrer Erzeugerin – gepaart mit der dunklen Vorahnung von den schlechten Nachrichten, die sie für mich bereithielten – mich letztlich zu dem Schritt veranlasste, mich dazu ermunterte, für drei weitere Tage dorthin zurückzukehren, woher ich kam.

So gewann ich drei Tage und drei Nächte, in denen ich mir einreden konnte, meiner Tochter wäre es ebenfalls gelungen, dem Schicksal zu entkommen. Beim Aufwachen jedoch teilte mir ein Neurologe mit, dass Marie gestorben war. Er sagte es auf eine Art und Weise, die mir sonderbar und sanft zugleich erschien. Auf die Frage: »Wo ist meine Tochter?« erwiderte er einfach: »Ihre Tochter ist nicht mehr.«

Am Abend, bevor Hugo und Nicolas wieder in ihr Flugzeug nach Toulouse steigen mussten, besuchten sie mich im Krankenhaus, bekleidet mit einem lächerlichen North-Face-Anorak. Unser Gespräch verlief so, wie es unser Leben lang verlaufen war.

»Wir sind gekommen, um uns zu verabschieden. Wir müssen morgen wieder nach Hause fahren.«

»Nett von euch.«

»Du siehst gut aus.«

»Na ja.«

»Hast du Schmerzen?«

»Nein.«

»Das ist schön. Mama hat nämlich gesagt, dass sie heute Abend verhindert ist, aber sie will morgen auf einen Sprung vorbeischauen, nachdem sie uns am Flughafen abgesetzt hat. Hast du Zeitungen da?«

»Nein, aber ich möchte auch keine.«

»Wir müssen früher als geplant abreisen, in der Kanzlei stapeln sich die Akten.«

»Verstehe.«

»Die Zahl unserer Kunden hat sich dieses Jahr fast verdoppelt, weißt du. In nicht einmal fünf Jahren sind wir zur bedeutendsten Kanzlei der Stadt avanciert.«

»Und die Kinder?«

»Denen geht es gut. Hugo und ich wollen ein Haus in der Nähe von Saint-Jean-de-Luz kaufen. Das Meer und die jodhaltige Luft im Sommer sind gut für die Kinder.«

»Sicher.«

»Du hast gar keinen Fernseher auf dem Zimmer.«

»Ich möchte auch keinen.«

»Tja, dann brechen wir mal auf. Wir müssen noch Koffer packen und ein paar Dinge einkaufen für die Familie. Hättest du vielleicht eine Idee?«

»Ahornsirup.«

Bei der Wiedergabe dieses einzigen Gesprächs, das ich drei Wochen nach dem Unfall und dem Tod meiner Tochter mit meinen Söhnen geführt hatte, habe ich weder etwas hinzugefügt noch etwas weggelassen. Ich hatte gehofft, sie würden angesichts ihres Todes wenigstens eine kleine Bemerkung machen, aber es fiel kein Wort. So wartete ich, bis sie an die Türschwelle kamen, bevor ich ihnen diesen einen Satz zuwarf: »Ich nehme an, ihr wisst Bescheid mit Marie.« Sie hielten inne und murmelten ein »Mama hat es uns gesagt«. Dann entschwanden sie wie zwei Diebe durch die Tür.

Bis zum 10. Februar blieb ich im Krankenhaus und nahm vier Wochen an diversen Reha-Maßnahmen teil. Mir wurde geraten, einen Psychiater aufzusuchen, der auf posttraumatische Syndrome spezialisiert war – der letzte Schrei. So führte ich einige Gespräche, die mir weder behagten noch zu irgendetwas führten. Meine Vorbehalte spürend, rang mir der

Arzt am Ende jeder Sitzung das Versprechen ab, beim nächsten Mal wiederzukommen. Drei- oder viermal hielt ich Wort, bevor ich den Pakt ohne weitere Erklärung aufkündigte.

Meine Rückkehr in unser Haus, das die meiste Zeit leer war, gestaltete sich eher schwierig, ja, mir fehlte das Krankenhausleben mit dem geregelten Rhythmus der Arztbesuche und Behandlungen. Als ich wieder von meinen Beinen Gebrauch machen konnte, überkam mich der unwiderstehliche Drang zu gehen. Trotz der Schmerzen schlenderte ich ziellos durch die Straßen, bis mich die Kräfte verließen, und kehrte dann per Taxi nach Hause zurück. Ich schritt alle Wege des Botanischen Gartens ab oder umrundete das Olympiastadion, doch habe ich nie herausgefunden, worauf der riesige schräge Turm fußte.

Ich erhielt jede Menge Anfragen. Von Journalisten, die eine Reportage über meine Geschichte schreiben wollten, von Anteil nehmenden Radio- und Fernsehmoderatoren auf der Suche nach einem Live-Interview mit einem Betroffenen, ganz zu schweigen von den Verlegern, die bereit waren, mir beachtliche Vorschüsse zu zahlen, wenn ich ihnen von meinem Schmerz als Überlebender erzählte.

Für nichts in der Welt wollte ich über diese Dinge reden. Das sprach sich allmählich auch herum, sodass die Anfragen wie ein erlöschendes Feuer allmählich nachließen.

Einige Kollegen der SAQ riefen bei mir an, um sich nach meinem Zustand zu erkundigen – darunter auch der Abteilungsleiter, wenn auch aus weniger uneigennützigen Gründen. Zwei Monate nach meinem Unfall wollte er berechtigterweise von mir wissen, wann ich denn vorhatte, wieder die Interessen des Unternehmens zu vertreten und die Provinz mit französischem Wein zu versorgen, die seit meinem Fortgang, so scherzte er, fast nur noch chilenischen Wein trank. Wie aus der Pistole geschossen, erklärte ich, dass ich gar nicht zurückkehren würde und auch um keine Weinflaschen mehr feilschen wollte.

Beim Auflegen hatte ich erstmals den Eindruck, in meinem Leben etwas richtig gemacht zu haben.

Als ich Anna meine Entscheidung mitteilte, reagierte sie ziemlich erbost und mit einer unerwarteten Schärfe.

»Ich glaube nicht, dass das eine gute Idee war. In deinem Zustand solltest du besser unter Leute gehen.«

»Es geht mir gut, ich brauche niemanden zu sehen.«

»Der Ansicht bin ich nicht. Es geht dir nicht gut. Nachts hast du noch immer diese Albträume und tagsüber lange Phasen der Ermattung. Sieh dich doch nur an. Wirklich.«

»Ich frage mich, woher du das wissen willst, schließlich bist du tagsüber nicht zu Hause.«

»Aber ich sehe dich abends beim Nachhausekommen vor dem Fernseher hocken.«

»Ich hocke nicht, wie du sagst, sondern sehe mir den Wetterbericht an.«

»Und du findest es normal, Stunden mit diesem Unsinn zu verbringen.«

»Ich verbringe keine Stunden vor dem Fernseher, ich sehe mir nur die Vorhersagen an.«

»Hast du mal an die finanziellen Folgen deiner Entscheidung gedacht? An die Tatsache, dass ich für alles allein aufkommen muss? Ganz abgesehen davon, dass du den Posten bei der SAQ mir verdankst, weil ich ein gutes Wort für dich eingelegt habe. Ich denke, es wird Zeit, dass du ins Leben zurückkehrst, zur Arbeit gehst, aufhörst, dich selbst zu bemitleiden, und endlich vergisst, was dir widerfahren ist. Du bist schließlich nicht der Einzige auf der Welt, dem ein Unglück zugestoßen ist.«

»Ich werde nicht zur SAQ zurückkehren, und wenn die Zeit reif ist, werde ich auch wieder für meinen Lebensunterhalt sorgen. Bis dahin bitte ich dich nur: Geh aus, triff dich mit Leuten und lass mich in Ruhe.«

Bestimmt hätte es Anna gefallen, wenn ich wieder in ein langes Koma gefallen wäre, in eine Art Schwebezustand, durch den sie nach einer gewissen Zeit den Status einer fröhlichen Witwe erlangt hätte. Endlich befreit von ihrem erfolglosen Ehemann und deprimierenden Lebensgefährten, hätte sie ein neues Leben anfangen können, das ihrem sozialen Statusgefüge, diesem Territorium, dessen Umrisse und Grenzen sie eifersüchtig verteidigte, mehr entspräche. Seit einigen Jahren hatte ich begriffen, dass Anna zu den Leuten gehörte, die einem lästigen Menschen oder Angehörigen mit einem unlösbaren, wiederkehrenden, über die Jahre eingekapselten Problem aufs Innigste den Tod wünschen konnten oder die Ansicht vertraten, eine plötzliche Krankheit oder ein kleiner Unfall zur rechten Zeit hätten den Vorteil, mit diesem Problem kurzen Prozess zu machen. Ohne auszuschließen, dass es natürlich eine Übergangsphase maßvoller Trauer gäbe.

Wenn Anna mich im Krankenhaus besuchen kam, waren auf ihrem Gesicht die Spuren einer gewissen Verärgerung zu erkennen, eines Affekts, den ich bis dahin noch nie bei ihr gesehen hatte und auf die jüngsten Ereignisse zurückführte. Doch seit einigen Wochen drängt sich mir eine ganz andere Deutung auf. Dieser Gesichtsausdruck, den meine Frau nicht mehr verbergen kann, verrät ihr Bedauern, eine Gelegenheit verpasst zu haben, und ihre Enttäuschung, so fest an dieses Koma, an dieses schicksalhafte Nichts geglaubt zu haben, das ihr die Türen zu einem neuen Leben geöffnet hätte.

Ich halte meine Beobachtung für völlig zutreffend. Und seltsamerweise nehme ich es Anna überhaupt nicht übel. Ich mache ihr keinen Vorwurf – weder, dass sie sich mein Ende erhofft, noch dass sie seit rund zehn Jahren einen Liebhaber hat.

Ich weiß, dass Anna sich mit jemandem trifft und mir ebenso ungeschickte wie überflüssige Lügengeschichten auftischt, um die Lücken in ihrem Tagesablauf zu vertuschen. Als ich einmal in einem Stadtteil unterwegs war, in den es mich nur selten verschlägt, und zwar zu einem Zeitpunkt, da sie sich eigentlich woanders hätte aufhalten müssen, sah ich sie aus dem Auto ihres Liebhabers steigen, einem Suzuki Geländewagen, der in Ontario zugelassen war. Sie küsste den Mann mit derselben Zurückhaltung, die man an den Tag legt, wenn man sich von seinem ehrwürdigen alten Gatten verabschiedet.

Angesichts der kurzen Zeitspanne, die mir für die Betrachtung dieser Szene vergönnt war, kann ich nur sagen, dass der Mann am Steuer einen ebenso beliebigen wie annehmbaren Eindruck auf mich machte.

An jenem Abend fühlte sich Anna verpflichtet, mir, obwohl ich sie um nichts gebeten hatte, entgegen ihrer Gewohnheit ausführlich ihren Tagesablauf zu erzählen – wobei sie die Zeiträume nach Bedarf ausdehnte, um die Episode mit dem Liebhaber aus Ontario aus dem Rahmen zu drängen. Als Wiedergutmachung für diese kleinen Lügen, das fiel mir auf, hatte meine Frau zum ersten Mal, seitdem wir in Kanada lebten, ein Brathuhn zum Essen mitgebracht.

Und so kommt es, dass wir seit zwei Jahren jeden Dienstag und jeden Freitag ein knusprig gebratenes Hähnchen verzehren. Offenbar fühlt sich meine Frau, seitdem sie der Fleischeslust frönt, dazu verpflichtet, mir ein Stück warmes Geflügel mitzubringen. Dieses Ritual machte mich eine ganze Weile stutzig. Ich habe darin nach allerlei Symbolen und versteckten Zeichen gesucht, auch wenn die Erklärung gewiss viel banaler ist. Wahrscheinlich gibt es gleich neben der Wohnung, in der sich Anna nageln lässt, einen Brathähnchenstand, an dem sie von nun an regelmäßig Hühner kauft. Bereit zum Verzehr. Frisch auf den Tisch.

Und ich lasse mir auftischen: *Twice a week*, wie der Mann aus Toronto sagen würde. Ohne Theater zu machen. Ohne Fragen. Bis auf eine. Eine sehr präzise Frage. Immer dieselbe.

»Stammt es aus Freilandhaltung?«

Und unermüdlich antwortet Anna:

»Ich kaufe nur Freilandhühner.«

Oft denke ich an meine Eltern, Bastiaan und Maria. Und soweit ich mich erinnern kann, so tief ich auch in meinem Gedächtnis grabe, kann ich mich nicht entsinnen, dass meine Mutter auch nur ein einziges Mal mit einem Brathähnchen von ihren Terminen zurückgekehrt wäre.

So gleichgültig mir Anna Kellers sexuelle Phantasien sind – sie ist keine Sneijder und wird auch nie eine sein, erst recht nicht nach allem, was mir widerfahren ist –, finde ich es einfach inakzeptabel, welchen Druck sie ausübt, um mich wieder zur Arbeit zu schicken. Noch vor drei Monaten hat sie sich darauf eingestellt, um mich zu trauern, und heute möchte sie am liebsten, dass ich, frisch operiert, zusammengeflickt und aus dem Koma erwacht, meinen Posten sofort wieder antrete wie ein zäher und vorbildlicher Angestellter, der es nicht erwarten kann, wieder Weinkisten zu bestellen: Juliénas, Gigondas oder Morgon, damit die kontinuierliche Belieferung der *Société des Alcools du Québec* gesichert ist.

Was diese Idiotin nicht weiß, ist, dass ich etwas ganz anderes im Sinn habe. Seit zwei Wochen meldet sich nämlich eine Versicherungsgesellschaft bei mir, die sowohl Woodcock, den Aufzughersteller, als auch Libralift, die Wartungs- und Reinigungsfirma, vertritt. Charles Wagner-Leblond, der Anwalt dieser beiden Unternehmen, ist schon zweimal bei mir vorbeigekommen, um sich nach meinen Absichten zu erkundigen.

»Wir wissen genau, was Sie durchgemacht haben, und können uns sehr gut vorstellen, was für schreckliche Momente Sie erlebt haben. Vor allem jedoch möchte ich Ihnen im Namen meiner Kunden und auch persönlich mein tiefes Beileid bekunden.«

Ich bin nicht so naiv, mich von dem geheuchelten Mitgefühl einer Versicherungsgesellschaft täuschen zu lassen. Doch muss ich gestehen, dass dieser Anwalt mit diesem Satz mehr Menschlichkeit zum Ausdruck brachte als meine ganze Familie zusammen in den Wochen nach dem Drama. So hölzern und förmlich sein Auftreten war, machte er bei diesem Gesprächsauftakt einen loyalen und aufrichtigen Eindruck, wenn sich solche Adjektive überhaupt auf den Bevollmächtigten einer Versicherung anwenden lassen.

»Ich möchte Ihnen auch sagen, dass wir Sie in keiner Weise drängen oder auf Ihre Entscheidung Einfluss nehmen wollen, ganz gleich wohin Sie tendieren. Mein Besuch hat kein anderes Ziel, als mit Ihnen Kontakt aufzunehmen und zu prüfen, ob wir zusammenarbeiten können, falls es in irgendeiner Weise denkbar sein sollte, dass Sie diese Absicht verfolgen.«

Vermutlich gibt es keinen Ort mehr auf der Welt, an dem man sich so zurückhaltend und vorsichtig ausdrückt, abgesehen vielleicht von Eton. Aber genau das macht den besonderen Charme von Wagner-Leblond aus, er ähnelt einem Autofahrer, der immer nur mit angezogener Handbremse fährt. Da ich zu diesem Zeitpunkt die Ausdrucksweise meines Gesprächspartners noch nicht kannte, bat ich ihn, sich etwas klarer auszudrücken.

»Was ich sagen will, ist, dass Sie sich zu einem bestimmten Zeitpunkt entscheiden müssen, ob Sie sich mit Woodcock und Libralift auf eine Einigung einlassen oder gegen die beiden Unternehmen prozessieren wollen.«

»Daran hatte ich noch gar nicht gedacht.«

»Natürlich, das verstehe ich, das alles ist ja auch noch ganz frisch. Aber erlauben Sie mir eine Frage: Haben Sie einen Vertreter oder Berater, Monsieur Sneijder?«

»Meinen Sie einen Anwalt? Nein, niemanden.«

»Vielleicht sollten Sie sich besser einen zulegen. Denn angesichts der komplexen technischen Fragen, die mit Ihrem Fall zusammenhängen, würde es die Bearbeitung vereinfachen.«

Wagner-Leblond ist der Typ Mann, den man sich als Mitglied eines oder mehrerer Clubs vorstellt. Und obwohl seine Muttersprache Französisch ist, spricht er, wie bereits erwähnt, ein äußerst gewähltes Englisch, das sein würdevolles Auftreten noch unterstreicht. Er ist sich in jedem Augenblick des Ernstes und der Gewichtigkeit seiner Aufgabe bewusst.

Während wir im kalten Wohnzimmerlicht saßen, in das sich nur die wärmeren Reflexe des Parkettbodens mischten, entspann sich zwischen uns ein Gespräch, das frei zu sein schien von allen Hintergedanken – einen solchen Austausch würden wir gewiss nie wieder haben, falls unsere nächsten Begegnungen in einem Gerichtssaal stattfänden, wo wir gegensätzliche Standpunkte und Interessen verträten.

»Sie haben sich auf Unfälle mit Personenaufzügen spezialisiert?«

»Das war mehr oder weniger Zufall. Sie wissen ja, wie das so ist, eines Tages bekommt man den Fall eines Aufzugstechnikers auf den Tisch, und schon gilt man auf dem Gebiet als Fachmann. Es handelt sich dabei um einen hochspezialisierten und -technisierten Bereich. Nur wenige wagen sich auf dieses Gebiet vor, denn jeder Prozess ist einzigartig und erfordert eine lange Vorbereitung.«

»Für welche Unternehmen haben Sie bisher gearbeitet?«

»So ziemlich für alle, bis auf zwei asiatische. Meine regelmäßigen Kunden sind Otis und Kone. Ich habe auch schon Schindler bei einem Patentproblem beraten und ThyssenKrupp wegen einer Verleumdungsklage verteidigt.«

»Also die größten Gesellschaften.«

»Kennen Sie sich auf dem Gebiet aus?«

»Nun, ich lerne dazu. Abend für Abend. Ich lese eine Menge Artikel und Fachpublikationen zu dem Thema.«

»Wäre es indiskret von mir, Sie zu fragen, welche?«

»Kürzlich habe ich mir die letzten zehn Nummern von *Elevator World* bestellt, die angeblich die führende Zeitschrift auf dem Gebiet ist. Dann bin ich gerade mit einem 2008 im *New Yorker* erschienenen Artikel fertig geworden, der sehr gut recherchiert ist, sein Titel lautet ›Up and Then Down‹. Und ich habe den Roman *L'Intuitionniste* gelesen, der in der Welt der Aufzugreparateure spielt, aber viel gelernt habe ich dabei nicht.«

»Ich weiß nicht, wonach Sie in den Texten suchen, und es geht mich auch nichts an, aber Ihre Auswahl ist ausgezeichnet. Erlauben Sie mir jedoch, Ihnen ein weiteres Werk zu empfehlen, das in diesem Industriezweig gewissermaßen als Bibel gilt, *The Vertical Transportation Handbook*. Darin wird etwas ganz Grundlegendes erklärt. Man darf nie die Tatsache aus dem Auge verlieren, dass man nicht einen Aufzug in einem Hochhaus baut, sondern ein Hochhaus um einen Aufzug. Er ist das Kernstück. Er wird Ihr Leben vereinfachen oder zur Hölle machen.«

Wagner-Leblond war ein charmanter Gesprächspartner voll Überraschungen. Er erwies sich als großer Gartenliebhaber und als ausgezeichneter Kenner der Arbeiten des großen japanischen Landschaftsarchitekten Nakajima, der den Botanischen Garten gestaltet hatte. In Cowra, Neusüdwales, hatte er ein fünf Hektar großes, von der Edo-Zeit inspiriertes Landschaftsarrangement besucht, das mit seiner anmutigen Anordnung die ganze Vielfalt der japanischen Gärten in sich vereinen sollte. Als das Tageslicht allmählich abnahm, verabschiedete er sich. An der Tür, wo mir ein kalter Luftzug um den Nacken wehte, reichte er mir die Hand und sagte: »Ich habe einen sehr angenehmen Moment verbracht, Monsieur Sneijder. Ich hoffe aufrichtig, dass wir uns einig werden.«

Es gab keinen Zweifel daran, dass dieser Mann, den ich noch immer für teilweise ehrlich hielt, das Talent hatte, seine

Wirkung genau zu dosieren. Er verstand es, mit Leuten zu reden, denen schreckliches Leid widerfahren war. Die richtigen Worte zu wählen, einfache, wirkungsvolle Worte, wobei er immer die richtige Distanz wahrte. Im Englischen nennt man diese Männer »Adjuster«. Ihre Aufgabe besteht darin, die Gefühle zu spanen, den Groll zu glätten und in zumutbaren Grenzen antagonistische Welten einander anzunähern und aufeinander abzustimmen. Während eines Prozesses werden solche »Adjuster« manchmal von Versicherern engagiert, um den Preis für einen Toten, seinen Gegenstandswert zu ermitteln. Und zwar in Abhängigkeit einer Vielzahl von Parametern wie den Todesumständen, der Tätigkeit, der gesellschaftlichen Stellung, des Alters, des Familienstands, des Lebensstils, des Gesundheitszustands, des Rufs, des Geselligkeitsgrades, der sportlichen Aktivitäten oder im Gegenteil des Zigarettenkonsums. All diese Parameter werden anschließend als X- und Y-Koordinaten aufs Papier geworfen, sodass man am Ende auf der Grafik nur noch die Summe abzulesen braucht, die die Versicherungsgesellschaft auf dem Scheck eintragen muss.

Wagner-Leblond ist, so denke ich zumindest, nicht der Typ, der die Taschen von Toten durchwühlt, in Aschenbechern herumschnüffelt oder die Listen der Sportvereine überprüft. Nein, er hält sich vielmehr an das große Buch der Regeln und Gesetze, die das Funktionieren und die Sicherheit der Aufzugkabinen garantieren sollen.

Je mehr ich über diese Maschinen recherchiere, je mehr ich über das Thema erfahre, desto klarer tritt zutage, dass dieser Unfall sich nie hätte ereignen dürfen.

In technischer Hinsicht ist er undenkbar. Normalerweise ist ein Kabel mit einem Messgerät verbunden, das ein zweites

Sicherheitssystem auslöst, sobald der Fahrkorb die erlaubte Höchstgeschwindigkeit um fünfundzwanzig Prozent überschreitet. In dem Fall wird eine Bremsautomatik ausgelöst, Backen umgreifen die Aufzugsführungsschienen, und der Fahrkorb kommt nach wenigen Metern zum Stehen.

Unser Absturz entspricht einer statistischen Abnormität. So geht aus der Untersuchung des *New Yorker* hervor, dass die achtundfünfzigtausend Fahrstühle, die es allein in New York gibt, jedes Jahr elf Milliarden Mal hoch- und runterfahren, also dreißig Millionen Mal am Tag. Bei diesen Fahrten werden pro Jahr nur etwa vierundzwanzig Personen verletzt. Die Firma Otis hat ausgerechnet, dass ihre Fahrstühle alle fünf Tage weltweit genauso viele Personen transportieren, wie es Menschen auf diesem Planeten gibt – ohne dabei nennenswerte Unfälle zu verzeichnen. Davon abgesehen gilt, dass die große Mehrzahl der Leute, die in Aufzügen zu Tode kommen, Angestellte der Wartungsfirmen sind. Kein anderes Transportmittel der Welt kann solche Statistiken vorweisen und verfügt über eine so hohe Zuverlässigkeit.

Und doch ist am 4. Januar 2011 Marie gestorben. Und mit ihr Andrea Teasdale, Bassim Assah-Tyhiany und Serge Paquette.

Ich habe einen Zeitungsartikel aus einem kanadischen Archiv in mein kleines Notizheft gelegt. Er ist vom 10. Januar, also einem Tag, an dem ich noch im Koma lag. Darin steht: »Seit dem 1. Januar sind unter Tieren viele plötzliche Todesfälle aufgetreten. Nach hunderttausend leblos in einem Fluss treibenden Fischen, fünfhunderttausend Vögeln, die in Arkansas vom Himmel fielen, und Tausenden weiterer Fälle in Louisiana, Schweden und Japan, hat man am 7. Januar in der

Chesapeakebucht im Staat Maryland nahezu zwei Millionen tote Fische entdeckt. Und am selben Tag wurden vierzigtausend leblose Krebse an einen britischen Strand geschwemmt.«

Wie hoch war die Wahrscheinlichkeit, dass so viele Tiere in so kurzer Zeit starben? Wie hoch lag das Risiko, dass eine frisch gewartete Fahrstuhlkabine der Marke Woodcock sich aus der Verankerung der Welt löste und uns lebendig begrub?

Es hätte nicht passieren dürfen, und doch ist es passiert.

DREI

Heute bin ich zur Avenue de Lorimier, dem Sitz der SAQ, gegangen, um einige persönliche Dinge abzuholen und den Leuten Guten Tag zu sagen, mit denen ich in den letzten Jahren zusammengearbeitet habe. Mir ist aufgefallen, dass ich seit der Entlassung aus dem Krankenhaus unter Störungen leide, die mir bis dahin unbekannt waren. Es fällt mir schwer, mich in großen Gebäuden aufzuhalten. Dann überkommen mich Angstzustände. Ebenso wenn ich mit mehr als drei oder vier Personen in einem Raum stehe. Sobald man auf mich zukommt, neige ich dazu, einen Schritt nach hinten zu machen und zurückzuweichen, wie eine Schnecke, die ihre Fühler einzieht. Hingegen habe ich beim Betreten eines Fahrstuhls nicht die geringste Furcht, ganz gleich um welches Baujahr es sich handelt. Ich lasse mich befördern, ohne auch nur einen müden Gedanken an die Wartungsabstände oder die erlaubte Maximallast zu verschwenden.

Mein unangekündigter Besuch verlief eher gut. Ich wurde mit der üblichen Ehrerbietung und Sanftmut behandelt, die man einem Genesenden entgegenbringt. Der Leiter der Einkaufsabteilung empfing mich in seinem Büro und versuchte mich auf äußerst liebenswürdige Weise von meiner Kündigung abzubringen. Seine Vorschläge klangen sehr freundlich, doch ahnte ich, dass die Adresse meines Nachfolgers bereits auf der Mitarbeiterliste des Unternehmens stand.

»Das tut mir alles furchtbar leid, glauben Sie mir. Wir waren mit Ihrer Arbeit sehr zufrieden. Es wird schwer werden, einen Ersatz für Sie zu finden.«

»Haben Sie schon jemanden gefunden?«

Meine Frage war spielerisch und spöttisch zugleich. Doch bevor die Antwort kam, drehten die Synapsen meines Gesprächspartners ein paar Pirouetten – er schluckte und erwiderte schließlich:

»Wir haben jemanden im Auge.«

In dem Moment kamen meine vier Abteilungskollegen mit einem Abschiedsgeschenk ins Büro – vermutlich einer Weinkiste.

Ohne dieser freundlichen Geste in irgendeiner Weise Beachtung zu schenken, richtete mein Geist seine ganze Aufmerksamkeit auf die Enge, die plötzlich in diesem Raum herrschte. Die Wände, halb aus Glas und halb gemauert, waren mir noch nie so nah erschienen. Wir standen zu sechst darin, plus Schreibtisch, zwei Stühle und Schränke. Zu sechst. Auf knapp neun Quadratmetern.

»Wir wollten dir zum Abschied diese paar Flaschen Wein aus deiner Heimat schenken und dir alles Gute wünschen.«

Mein Körper fing an zu schwitzen, mir war, als würde mir jemand mit der Hand den Mund zuhalten, damit ich keine Luft bekam. Ich erstickte, ich hatte Angst vor einer lauernden Gefahr, die von jedem Einzelnen hier ausgehen konnte. Wir waren zu viele, viel zu viele, das konnte keiner wissen, keiner begreifen, und helfen konnte mir erst recht keiner. Ich spürte, wie ich die Kontrolle verlor, ich kippte in eine andere Realität, in der es an Luft mangelte. Ich stöhnte auf, gab ein leises Wimmern von mir und wischte mir keuchend den Schweiß von der glühenden Stirn. Drei Personen standen zwischen mir und der Tür, jemand fragte, ob mit mir alles in Ordnung sei, ein anderer wollte mich stützen, doch: *noli me tangere,* man durfte mich nicht anrühren, nicht in diesem Moment, da offenbar irgendetwas versuchte, mich zu ersticken. Also tat ich, was man tut, wenn man kurz davor ist, von einer Gefahr eingeholt zu werden: Ich nahm die Beine in die Hand und rannte los, stieß dabei alles um und entkam auf diese Weise einem Büro, das mich von einer Minute auf die andere wie eine Glasmuschel gefangen zu nehmen drohte.

Auf wackeligen Beinen lief ich die Treppe hinunter, hielt mich am Geländer fest, stützte mich, wenn nötig, an den Wänden ab, durchquerte die Eingangshalle und verlangsamte erst draußen das Tempo, etwa hundert Meter vor dem Gebäude, dem von da an nichts Bedrohliches mehr anhaftete.

Ich beobachtete, wie das Leben allmählich an seinen Platz zurückkehrte und die Dinge um mich herum wieder ihrem Lauf folgten. Ich hatte keine Ahnung, was mir gerade widerfahren war. Den Mann, der eben wie von der Tarantel gestochen losgerannt war, kannte ich nicht einmal. Ich betrachtete seine vor Entsetzen zitternden Hände und fragte mich nur, ob wir es in der uns verbleibenden Zeit miteinander aushalten würden.

Ich hoffte, dieser erbärmliche Zwischenfall würde die Weinkeller und Archive der SAQ nie verlassen. Aber schon zwei Tage später, obwohl dies ein Hühnchenabend war, erinnerte mich Anna daran, wer ich war und woher ich kam – ihr Informant, vermutlich der Kerl, der mich eingestellt und mir versichert hatte, wie sehr er mein Fortgehen bedauerte, hatte sie über alles in Kenntnis gesetzt.

»Man hat mir gesagt, du hättest dich in der SAQ auffällig verhalten.«

»Ein plötzliches Unwohlsein.«

»Was für ein Unwohlsein?«

»Eine Art Angst- oder Panikattacke.«

»Du hast neuerdings Angstattacken?«

»Nicht Attacken, sondern eine Attacke.«

»Hast du einen Arzt aufgesucht?«

»Noch nicht.«

»Und worauf wartest du? Dass es sich wiederholt? Dass es schlimmer wird? Bist du dir überhaupt bewusst, in welch peinliche und lächerliche Lage du mich gebracht hast? Schließlich verdankst du es meinen Beziehungen, dass du einen Posten in der SAQ bekommen hast. Und nun lässt du sie nicht nur hängen, sondern gehst an dem Tag, an dem sie dir ein Abschiedsgeschenk machen wollen, wie eine Furie auf sie los und machst dich aus dem Staub.«

»Wie ich sehe, hat man dir ausführlich Bericht erstattet.«

»Das Schlimmste ist, dass du mir nichts gesagt hast. Ich kam mir vor wie ein Vollidiot, als mir mein Freund von der SAQ, der natürlich dachte, ich wüsste Bescheid, alles erzählt hat. Ich möchte, dass du umgehend einen Arzt aufsuchst.«

»Ist das Huhn, das du mitgebracht hast, ein Freilandhuhn?«

»Hör auf, mir immer dieselbe Frage zu stellen. Du solltest mittlerweile wissen, dass ich nur Freilandhühner kaufe.«

Ich weiß. Jeden Dienstag und jeden Freitag. Nachdem du von den Wonnen Ontarios gekostet hast. Ich würde dir gern sagen, dass ich Fleisch nicht sonderlich mag. Weder Geflügel noch Rind. Es steckt zu viel Schmerz darin. Bei jedem Happen, jedes Mal wenn ich kaue, spüre ich ihn. Aber das kannst du nicht begreifen, und noch weniger erkennst du seinen charakteristischen Geschmack. Dabei ist es manchmal geradezu abstoßend. Der Bissen liegt einem auf der Zunge wie ein Stück Holz. Und manchmal kann man nicht einmal mehr schlucken. Ganz gleich ob Freiland oder nicht.

Jedenfalls habe ich nicht im Entferntesten die Absicht, zum Arzt zu gehen. Ich habe über mein Problem nachgedacht und beschlossen, es zu akzeptieren, damit zu leben. So wie man sich nach einem Unfall damit abfindet, dass man hinkt. Vielleicht gibt es seit diesem Ereignis tatsächlich Momente, in denen mein Gehirn ein wenig hinkt. Nun, dann werde ich künftig riskante Situationen meiden, mich sooft es geht, von Hochhäusern fernhalten und vor allem von den Leuten, die darin leben.

Ja, ich glaube sogar, dass ich weniger Probleme mit den Hochhäusern habe als mit den Leuten darin.

Anna isst. Sie hat großen Appetit. Bei Bell liefert sie angeblich hervorragende Arbeit ab. Derzeit erstellt sie ein wertvolles Patent für Sprachbefehle. Kein Wunder, dass sie in dieser Branche tätig ist, wo sie es doch so liebt, wenn man auf ihr Wort hört und nach ihrer Pfeife tanzt.

Seit dem Unfall, seitdem ich aus dem Koma erwacht bin, habe ich den Eindruck, eine verfeinerte Wahrnehmung der Wirklichkeit zu haben. Als hätte jemand während meines Schlafs den Lärmpegel der Welt hochgedreht. Mir ist, als läge in der Luft etwas Hektisches, Hysterisches. Jeder lauert auf einen Knochen, an dem er knabbern kann. Man spürt eine latente Wildheit, eine Barbarei des Lebens.

Ich sollte derartige Dinge nicht sagen. Im Moment schadet mir das eher. Ich sehe mich an und erkenne mich manchmal selbst nicht wieder. Würden meine Eltern mich noch erkennen? Wie haben sie mich überhaupt gesehen? So wie all die anderen Leute, denen ich auf der Straße begegne, oder anders? Meine Eltern sind tot, meine Tochter auch. Ohne sie habe ich nicht die geringste Vorstellung, wie die Leute mich sehen. Posttraumatisches Syndrom, sagen die einen. Residuelle Melancholie, infolge eines längeren Komas, halten andere dagegen. Anna weiß, wovon sie spricht: »Ich möchte, dass du umgehend einen Arzt aufsuchst.«

So wie jeden Abend werde ich gleich in mein Arbeitszimmer hochgehen. Lesen und lernen. Ich habe gesehen, dass meine letzte Bestellung der *Elevator World* in der Post war. Zusammen mit dem Katalog *The Elevator World Source Directory*, der alle Hersteller, Fachleute, Zulieferer und Techniker der Welt verzeichnet. Ich weiß nicht, was ich damit anfangen werde, und auch nicht, warum ich mich in diese Welt der Tag und Nacht auf- und abwärts fahrenden Blechbüchsen einschließe.

Ich denke an das Gedächtnis, an seine übergroße Macht und an den schweren Ballast, den es mit beklemmender Regelmäßigkeit in uns ablädt. Wenn ich manchmal oben am Schreibtisch sitze oder in meinem Bett auf den Schlaf warte, spüre ich, wie es heranschleicht, eine Schlange mit eiskalter Haut, die mir ihre Archivbilder aufdrängt – ich denke an alles, was ich nicht hätte sehen dürfen, alles, was ich nicht hätte hören dürfen, den Boden des Fahrstuhlschachts, das Blut meines Kindes, die toten Lippen meiner Mutter, die meinen Kuss nicht mehr erwiderten, meinen Vater, der im Auto weinte,

Gladys, die von zu Hause aufbrach. Und ich, der unheilvolle Protokollführer, der alles fein säuberlich mitschreibt, notiere die Einzelheiten, sortiere die Leiden, die Verluste, verzeichne die Toten und setze, gefühllos und lebendig, meine Gedächtnisarbeit fort, jede Nacht, sobald die Dunkelheit hereinbricht und der Schlaf auf sich warten lässt.

Man sollte sich nicht mehr daran erinnern können, woher man kommt und wohin man geht. Ich würde gern zu einer gedächtnislosen Spezies gehören, die, befreit von der Geschichte, einzig den zirkadianen Rhythmen folgend, einfach in den Tag hineinlebt. Die nichts erbt. Weder passiv, noch genetisch. Die über keine Verbindungen, keine Karyotypen verfügt. Ein Sonnenaufgang, ein Tag, und das war's. Jeden Morgen der Geruch des Neuen. Und eine ganze Welt erschnuppern. Ich weiß nicht, wie ein solches Leben aussehen mag, aber es kann nicht schlimmer sein als jenes, das wir unter dem allgegenwärtigen Protektorat des Gedächtnisses führen.

Heute Abend ist es mir beim Durchlesen meiner Unterlagen gelungen, mich seinem Einflussbereich einen Moment lang zu entziehen. Und zwar bin ich auf eine seltsame Begebenheit aus dem Jahr 1999 gestoßen, in die ein gewisser Nicholas White verwickelt war, damals vierunddreißig Jahre alt und Journalist bei der *Business Week*.

In jener Nacht arbeitete dieser Mann um elf Uhr abends mit ein paar Kollegen an einer Sondernummer der Zeitschrift, deren Verlagsräume sich im dreiundvierzigsten Stock des McGraw-Hill Hochhauses in New York befanden. Kurz vor Mitternacht macht White eine Pause. Er sieht sich eine Sportreportage im Fernsehen an und beschließt, vor dem Eingang des Hochhauses eine Zigarette zu rauchen. Er lässt sein Jackett über der Stuhllehne liegen und sagt seinen Kollegen, dass er in fünf Minuten zurück ist. Unten zündet er sich seine Zigarette an, macht zur Entspannung ein paar Schritte und geht schließlich, noch immer in Hemdsärmeln, wieder hinein, um sein Arbeitspensum zu erledigen. In dem Hochhaus hinter dem Rockefeller Center gibt es zahlreiche Aufzüge. Wahllos steigt er in eine der wartenden Kabinen, einen Expressaufzug, Nummer 30. Der hat den Vorteil, dass er nur die Etagen ab dem neununddreißigsten Stock anfährt. Der Aufzug fährt normal an, doch plötzlich geht die Beleuchtung aus, schaltet sich wieder ein, und der Aufzug bleibt stecken. White, der ganz allein in der Kabine ist, sieht sich die Knopfleiste an und betätigt den Notruf. Doch statt einer Antwort ertönt nur ein langes verrauschtes Schweigen. Er drückt auf den Alarmknopf, dessen weckerähnliches Klingeln niemanden ernsthaft alarmieren kann.

White setzt sich in eine Ecke und beruhigt sich mit dem Gedanken, dass früher oder später jemand seine Abwesenheit bemerken muss und die Überwachungskameras, mit denen alle Aufzüge ausgestattet sind, das Wachpersonal des Hochhauses auf ihn aufmerksam machen werden.

Um sich die Zeit zu vertreiben, durchsucht White seine Taschen. Die Ausbeute ist mager: drei Zigaretten und zwei Rolaidtabletten gegen Magenbeschwerden.

Die Stunden vergehen, und so langsam überkommt ihn das merkwürdige Gefühl, dass ihm gerade etwas ganz Dummes widerfährt. White hat seine Uhr auf dem Schreibtisch liegen lassen und sein Zeitgefühl verschwimmt allmählich. Es gibt keine Stunden, nur noch Müdigkeit und tiefe Niedergeschlagenheit, in die sich ein wenig Verbitterung mischt. Wie konnten seine Kollegen, denen er doch gesagt hatte, dass er in fünf Minuten wiederkäme, sich so wenig um seinen Verbleib scheren und beim Verlassen des Büros an seinem angeschalteten Computer, dem Jackett, der Uhr und all seinen Sachen vorbeigehen? »Ich komme in fünf Minuten wieder«, hatte er gesagt. Und womöglich bricht schon der Tag an. White legt sich auf den Teppichboden. Aus der Nähe betrachtet, ist der Boden abstoßend dreckig, voll Zeug, das sich in die Fasern eingenistet hat, sogar abgeknabberte Fingernägel sind darunter. Diese Einzelheit ekelt ihn mehr als alles andere. Er versucht ein wenig zu schlafen, doch vergeblich. Die Erregung gewinnt die Oberhand. Er raucht eine Zigarette, eine zweite und schließlich die letzte. Ihm bleiben nur noch zwei Rolaids, und er hat schrecklichen Durst. Erneut drückt er den Alarmknopf, betätigt den Notruf, schreit so laut er kann, hüpft vor der Kamera auf und ab, in der Hoffnung, dass jemand an den Überwachungsbildschirmen ihn sieht. Er denkt an all die Typen, die mit ihm zusammenarbeiten und nun ihr Wochenende genießen. Sie sind gegangen, ohne Rücksicht auf Verluste. Er würde sich gern hinlegen, aber da sind diese Nägel. Der Dreck. Und die grelle Deckenbeleuchtung.

White hat Durst. Und er würde gern pinkeln. Er tigert in seinem Käfig hin und her. Versucht, die Türen aufzudrücken. Es gelingt ihm, sie einen Spalt zu öffnen, und so kann er die Zahl dreizehn an dem Betonschacht entziffern. Er steckt also im dreizehnten Stock fest. Schließlich hält er es nicht mehr aus und pinkelt gegen die Wand. Er versteht noch immer nicht, wie das möglich ist. Es gibt acht Wächter in der Zentrale, acht Typen, deren einzige Aufgabe darin besteht, die Bildschirme zu beobachten. Und White ist auf einem von ihnen zu sehen. Er bewegt sich, um die Aufmerksamkeit auf sich zu lenken, aber niemand nimmt ihn wahr. Es gibt keine Zeit mehr, nur noch eine Kabine, aus der nichts nach außen dringt, in die niemand hinein- und aus der niemand herauskommt. White erwägt, durch die Klappe in der Decke zu entfliehen, so wie er es in Filmen gesehen hat. Er klettert an den Wänden hinauf, muss aber feststellen, dass die Öffnung versiegelt ist. Dann legt er sich hin. Er findet sich mit den Nägeln ab. Benutzt seine Schuhe als Kopfkissen. Leert sein Portemonnaie, klappt es auf und legt es wie eine Maske über die Augen, um sich vor dem Licht zu schützen. Er ruht sich ein wenig aus und steht wieder auf, hundert Mal führt er dieselben Bewegungen aus, um den Alarm auszulösen. Schreie. Notruf. Alarmknopf. Öffnen der Türen. Und wieder Hilfeschreie.

Schon ein ganzer Tag. Vielleicht auch zwei, wer weiß. Die Rolaids, der Durst bewirken, dass ihm sonderbare Gedanken durch den Kopf schwirren. Er hat Angst, die Tragseile könnten reißen. Angst, man könne tagelang nicht merken, dass er in der Kabine steckt. Angst, darin zu sterben. Für immer vom Bildschirm zu verschwinden. Er legt sich wieder hin. Später werden die Videokameras zeigen, dass er auf diese Weise vier Stunden lang reglos liegen geblieben ist. Er schläft zum ersten Mal. Er weiß noch nicht, dass das Wochenende vorüber ist und die Woche gerade begonnen hat. Da lässt ihn etwas hochschrecken. Aus dem Lautsprecher ertönt eine tiefe Stimme und wiederholt: »Ist da jemand, können Sie mich hören?« White springt auf und stürzt an die Gegensprechanlage: »Verflucht, holt mich hier raus.« Die Rettung wird in die Wege geleitet. Währenddessen fragt die Stimme White, ob er etwas möchte. Und White erwidert, ja, ein Bier.

In der Eingangshalle des Hochhauses sind die Fernsehjournalisten bereits versammelt. Alle wollen ihn interviewen. White schweigt, er wird von einem Wachmann zu seinem Büro geleitet, nimmt sein Jackett, packt seine Sachen zusammen und geht nach Haus. Er wird nie wieder in die dreiundvierzigste Etage dieses Hochhauses fahren. Er wird auch nie mehr für *Business Week* arbeiten. Er ist wütend auf seine Kollegen, die ihn an jenem Freitagabend einfach vergessen haben, wütend, dass sie ihr Leben weitergelebt haben. Wütend auf die acht Wachleute, die sich vor den Bildschirmen abgelöst haben, ohne ihn zu bemerken. Er ist wütend auf die Wartungsfirma des Hochhauses, die so inkompetent und fahrlässig war. Er ist wütend auf all jene, die Aufzüge mit ihren abgeknabberten Fingernägeln verschmutzen.

Innerhalb weniger Tage wird White zu einer kleinen Berühmtheit, man reicht ihn in New York von einem Fernsehstudio zum anderen weiter. Dort erzählt er Hunderte Male von seiner bewegungslosen Reise und arbeitet an seiner Legende. Am Ende zieht er sich auf unverrückbare Positionen zurück und strengt einen Prozess voll Forderungen an.

Er weigert sich, seine Arbeit wieder aufzunehmen, denn er fürchtet, sein Trauma und der erlittene Schaden würden daraufhin nicht in ihrem vollen Ausmaß anerkannt. Er sucht sich einen furchtlosen Anwalt, fordert fünfundzwanzig Millionen Dollar von der Wartungsfirma des Hochhauses und verschwindet für acht Wochen in den Urlaub, nach Anguilla. Bei seiner Rückkehr verzichtet er auf die Fortsetzung des Prozesses und lässt sich auf eine Überweisung von unter einer Million Dollar ein.

Und dann? Er gibt sein Geld aus, ist bald mittellos, verliert seine Wohnung, die letzten ihm verbliebenen Freunde und auch die Hoffnung, jemals wieder eine Arbeit zu finden, die mit der bei *Business Week* auch nur vergleichbar wäre. Bis heute hat er keine Arbeit. Wenn man mit ihm über seine Geschichte spricht, sagt er bloß: »Als ich an jenem Abend in den Aufzug gestiegen bin, war ich ein Mann wie jeder andere, mit Zukunftsplänen und einem Leben, das klare Konturen hatte. Als ich einige Tage später herausgekommen bin, wusste ich nicht mehr, wer ich war, noch was ich in dieser Eingangshalle tat, noch was die Zukunft für mich bereithielt.«

Ich liege im Bett und kann nicht schlafen. Ich frage mich, was White um diese Zeit treiben mag. Ob er schläft oder Rolaids nimmt, um seine Magensäure zu regulieren. Verglichen mit dem, was uns in der Rue Saint-Antoine zugestoßen ist, ist seine Geschichte eine Lappalie. Und doch berührt sie mich auf unerklärliche Weise. Sie lässt mich an Wagner-Leblonds Bemerkung denken. »Der Aufzug ist das Kernstück des Ganzen. Er wird Ihr Leben vereinfachen oder zur Hölle machen.«

Anna schläft tief und fest. Es ist schon so lange her, seit wir das letzte Mal Sex miteinander hatten, dass es mir zugegebenermaßen schwerfällt, mir vorzustellen, wie sie den Kerl aus Ontario in sich einsaugt. Obwohl es angesichts der Mengen an Geflügel, die ich in den letzten zwei Jahren verzehrt habe, keinen Zweifel gibt, dass die zwei sich bestens verstehen.

Durch das Fenster sehe ich die Zweige einer Eiche und dahinter, verschwommen hinter einem Regenvorhang, die Lichter der Straße. Anna hat manchmal kleine Atemaussetzer, die in ein leichtes Schnarchen münden. Manchmal hoffe ich, dass sie nicht wieder mit dem Atmen einsetzt, dass ihre

Brust und ihr Leben für immer in der Schwebe verharren. Ich würde die sich daraus ergebenden Folgen wirklich genießen. Meinen trauernden Söhnen würde ich bereits beim Aussteigen aus dem Flugzeug so etwas sagen wie: »Eure Mutter ist an einer nosokomialen Krankheit gestorben«, was an sich schon ziemlich widerwärtig ist. Dann würde ich ihnen mit herrlich niedergeschlagener Miene die goldene Urne mit der noch warmen Asche überreichen, wie ein Freilandhuhn: »Frisch aus dem Ofen«. Schließlich würde ich mir ansehen, wie meine dümmlich dreinschauenden, von der Trauer überwältigten Zwillinge synchron in Tränen ausbrachen, ja ich würde mir ansehen, wie meine Söhne zum ersten Mal in ihrem Leben menschliche Züge bekamen.

Anna atmet ganz normal. Sie wird hundert Jahre alt werden, wie alle Menschen, die sich nicht unnötig mit Gefühlen herumschlagen und aufs Leben einen ähnlich praktischen Zugriff haben wie auf einen Werkzeugkasten. Für jedes Problem gibt es eine Lösung, alles lässt sich regeln, genau zu diesem Zweck wurden der Allen-Schlüssel und der Philips-Schraubenzieher erfunden. Ebenso die Spracherkennung. Damit ist alles gesagt.

Ich weiß nicht, ob ich heute Nacht Schlaf finden werde bei all den Gedanken, Erinnerungen, Geschichten, die gleichzeitig über mich hereinbrechen. Man sollte ohne Schlaf auskommen können. Man vergeudet nur Zeit damit.

Vor zwei Tagen hatte ich einen meiner Enkel am Telefon. Zunächst erzählte er mir allerlei uninteressante Geschichten, doch dann versuchte er es, vermutlich auf das Drängen seiner Mutter hin, die wie eine Hummel um den Hörer schwirrte, mit ein paar höflichen Fragen.

»Bist du noch im Krankenhaus?«

»Nein, das ist vorbei.«

»Dann tut dir also nichts mehr weh?«

»Nein, nichts.«

»Wie alt bist du?«

»Sechzig.«

»Und wann wirst du sterben?«

Eine solche Frage bekommt man selten gestellt. Ich fand den Verlauf unseres Gesprächs durchaus logisch, trotzdem wusste ich an der Stelle nicht, was ich antworten sollte. Im selben Augenblick hatte ich auch schon die mütterliche Hummel am Apparat, die offensichtlich bemüht war, die Form zu wahren.

Wie viele Jahre hat White noch zu leben? Hätte er mit vierunddreißig in den dreiundvierzigsten Stock hinauffahren, seinen Computer anschalten und sich wieder auf seinen Bürostuhl setzen sollen, als ob nichts geschehen wäre? Hätte er die Einladung seiner Kollegen zu einem Baseballspiel annehmen sollen, um die abgeknabberten Fingernägel zu vergessen? Und, warum nicht, eines Tages mit dem Abteilungsleiter essen gehen, der im Zuge der Ermittlungen auf den Videos gesehen hatte, wie er auf seinen Schuhen geschlafen und im dreizehnten Stock an die Wand gepinkelt hatte? Unser Leben nimmt manchmal einen merkwürdigen Verlauf. Und die Aufzüge verfügen über seltsame Kräfte. Mal reißen sie einen mit in die Tiefe. Und mal zerstören sie ein ganzes Leben, indem sie einen nur für ein paar Stunden in ihrem schützenden Schoß behalten.

VIER

Ich verbringe viel Zeit damit, die Stellenanzeigen zu durchforsten. Da ich nur gering qualifiziert bin und wegen meiner Angstattacken neuerdings keine Büroaufgaben mehr übernehmen kann, habe ich keine große Auswahl. Zumal es nicht sonderlich angebracht wäre, Bell Mobilité oder Fido Cellulaire meine Telefon-Wartemusik anzubieten. Und außerdem, muss ich zugeben, stellt mein Alter ein nicht gerade geringes Handikap dar.

Aber trotz der Schwierigkeiten habe ich am Ende etwas gefunden. Einen Beruf – falls man eine derartige Beschäftigung überhaupt als Beruf bezeichnen kann –, der normalerweise von Studenten oder jungen Leuten ausgeübt wird, die ihr Gehalt aufbessern wollen. Ein paar Formulierungen in der auf Französisch verfassten und ins Englische übersetzten Anzeige erinnerten mich an die Forderungen, die Hydro Québec an seine Zählerableser stellte: »Hundeausführer / Dog Walker. Lange Gruppenausführungen, im Sommer wie im Winter. Alle Rassen. Erfahrung und gute Kenntnisse der Tiere erwünscht. Service und Kundenberatung. Zusatzverdienste bei Wettbewerben an Wochenenden als Handler. Kontakt: Dog-DogWalk / Ile des Sœurs.«

Dog Walker ist in Frankreich keine sonderlich verbreitete

Tätigkeit. Von ein paar wenigen Firmen abgesehen, die sich in den Großstädten niedergelassen haben, hat sich diese typisch angelsächsische Dienstleistung auf dem alten Kontinent nicht durchgesetzt; so sieht man in unseren Parks und Gärten nur selten ein Rudel riesiger Hunde einen armen Teufel hinter sich her zerren, der vergeblich versucht, die unvorhersehbaren Verhaltensweisen seiner Schützlinge in den Griff zu bekommen.

Bei den Handlern oder Vorführern sieht es schon anders aus. Handler gelten als Hüter eines Geheimwissens; einige von ihnen werden unter Züchtern hoch gehandelt und haben teilweise divenhafte Allüren. Dabei sind die wie Zeugen Jehovas gekleideten Handler mit ihren Lackschühchen ziemlich lächerliche Figuren – halb Gesellschaftstänzer, halb Hürdenläufer. Sie begleiten die Wettbewerbshunde auf die Bühne – den Ring –, trotten mit ernster Miene neben ihnen her und führen sie den Zuchtrichtern vor, wobei sie den Schwanz des Hundes anheben, ein wenig so, wie man eine Schleppe oder das Seil eines Gehängten trägt, um ihm ein eleganteres Aussehen zu verleihen. An den Wochenenden werden diese Veranstaltungen massenhaft im Fernsehen übertragen; im ganzen Land kommen Züchter und Hundeliebhaber zusammen: Ein Publikum, das stundenlang über die Vorzüge dieses oder jenes Hundefutters fachsimpeln kann, das angeblich das Fell des Tieres zum Glänzen bringt, die Knochen stärkt, die Zähne pflegt, ihm Kraft verleiht und darüber hinaus natürlich auch ein langes sorgloses Leben verspricht.

DogDogWalk befindet sich auf der Ile des Sœurs, demselben 3,74 Quadratkilometer großen Stück Land, auf dem sich auch Annas Unternehmen niedergelassen hat. Der Fluss, ein ausgedehntes bewaldetes Gebiet, Parks, Gärten, ein Golfplatz, Glastürme, Bauten, die die Handschrift von Mies van der Rohe tragen, massive Bürgerhäuser, ein paar Bootsanleger, Luxusautos und so viele Annehmlichkeiten, wie man eben braucht. Wenn man in dieser landschaftsgärtnerisch gestalteten Enklave spazieren geht, begreift man schnell, warum DogDogWalk sich an dieser Stelle der Stadt angesiedelt hat. Hier regiert das Geld, und die Hunde werden wie Fürsten behandelt. Es gibt so viele von ihnen, dass man manchmal den Eindruck gewinnt, die Menschen wohnten hier bloß, um den Hunden Gesellschaft zu leisten.

Das Büro von DogDogWalk liegt im Westteil der Insel. Ein kleines backsteinverkleidetes Gebäude, in dessen Garten ein paar zerzauste Trauerweiden ihre Zweige schwingen.

»Guten Tag, ich melde mich auf die Anzeige.«

»Haben Sie vorhin angerufen? Monsieur Sawyer, stimmt's?«

»Sneijder.«

»Oh, Verzeihung. Herzlich willkommen.«

Yorgos Charisteas stellte sich mir als »die Seele des Unternehmens« vor. Er war etwa vierzig Jahre alt und schien eine komplizierte Vergangenheit gehabt zu haben. Er besaß keine feinen Manieren, weder Charme noch Eleganz, aber erfreute sich ganz offensichtlich seines Lebens. Im Übrigen spielte er ständig an dem Metallarmband seiner Uhr – eines billigen Markenimitats.

»Verstehen Sie es bitte nicht falsch, aber ich habe Sie, nun, wie soll ich sagen, ich habe Sie für jünger gehalten. Normalerweise stellen wir Studenten ein oder Leute, die auf der Suche nach ihrem ersten Job sind. Das ist bei Ihnen offensichtlich nicht der Fall. Aber das spielt keine Rolle. Sie haben mir am

Telefon gesagt, Sie seien Franzose und Ihre Frau würde auch auf der Insel arbeiten.«

»Ja, bei Bell.«

Ich überreichte ihm einen kurzen Lebenslauf. Charisteas wirkte angenehm überrascht, dass ich mehrere Jahre als Angestellter bei der SAQ gearbeitet hatte, einer Einrichtung, von der er offensichtlich eine hohe Meinung hatte. Während er nervös an seinem Armband fingerte, fragte er:

»Verfügen Sie über irgendwelche Vorkenntnisse? Haben Sie schon einmal für eine Firma wie die unsrige gearbeitet?«

»Ich habe Hunde ausgeführt, wurde aber noch nie dafür bezahlt.«

»Und Handler? Haben Sie je von der Tätigkeit gehört?«

»Ich habe im Fernsehen einige Vorführungen gesehen.«

»Sind Sie körperlich fit, keine Gelenkprobleme?«

»Alles bestens.«

»Und Hunde? Mögen Sie Hunde?«

»Ich hatte selbst einmal welche.«

»Und?«

»Sie sind gestorben.«

Charisteas strich sich mehrmals mit dem Zeigefinger über die Unterlippe, als wollte er sich ihrer Wölbung vergewissern. Er schlug eine Akte auf, klappte sie wieder zu, machte sich ein paar dringlich wirkende Notizen und zupfte an seinem goldenen Armband. Dann blickte er plötzlich auf die Uhr und lehnte sich in seinen Sessel zurück, der dabei einen kleiner Seufzer von sich gab.

»Monsieur Snapper ...«

»Sneijder.«

»Entschuldigung, ich hatte schon immer Probleme, mir

Namen zu merken. Nun, ich muss gestehen, dass ich unschlüssig bin. Zum einen fällt es mir schwer zu begreifen, warum sich ein Mann Ihres Alters mit Ihrer Berufserfahrung auf einen Studentenjob bewirbt, der keine wirklichen Aufstiegschancen bietet. Außerdem verfügen Sie über keinerlei Vorkenntnisse auf dem Gebiet. Andererseits kann das für unsere Gesellschaft und unsere Kundschaft auch von Vorteil sein, denn Sie verkörpern das Bild eines verantwortungsbewussten Mannes, dem man ohne Zögern seinen Hund anvertrauen würde. In dieser Hinsicht ist Ihr Alter eher ein Pluspunkt. Sie wirken viel vertrauenerweckender als ein zwanzigjähriger Bengel. Oder was meinen Sie?«

»Sie kennen Ihre Kunden besser als ich.«

»Wären Sie bereit, täglich mehrere Runden zu drehen und einige der Hunde anschließend wieder nach Hause zu bringen? Oder sie beim Tierarzt abzuliefern?«

»Die Hunde werden wieder nach Hause gebracht?«

»Wenn die Halter dafür bezahlen. Wir berechnen alle Dienstleistungen. Wären Sie bereit, eine Woche auf Probe zu arbeiten und, wenn die Sache gut läuft, sich dauerhaft zu verpflichten? Würden Sie eine beschleunigte Ausbildung zum Handler machen?«

»Warum nicht?«

»Die Wettbewerbe finden für gewöhnlich an jedem zweiten Wochenende statt. Das Ausführen ist bei schönem Wetter eine leichte Aufgabe, im Winter wird es schon mühsamer. Trauen Sie sich zu, eine Dreiviertelstunde mit sechs oder sieben Hunden an der Leine durch den Schnee zu waten?«

»Ich brauche diese Arbeit, Monsieur Charisteas. Aber es ist keine Frage des Geldes.«

»Nun, wie auch immer, hier sind unsere Tarife. Elf Dollar für einmal Gassi gehen. Dauer: fünfzehn Minuten. Dreißig Minuten Einzelausführung, sechzehn Dollar. Fünfundvierzig Minuten Gruppenausführung, sechzehn Dollar pro Hund. Einen Hund zum Tierarzt bringen und wieder abholen, fünfundzwanzig Dollar. Ihn im Taxi hin und zurück begleiten, dreißig Dollar plus Fahrtkosten. Ein Tier zu einem Sozialverhaltens-Training begleiten, dreißig Dollar.«

»Was ist ein Sozialverhaltens-Training?«

»Ein Training, bei dem Hunde zusammengebracht werden, um mit anderen zu spielen und ihre Aggressionen abzubauen. Die Beträge, die ich Ihnen genannt habe, sind die, die wir unseren Kunden berechnen. Sie bekommen dreißig Prozent für Ausführen und Gassi gehen. Wenn Sie im Schnitt fünf Stunden am Tag arbeiten, dürften Sie, je nach Nachfrage, im Winter zwischen hundert und hundertzwanzig Dollar pro Tag verdienen, im Sommer etwas mehr. Die Routen sind festgelegt, und wir arbeiten nur mit den örtlichen Tierärzten zusammen. Im Prinzip verlassen wir die Insel nie. Was die Handlertarife angeht, hängt dies von Ihrem Talent ab, von ihrem Marktwert, von ihrer Art sie zu trimmen, von der Geschicklichkeit, mit der Sie die Mängel eines Hundes kaschieren, kurz, von Ihrem Ruf. Das Honorar für eine Vorführung kann, sagen wir, zwischen sechzig Dollar für einen Anfänger und siebenhundert Dollar für einen Tophandler schwanken.«

Ein junger Kerl von etwa zwanzig Jahren betrat das Büro und legte eine lange Leine auf den Tisch. Er entschuldigte sich für die Störung und trug sich mit verärgerter Miene in eine Art Anwesenheitsheft oder Stundenplan ein.

»Probleme, Gérard?«

»Der Hund von Monsieur Lappe hat wieder versucht mich zu beißen. Ich sage Ihnen, Monsieur Charisteas, irgendwann wird mit diesem Vieh noch etwas passieren.«

Die Uhr am Handgelenk des DogDogWalk-Chefs vollführte ein paar Loopings. Mehrmals fuhr sich Charisteas mit dem Zeigefinger über die Unterlippe und hob schließlich den Kopf wie der Geschäftsführer eines internationalen Unternehmens, der gleich eine Entscheidung treffen wird, bei der die Zukunft des gesamten Konzerns auf dem Spiel steht. Der junge Mann verließ das Büro, wodurch mir wieder mehr Raum zur Verfügung stand und das Risiko einer Panikattacke merklich sank.

»Der Hund von Monsieur Lappe stellt ein echtes Problem dar. Ich werde das regeln müssen. Den Vertrag stornieren. Ich bedaure das zwar, aber es bleibt mir nichts anderes übrig. Wir dürfen nicht das geringste Risiko eingehen. Es wäre zu folgenschwer. Was halten Sie von unserem Angebot, Monsieur …«

»Keine Einwände.«

»Und wann könnten Sie anfangen?«

»Nächste Woche.«

»Also abgemacht.«

Mit einer gewissen Fiebrigkeit zückte Charisteas ein Heft aus seiner Tasche und sah sich mit verklärtem Blick die Zahlen darin an.

»Mögen Sie Zahlen? Ich habe nichts anderes im Kopf als Zahlen, Zahlen und nochmals Zahlen. Ich habe alle Primzahlen bis 50 000 in mein Heft geschrieben. Letztens habe ich auf dem Kalender die Zahl 2011 gesehen; von der weiß ich, dass sie eine Primzahl ist. Da ist mir aufgefallen, dass sie spiegelverkehrt die 1102 ergibt. Und daraufhin, weiß der Teufel warum, multipliziere ich 1102 mit 2011; und es ergibt 2 216 122. Ist das zu fassen? Eine Palindromzahl. Man kann sie in beide Richtungen lesen. Nur zu, probieren Sie es selbst.«

So war mein neuer Chef: gebürtiger Grieche, unverbesserlicher Armbandzupfer, leicht neurotisch, zwischen Menschen und Hunden lebend, und in der Tasche genügend Material, um Fermats Großen Satz infrage zu stellen, den sein Verfasser vor dreihundertfünfzig Jahren als Hypothese formuliert und kurz vor seinem Tod mit der großartigen Anmerkung versehen hatte: » Ich habe hierfür einen wahrhaft wunderbaren Beweis gefunden, doch ist dieser Rand zu schmal, um ihn zu fassen.«

»2 216 122, nicht übel, was? Und wissen Sie auch, welches das nächste Jahr ist, das eine Primzahl darstellt und, mit der gespiegelten Zahl multipliziert, ein Palindrom ergibt? 2111. Sehen Sie? 2111 multipliziert mit 1112 ergibt 2 347 432.«

Ich habe keine Ahnung, was derartige Menschen antreibt. Auch kenne ich nicht die Gründe für eine solche mathematische Schwärmerei. Von Charisteas kann ich nur sagen, dass es mir vorkam, als hätte er sich dem Unglück gegenüber abgekapselt, als führte er in seinem schwarzen Notizheft stets ein paar Beweise mit sich, weil er insgeheim ahnte, dass die Ränder des Lebens »zu schmal waren, um sie zu fassen«.

Als wir beim Abschied unter dem Firmenschild mit den goldenen Lettern von DogDogWalk standen, ergriff Charisteas meine Hand und hielt sie einen Augenblick in seiner, ähnlich wie jene asketischen Pastoren, die zu lange dem Fleisch entsagt haben.

»Entschuldigen Sie, wenn ich Ihnen diese Frage stelle, sie gehört gar nicht hierhin, aber … sind Sie in gutem Einvernehmen aus der SAQ ausgeschieden?«

»Sicher.«

»Könnten Sie mir wohl fünfzehn Flaschen Ouzo 12 von den Brüdern Kalogiannis besorgen? Zu einem guten Preis? Wäre das möglich?«

Ich kehrte früh nach Hause zurück, lange vor Anna, mit dem vagen Gefühl, eine Pflicht erfüllt zu haben. Ich hatte eine neue Arbeit und die Aussicht auf ein Gehalt, das meinen bescheidenen Bedürfnissen genügen würde. Die Anstellung würde so lange dauern, wie sie eben dauerte. Außerdem wären Winter und Schnee in einem Monat vorüber. Dann ginge wieder das ungeduldige Warten auf die wärmeren Tage los.

Als ich zu Hause ankam, sah ich zwei Elektriker mit allerlei Kabeln und Steckdosen in der Hand ein- und ausgehen. Zuerst dachte ich, es handele sich um Angestellte der Telefon- oder Rundfunkgesellschaft. Doch sie verfolgten ein ganz anderes Ziel. Sie arbeiteten für Locksmith Digital und erklärten mir, Madame Sneijder habe ihnen die Schlüssel dagelassen, damit sie die neue Alarmanlage installieren konnten. Als sie mein überraschtes Gesicht sahen, bemühten sie sich, die Vorteile der neuesten Zentralen und Sensoren, der Bewegungsmelder und der 2-Draht-Bus Türanlagen anzupreisen, die sie mit einem Satz Bewegungsmeldern für den Außenbereich und einem Einbruchmelder verbunden hätten, der erst eine Sprachwarnung geben und dann laute Signaltöne erzeugen würde, um Einbrecher in die Flucht zu schlagen, bevor sie auch nur den Versuch unternehmen konnten, etwas Unrechtes zu tun. »In einer Stunde sind wir fertig«, sagte der Aufmerksamere von den beiden. »Ja, in einer Stunde, locker«, bekräftigte sein Assistent. Annas Auftrag war so gut wie ausgeführt.

Personen und Güter wären bald bestens geschützt. Aber deswegen konnte ich noch lange nicht verstehen, was meine Frau dazu trieb, das Haus mit einer solchen Sicherheitsanlage zu versehen; ich begriff nicht, welch dunkle Angst sie quälte. Schließlich haben wir nie etwas besessen, das den Wert eines IKEA-Ecksofas überstiegen hätte, und nun gab sie Unsummen für eine Technik aus, in die selbst eine robuste Depotbank nicht ohne Weiteres investiert hätte.

Beim Nachhausekommen fragte mich Anna, ob die Elektriker da gewesen wären. Ich bejahte, alles sei in bester Ordnung, nun seien wir vor allem geschützt, außer vor uns selbst. Sie sah mich giftig an wie ein übel gelaunter Abteilungsleiter, ging hinüber ins Wohnzimmer und schaltete den Fernseher ein. Während die Stimme des Nachrichtensprechers allmählich das Erdgeschoss erfüllte, stieg ich hinauf ins Arbeitszimmer, wo mein Informationsmaterial auf mich wartete. Ich schlug eine Nummer der *Elevator World* auf, die ich am Vortag zu lesen begonnen hatte. Sie war der Frage nach dem Platzbedarf in Personenaufzügen gewidmet. Die Analyse basierte auf der Untersuchung, die ein gewisser John Fruin 1971 in einem Buch mit dem Titel *Pedestrian Planning and Design* veröffentlicht hatte. Fruin hatte den Begriff des persönlichen Raums eingeführt und ihn als Ellipse dargestellt, die den menschlichen Körper umgab, sechzig Zentimeter lang und fünfundvierzig Zentimeter breit. Diese geometrische Figur entsprach dem Raum, den ein Mensch auf dieser Erde einnimmt. Der Forscher hatte außerdem die minimal benötigte Fläche für einen Passagier in öffentlichen Verkehrsmitteln ausgerechnet, 0,27 Quadratmeter in der U-Bahn und 0,18 Quadratmeter in einem Aufzug. Ein anderer Forscher, der auf Untersuchungen der räumlichen Abstände zwischen Personen spezialisiert war, hatte festgestellt, dass für einen Menschen ein Bereich von 0,9 Quadratmetern einer noch annehmbaren Intimzone entspricht, vorausgesetzt, die Körper halten mindestens vierzig Zentimeter Abstand. Darunter empfindet jeder Mensch die Wärme und den Körpergeruch seiner Mitmenschen als Belästigung. Andere, heimtückischere Experimente hatten bewiesen, dass in einem überfüllten Aufzug, in dem sich ausschließlich Frauen befinden, diese sich mit einer minimalen Fläche von circa 0,13 Quadratmetern begnügen. Wenn man hingegen einen Mann in denselben Aufzug steckt, beanspruchen die Frauen eine Fläche von bereits 0,18 Quadratmetern.

Ich las dies alles durch, ohne eigentlich zu wissen, warum. Aber ich hatte den Eindruck, dass hier nicht nur von den Ärgernissen erzählt wurde, die diese seltsamen Maschinen verursachten, sondern es ging um nichts Geringeres als die Geschichte unserer Welt und unserer Spezies. Warum hatten wir angefangen, die Erde in winzige Orangenschnitze zu zerteilen? Wie hatte man uns dazu gebracht, bereitwillig auf einer so winzigen Fläche auszuharren? Wer hatte uns beigebracht, schweigend auf einem Fünftel Quadratmeter zusammenzutreten und die uns zur Verfügung stehenden 0,9 Quadratmeter Boden als ausreichend zu betrachten?

Draußen herrschte nächtliche Stille, die Einbruchsmelder hielten Wache, und ich dachte an den Mathematiker Pierre de Fermat, von dem es hieß, er habe seine Entdeckungen geschickt vor anderen verborgen gehalten; ich dachte an die vom Himmel gefallenen Vögel und an die ertrunkenen Fische, ich dachte an die Asche meiner Tochter, die nebenan ruhte und jeden Tag durch mein Leben geisterte; ich konnte nicht schlafen und war mehr denn je überzeugt, dass die Ränder unseres Lebens zu schmal sind, um die Summe unserer Träume und den Spiegel unserer Intuitionen zu fassen.

Gegen sechs Uhr morgens stellte das unerträgliche Kreischen unserer ultramodernen Alarmanlage spontan ihr ganzes Störvermögen unter Beweis. Noch ganz benommen von den über mich hinwegpeitschenden Dezibel und vollkommen verdattert über diesen ohrenbetäubenden Lärm, brauchte ich einige Zeit, bis ich begriff, dass wir gerade unseren ersten Tribut an jene hochempfindliche und äußerst hilfreiche Technologie zahlten, die so prompt ihren Dienst tat. In den Augen dieser Geräte war jede vor dem Hauseingang oder auf der Terrasse registrierte Bewegung es würdig, uns mitgeteilt zu werden, zumal die übereifrigen Sensoren keinerlei Unterschied zwischen den zarten Pfoten eines vorbeihüpfenden Eichhörnchens und einem Paar Doc Martens machten. Nachdem ich mich von meinem ersten Schock erholt hatte, raste ich zum Sicherungskasten, um das gesamte System vom Stromkreis zu trennen. Diese Angst einflößende Situation, die plötzlich das Schlimmste vorstellbar machte, ließ meine Handgriffe so ungeschickt werden, dass die ganze Prozedur wesentlich länger brauchte als vorgesehen. Als endlich wieder Stille eingekehrt war, fühlte ich mich in Sicherheit, geschützt vor diesen Maschinen, die uns eigentlich beruhigen und beschützen sollten. Zudem bestand kein Zweifel, dass wir soeben einen Großteil der Leute unseres Viertels am Fortschritt der Hightech-Einbruchsmeldetechnik hatten teilhaben lassen. Meine Frau stand zürnend, wie eine antike Göttin, in ihren Morgenmantel gehüllt, auf dem oberen Treppenabsatz und verkündete: »Die Techniker müssen umgehend vorbeikommen und diese Apparate regeln. Das ist ja völlig inakzeptabel.« Wenn es um offizielle Mitteilungen, Kommandos, Entscheidungen und Verfügungen ging, war auf die Spezialistin für Sprachbefehle Verlass.

Für mich war die Nacht beendet. Und was mein zukünftiges Leben im Schoß dieser Maschinen anging, stand mein Entschluss jetzt schon fest: Ganz gleich, welche Feinjustierung die Techniker an den Sensoren vornehmen würden, von morgen an würde ich jeden Abend vor dem Zubettgehen das System abschalten.

Früher hätte ich ein so unsanftes Erwachen mitten in der Nacht dazu genutzt, Anna das Frühstück vorzubereiten, ihr eine Orange oder einen Apfel zu schälen, einen Kaffee oder einen Tee zu kochen, den Tisch zu decken und Brot in den Toaster zu stecken. Doch inzwischen sind wir uns so fremd geworden, dass mir derartige Aufmerksamkeiten völlig deplatziert erscheinen.

Am späten Vormittag stellten die beiden Installateure ihre Leitern also wieder auf, kletterten hinauf und hinab und hantierten mit ihren Messgeräten. Ihre Handgriffe wirkten alles andere als zielgerichtet. Man spürte, wie unsicher und zögerlich sie waren. Ich überließ sie ihrer Ratlosigkeit, ohne ihnen auf die Nase zu binden, zu welch radikaler Lösung ich bei Einbruch der Nacht schreiten würde. Dreimal zuckte ich zusammen, als sie das Ergebnis ihrer Nachjustierungen prüften; das Alarmsignal war so gellend laut, dass die Stromleitungen zu schmelzen drohten. Als die Techniker ihr Material zusammenräumten, war der Fortschritt gleich null und die Maschinen registrierten ebenso eilfertig wie zuvor jeden kleinsten Eichhörnchentapser.

»So. Wir sind fertig«, sagte der Teamchef. »Allerdings ist das Ganze noch immer recht sensibel.«

»Was heißt sensibel?«

»Dass der Alarm wie gestern von einem vorbeihuschenden Tier ausgelöst werden kann.«

»Ich glaube nicht, dass meine Frau diese Geräte angeschafft hat, um Nagetiere in die Flucht zu schlagen.«

»Da bin ich ganz Ihrer Ansicht. Mehr ist manchmal weniger.«

»Das heißt, das Geheule kann jederzeit wieder losgehen?«

»Das ist der Preis, den man zahlen muss. Wir haben die Sensoren jetzt auf das Minimum eingestellt, aber Sie haben selbst gehört, es bleibt grenzwertig. Wenn der Alarm losgeht, geht er los, das ist natürlich nicht angenehm. Einerseits, und das sollte Sie beruhigen, genießen Sie auf diese Weise hundertprozentigen Schutz vor Einbrechern. Das sage ich den Kunden immer, dieses System lässt sich gut mit einem starken und wirkungsvollen Medikament vergleichen. Doch wie alle starken Medikamente hat es Nebenwirkungen. Das wird Ihnen jeder Arzt bestätigen.«

Wäre Anna da gewesen, hätte der Pharmalehrling wenig Gelegenheit gehabt, seine Erklärungen noch länger auszuführen, sondern wäre ruckzuck wieder auf die Leiter gestiegen, um seinen hyperaktiven Sensoren ein für alle Mal den Unterschied zwischen Normalfall und Notfall beizubringen. Was der Elektriker auch nicht wusste, war, dass er aufgrund meines radikalen Entschlusses einen Mann vor sich hatte, der ihn vor den wiederholten Angriffen meiner Frau auf seinen persönlichen Bereich schützen würde; denn sie hätte ihn zweifellos bis in seine »Komfortsphäre« hinein bedroht und verfolgt und diese auf deutlich weniger als die vom Autor des *Pedestrian Planning and Design* empfohlenen 0,9 Quadratmeter reduziert.

Kaum hatte meine Frau die Wohnungstür durchschritten, fragte sie mich nach den Arbeiten, die die Leute von Locksmith Digital durchgeführt hatten. Zerstreut antwortete ich, dass sie getan hatten, was zu tun war.

Ich hatte mit Anna noch nicht über meine zukünftige Tätigkeit auf der Insel gesprochen. Ich wusste schon im Voraus, was sie davon hielt. Nach dem Abendessen setzte ich mich neben sie aufs Sofa, wo sie bei einem Glas Rotwein gedankenverloren durch die Fernsehkanäle zappte.

»Ich habe eine neue Stelle gefunden.«

»Einen Bürojob?«

»Nicht wirklich. Eher eine Arbeit an der frischen Luft.«

»Was meinst du mit an der frischen Luft?«

»Draußen, auf der Straße. Genau genommen auf der Insel.«

»Auf der Ile des Sœurs?«

»Ja.«

»Und worin besteht diese Arbeit?«

»Dog Walker.«

Ich wählte die englische Bezeichnung, um den Schock zu mildern, den Aufschlag zu dämpfen, von dem ich sehr wohl wusste, wie brutal er sein konnte.

»Dog was?«

»Dog Walker, Hundeausführer. Und an manchen Wochenenden Handler bei Wettbewerben.«

»Du willst Hunde ausführen? Du willst auf der Ile des Sœurs Hunde ausführen?«

»Genau.«

»Du hast dich in deinem Alter als Hundeausführer anstellen lassen? Das ist doch ein Job für Kinder! Das ist völlig aberwitzig! Du wirst mir den Gefallen tun und dir diese Idee gleich wieder aus dem Kopf schlagen. Ich glaube langsam wirklich, du verlierst den Verstand.«

»Ich werde diese Arbeit machen. Und ich fange kommenden Montag an.«

»Und was ist ein Handler?«

»Bei Wettbewerben müssen Rassehunde vorgeführt werden, man läuft neben ihnen her. Es ist zwar ein bisschen lächerlich, aber die Wettbewerbe finden nur zweimal im Monat statt.«

»Ein bisschen lächerlich? Hunde aus- und vorführen? Hast du eigentlich mal an mich gedacht, wenn mich die Freunde bei Bell fragen, was aus dir wird, und ich Ihnen antworten muss: ›Oh, es geht ihm gut, er hat die Kurve gekriegt und einen Job gefunden, der ihm gefällt, er führt Hunde aus.‹ Ich kann einfach nicht glauben, dass du ernsthaft auf diesen Gedanken verfallen bist!«

»Denk doch, was du willst, im Moment ist diese Stelle jedenfalls genau das Richtige für mich. Ich brauche Zeit, ich muss draußen sein, spazieren gehen. Ich kann nicht mehr wie vorher leben.«

»In dem Fall solltest du eine Therapie erwägen! Es gibt Leute, die machen das beruflich. Was erhoffst du dir von den Hunden? Merkst du eigentlich gar nichts mehr?«

»Ich bin es leid, Anna. Ich bin es leid zu sehen, dass du

nichts, aber auch rein gar nichts verstehst, dass du nichts siehst. Du gehst mir auf die Nerven mit deinen Alarmanlagen und deinen *High Potential*-Welten. Ich verstehe nichts von dem, was du sagst oder tust. Das einzige, das mir in unserem Haus noch lebendig erscheint, ist die Asche meiner Tochter. Nachts lese ich Bücher über Aufzüge, ich versuche zu begreifen und weiß nicht einmal, was. Ich suche nach etwas, doch habe ich nicht die geringste Ahnung, was es sein könnte.«

»Vor allem solltest du jemanden aufsuchen, wirklich, und zwar schnell! Und wenn du nicht anrufst, werde ich es tun.«

»Gar nichts wirst du. Und am Montagmorgen gehe ich ganz normal zur Arbeit. Du wirst mit deinem Auto zur Insel fahren, und ich werde den Bus nehmen. Richtung ›Cité du Havre‹. Und wir werden jeder auf einer Seite der Insel arbeiten. Du wirst deine schlauen Berechnungen anstellen, und ich werde Hunde ausführen, die keine richtigen Hunde mehr sind. So machen wir das. Weil ich es beschlossen habe und weil das mein Leben ist. Und im Übrigen kannst du davon halten, was du willst.«

»Mein armer Freund, du befindest dich im freien Fall, hörst du, im freien Fall! Sieh dich nur an! Du tust mir wirklich leid! Du bist erbärmlich!«

Anna sprang auf und lief in die Diele. Dort schnappte sie sich ihren Mantel und eilte hinaus wie ein junger Vikar, dem der Teufel auf den Fersen ist. Die Strafe der Sensoren folgte auf dem Fuße. Meine Frau wurde gescannt und aufgespürt. Da ich den Stromkreis noch nicht unterbrochen hatte, war es für die launische Maschine ein Kinderspiel, ihre gellenden Sirenenrufe auszustoßen und den nächtlichen Dieb zu überführen.

Wenigstens dieses eine Mal hatte die Maschine sich nicht getäuscht. Als sie endlich wieder Ruhe gab, war ich einen Augenblick versucht, den Mechanismus wieder anzustellen, damit Anna bei ihrer Rückkehr erneut in Schockstarre versetzt würde, sobald sie auch nur einen Fuß auf die Vortreppe stellte. Doch meine Gallensäfte verebbten schon bald, und so schaltete ich den Alarm aus, damit sie ungehört und ungestört ins Haus schleichen konnte.

Als ich am nächsten Morgen aufstand, war Anna schon für den Krieg gerüstet. Mit scharrenden Hufen wie ein Vollblütler erwartete sie mich in der Küche in einer mir bislang unbekannten Aufmachung – Tweedjackett und gerade geschnittene Hose. Sie ließ mir nicht einmal Zeit, mir Kaffee einzugießen, sondern kam blitzschnell auf mich zu und packte mich an den Handgelenken, wie wenn man ein Kind zurechtweist.

»Paul, ich bitte dich. Ich habe eben deinen Neurologen im Krankenhaus angerufen, und er ist bereit, dir heute Mittag einen Termin zu geben.«

»Du hast diesen Kerl angerufen?«

»Ja. Ich finde, es geht dir nicht gut. Ich mache mir Sorgen. Geh zu ihm, versprich es mir. Danach kannst du machen, was du willst.«

»Was hast du ihm gesagt?«

»Dass du Hilfe brauchst, nichts weiter.«

»Hast du ihm von den Hunden erzählt?«

»Spinnst du oder was?«

»Du glaubst, es geht mir nicht gut, weil ich meinen Lebensunterhalt mit dem Ausführen von Hunden verdienen möchte. Und deswegen schickst du mich zu einem Neurologen.«

»Tu es für mich.«

Annas Gesicht drückte mehr Panik als Mitleid aus. An diesem Morgen wurde mir klar, dass ich eine bestehende Ordnung durcheinandergebracht, ein Tabu gebrochen, die Grenzen zu einer verbotenen Welt überschritten hatte. Ich hatte die Regeln des gesellschaftlichen Anstands gebrochen. Und das machte aus mir automatisch den potenziellen Insassen einer Nervenanstalt. Der Vater von zwei Steueranwälten, der Mann einer Spezialistin für automatische Spracherkennung wollte von einem Tag auf den anderen Handler und Dogwalker werden – keine weiteren Fragen, der war reif für den Neurologen, wenn nicht gar für den Psychiater. Ich fragte mich, was Anna diesem Kerl erzählt haben mochte, wenn er mich als Notfall in seiner Sprechstunde unterbrachte. Wobei man sagen muss, dass mich der Unfall zwar nicht wie White in die Fernsehstudios katapultiert, aber zumindest im Royal Victoria Hospital zu einer Lokalberühmtheit gemacht hatte. Ich war der Kerl, der vom Himmel gefallen war und im Gegensatz zu den Rotschulterstärlingen überlebt hatte.

Ein Ass des freien Falls.

Dr. Walcott hatte eine äußerst unangenehme Manie. Während er sich mit seinen Patienten unterhielt, scrollte er ständig auf seinem iPhone herum. Wie ein dicklicher, doch unermüdlicher Eiskunstläufer glitt sein Daumen über den Touchscreen des Geräts. Man hatte den Eindruck, er würde sich in Gesellschaft seiner Patienten derart langweilen, dass er ununterbrochen die Hilfe einer App in Anspruch nahm, um sich von seinem Arbeitspensum abzulenken. Angeblich sollte Walcott während meines Komas eifrig meinen Fall bearbeitet haben, bis ich die Augen aufschlug und er sich diskret zurückgezogen hatte. Meine Meinung über ihn war gespalten. Er war ein großer Fachmann und schlechter Beichtvater. Solange die Krankheit genügend Distanz wahrte, auf Bilder gebannt war oder kategorisiert werden musste, war Walcott in seinem Element und hocheffizient. Sobald das Übel jedoch konkrete Gestalt annahm, er zuhören musste oder mit allzu Menschlichem konfrontiert wurde, sahen die Dinge schlecht aus.

»Ihre Frau hat gesagt, Sie seien in Schwierigkeiten, Monsieur Sneijder.«

»Ich glaube, sie hat mächtig übertrieben. Es geht mir eher gut.«

»Sie hat von sonderbaren Vorstellungen, merkwürdigen Verhaltensweisen gesprochen.«

»Unsinn, da war nichts Schlimmes. Ich hatte vor ein paar Tagen eine Angstattacke; manchmal fällt es mir eben schwer, mich in einem Raum aufzuhalten, in dem es viele Leute gibt.«

»Verstehe. Fixe Ideen, andere Phobien? Kopfschmerzen?«

»Alles in Ordnung.«

»Und die Sache mit den Hunden ...«

»Sie hat Ihnen also davon erzählt? Ich habe einen Job als Hundeausführer gefunden, ein paar Stunden pro Tag, das ist alles. Momentan tut es mir gut, draußen zu sein und mir die Beine zu vertreten. Es hält mich vom Grübeln ab. Ich vertreibe mir die Zeit. Meine Frau hat Ihnen bestimmt auch erzählt, dass ich viel über Aufzüge lese.«

»Nein. Was lesen Sie denn?«

»Alles. Reportagen und soziologische Studien über die Geschichte oder die Technik der Aufzüge, sogar Kataloge über Zubehör.«

»Das ist eine legitime Neugierde.«

Der Daumen des Arztes glitt über den Spiegel seines Telefons. Sein Finger schien einen süßen Traum zu streicheln, bevor er wieder zur Ruhe kam.

»Wissen Sie, Monsieur Sneijder, mir ist nur wichtig, dass Sie keine Kopfschmerzen oder Schwindelgefühle haben. Alles andere sind Lappalien, die mehr oder weniger normal sind nach einem Trauma, wie Sie es erlebt haben. Sollten Sie jedoch weitere Angstattacken haben, sagen Sie mir Bescheid, dann verschreibe ich Ihnen etwas. In der Zwischenzeit sollten Sie Sport treiben und schöne Spaziergänge mit Ihren Hunden unternehmen.«

In diesem Augenblick schien mir der Arzt die Gnade in Person zu sein. Ich verehrte seinen Daumen. Ich nahm alle Kritik zurück. Ich rechnete ihm seine Diskretion und seine Art, jede Sprechstunde auf wenige Minuten zu beschränken, hoch an. Da er offenbar nichts von dem Bannfluch meiner Frau wusste, hatte er mich und meine Hunde gesegnet.

Am frühen Nachmittag stattete ich Charles Wagner-Leblond unangemeldet einen Besuch ab. Zu meiner Überraschung hatte er tatsächlich etwas Zeit und lud mich ein, in dem gemütlichen Empfangszimmer, das er in seiner Kanzlei eingerichtet hatte, mit ihm Tee zu trinken. Das geschäftige Kommen und Gehen seiner Partner und Praktikanten im Flur stand in krassem Gegensatz zu der Abgeklärtheit dieses Mannes, der hier wie überall sonst nach seinem eigenen Rhythmus lebte – ebenso bedächtig wie die Melodie seiner Sätze, die er mit größter Sorgfalt ziselierte, ohne sich jemals die geringste Nachlässigkeit zu erlauben oder das kleinste Zugeständnis an irgendeine Dringlichkeit zu machen. Er schloss die Tür hinter uns, und plötzlich – die reinste Magie – hörte der Mahlstrom des geschäftigen Treibens auf. Das Licht, das gedämpft durch die naturfarbenen Baumwollvorhänge fiel, überstäubte jeden kleinsten Gegenstand und liebkoste die patinierte Oberfläche des naturfarbenen Ledersofas. In diesem Raum schien es, als hätte Wagner-Leblond mit seiner Teetasse in der Hand endlich Frieden gefunden, als wäre er befreit von dem ganzen juristischen Chaos, von den vielen Klagen, die für ihn meist nur Klagelieder waren; von den Rechtsstreitigkeiten, die ihn zwangen, in die Keller der Hochhäuser hinabzusteigen, um Gegengewichte zu prüfen, Federn zu betasten, die Finger in Metallspäne zu stecken und die Arbeit der Drahtziehereien mit der Lupe zu begutachten.

Wagner-Leblond ging ans Bücherregal und kehrte mit einem Bildband zurück, der den Titel *Jahreszeiten* trug. Darin waren Fotos von einem Garten in Kyoto abgebildet: die Üppigkeit des Sommers, das Versprechen des Frühlings, der Schnee des Winters und das Erröten des Herbstes. Immer aus derselben Perspektive. Bildeinstellungen, die wie mit dem Lineal gezogen waren. Nichts wurde zur Schau gestellt, alles blieb auf das Wesentliche beschränkt. Bäume, Steine, Wasser. Jeder Jahreszeit war es überlassen, diese Welt einzufärben, sie erblühen oder im Eis erstarren zu lassen. Wagner-Leblond blätterte die Seiten um, die Monate vergingen, einer verdeckte den anderen. Zwischen zwei Bildern erzählte er mir Anekdoten über die chinesische Abteilung des Botanischen Gartens, die mit Hilfe der Parkverwaltung von Shanghai gestaltet worden war. Die Hauptelemente der vielen Pavillons waren von fünfzig spezialisierten Kunsthandwerkern in China zusammengestellt worden. Sie hatten nicht weniger als hundertzwanzig Container benötigt, um diese entfernte Welt bis nach Quebec zu transportieren. Der Mann neben mir hatte ganz offensichtlich alle Verfahrensregeln, die Geheimnisse der Gesetzesbücher oder die Zulassung bei der Rechtsprechung vergessen. Er hatte nur noch die Eingänge zu jenen asiatischen Höfen im Kopf, über denen die Sterne des Wohlstands, des Glücks und der Langlebigkeit funkelten. In diesen Momenten war Charles Wagner-Leblond nur noch ein aufmerksamer Spaziergänger, der von Buch zu Buch durch das baumüberwucherte Gedächtnis der Welt schlenderte. Die meisten dieser japanischen und chinesischen Gärten kannte er bis ins Kleinste, ohne dass er je dort gewesen wäre. Er kannte sie so gut, dass er mit geschlossenen Augen jeden Pfad hätte entlangspazieren können. Er wusste jedoch, dass ihm nie genug Zeit dafür blieb, dass er mehr als ein Leben brauchte, wenn er sie alle besuchen wollte. Also begnügte er sich mit den Bildbänden, die geordnet in greifbarer Nähe standen. Sie warteten auf ihn, und um die Gärten zu besuchen, brauchte er nur die Tür zuzumachen und sich mit ihnen in diesen weißen Raum einzuschließen, in den nichts hineinsickerte vom Tumult der Gerichtssäle.

Wagner-Leblond strich über den Buchdeckel und schob das Buch ins Regal zurück. Er lächelte wie ein freundlicher Lehrer, der sich an den Pausen auf dem Schulhof ergötzt.

»Wenn doch nur die Welt genauso sein könnte! Wissen Sie, woran ich gerade arbeite? Ich traue mich kaum, es Ihnen zu erzählen. An Fällen, die für diese Jahreszeit typisch sind, den sogenannten ›Weihnachtsaufzügen‹.«

»Was ist das?«

»Ein Spiel, das die Stadtkinder lieben, besonders in New York. Nach den Festtagen sammeln sie zwei oder drei größere

Weihnachtsbäume auf, stecken sie in einen Aufzug, drücken auf den Knopf der obersten Etage, und bevor die Ladung abhebt, stecken sie sie in Brand. Während der Auffahrt verwandeln sich die Äste in lodernde Fackeln, und das Feuer nimmt solche Ausmaße an, dass es den Aluminiumrahmen, an dem die Seile befestigt sind, für gewöhnlich zum Schmelzen bringt. Die gesamte Struktur gibt nach, und am Ende stürzt eine wahre Brandbombe den Schacht hinab und schlägt unten auf. Ich bin mir ziemlich sicher, dass sich Elisha Grave Otis, als er 1853 letzte Hand an seine Fahrstühle legte, nicht vorstellen konnte, dass man eines Tages derartigen Gebrauch von ihnen machen würde.«

»Und wen vertreten Sie in diesem Fall?«

»Stellen Sie sich vor, mein Lieber, in diesem Fall vertrete ich die Weihnachtsbäume. Ja, Sie haben richtig gehört, die Weihnachtsbäume.«

Seinen kleinen humoristischen Einwurf genießend, öffnete Wagner-Leblond wieder die Tür seines Salons, und mit einem Mal flutete die Außenwelt mit ihrem Lärm, ihren Beschwerden und Anliegen wieder rücksichtslos herein. Der Anwalt dankte mir für meinen Besuch. Er gestand mir, dass er ihn nicht kalt gelassen hatte, und fügte hinzu, er hoffe, eine so angenehme Überraschung würde sich bald wiederholen. Zu keinem Zeitpunkt machte er eine Anspielung auf den Unfall oder die Akte, mit der er betraut war. Draußen war der Himmel grau, und vereinzelte Schneeflöckchen erinnerten daran, falls das überhaupt nötig war, dass der Winter noch um die Häuser schlich.

Seit meiner Entlassung aus dem Krankenhaus hatte ich seltsamerweise das Bedürfnis nach einem Tagesablauf, der von Zufällen und unvorhersehbaren Abläufen bestimmt würde. Es mangelte mir an einer *klaren Zielvorstellung*, wie die Personalchefs sagen würden. Das war sehr erholsam. Das Haus, der Garten, das Krankenhaus, ein unerwarteter Besuch, Einkäufe, der Bus, das Haus. Und hin und wieder ein paar Installateure von Alarmanlagen, die mich daran erinnerten, dass die geschäftige und verschwenderische Welt überall lauerte. Als meine Frau heimkam, saß ich im oberen Stockwerk neben meiner Tochter und sah mir Fotos von ihr in den unterschiedlichsten Phasen ihres Lebens an. Anna gesellte sich zu mir, und um sich ein wenig Haltung zu geben, fing sie an, in einer Nummer von *Elevator World* zu blättern.

»Geht es dir gut? Warst du bei Walcott?«

»Ja, ich war dort, alles in Ordnung. Ich habe keine besonderen Probleme.«

»Hast du ihm von deinen Angstattacken erzählt?«

»Er meinte, das sei nicht außergewöhnlich nach einem solchen Unfall. Es würde sich mit der Zeit geben.«

»Und die Tatsache, dass du die Nähe anderer nicht erträgst, findet er auch normal?«

»Ja, nach einem Schock kann das wohl vorkommen.«

»Das hat er gesagt, sonst nichts. Und habt ihr über deine Lektüre, über diese zwanghafte Beschäftigung mit Aufzügen gesprochen?«

»Ja, wir haben das Thema gestreift. Er hat mir allerdings auch gesagt, dass du ihm von den Hunden erzählt hast.«

»Und was hält er davon?«

»Er hält das für eine gute Idee. Auf die Weise habe ich ein wenig körperliche Betätigung, grübele nicht zu viel und lüfte meine Gedanken.«

»Du lüftest deine Gedanken! Mit Hunden! Es gibt wirklich nichts, was es nicht gibt.«

Daraufhin raste sie wie ein Feuerball die Treppe hinunter, getrieben von loderndem Zorn.

Als ich zum Abendessen hinunterging, fiel mir etwas Ungewöhnliches auf. Es war Freitag und in der Küche: kein Brathähnchen, nicht das kleinste Geruchsmolekül von erkaltendem Geflügel. Anna sah mit verschränkten Armen fern. Ich fragte: »Gibt es kein Hühnchen?« Und sie erwiderte: »Scher dich zum Teufel.«

Seit einiger Zeit hatte Anna es sich zur Gewohnheit gemacht, vor dem Einschlafen im Bett Kaugummi zu kauen. Dentyne Splash. Eine grünliche Masse, die den Geruch von Mundwasser verströmte. Und jeden Abend hörte ich zehn Minuten lang das Geräusch ihrer Kiefer und Zähne, die auf diesem Kaugummi herumkauten und ihn zermalmten; ich stellte mir vor, wie ihre Zunge die feuchte und knetbare Masse, dieses Aspartam-Aggregat hin und her schob. Unter dem leichten Druck zerplatzten gelegentlich in der Kaumasse eingeschlossene Luftbläschen, während der überschüssige Speichel ein leicht schmatzendes Geräusch erzeugte. Ich hörte mir das alles schweigend und mit gespannter Aufmerksamkeit an, um ja nichts von den Subtilitäten dieses Konzerts zu verpassen. Und ich dachte bei mir: »Warum kaut sie so wild, wen will sie beißen?«

Ich schlief noch immer genauso schlecht wie zuvor, hatte aber den Eindruck, dass es mir besser ging und die Fangvorrichtungen, die, wie Anna es nannte, meinen freien Fall stoppen sollten, endlich griffen: der Botanische Garten, die Freude darüber, wieder gehen zu können, wohin ich wollte, die Vorfreude auf die Hunde und die sporadische Gesellschaft von Wagner-Leblond. Paradoxerweise fühlte ich mich bei meinem mutmaßlichen Gegner am wohlsten, hatte zu ihm am meisten Vertrauen. Seine Ruhe und seine respektvolle Art waren für mich erholsam. Etwas sagte mir, dass er nicht weit davon entfernt war, meinen Blick auf die Welt zu teilen und, selbst wenn er Anwalt war, nicht davor zurückschrecken würde, ein Rudel Hunde auszuführen – immer vorausgesetzt, er müsste noch einmal von vorne anfangen, nachdem ihm der Himmel auf den Kopf oder er vom Himmel gefallen wäre, was ungefähr auf dasselbe hinausläuft.

Diesen Himmel wollte, wie ich gestern Abend entdeckt habe, der Architekt Frank Lloyd Wright 1956 am höchsten Punkt seines berühmten Mile High Illinois befestigen, für das er den Grundriss entworfen und die Stahlkonstruktion gezeichnet hatte. Wie der Name verrät, sollte das Gebäude tausendsechshundertneun Meter hoch und, als würde das nicht genügen, mit einer hundertsiebenundzwanzig Meter langen Antenne versehen werden. Fünfhundertachtundzwanzig Stockwerke, von denen die letzten zehn ausschließlich dazu da wären, das Maschinenwerk der Aufzüge zu beherbergen: insgesamt sechsundsiebzig; Ungetüme, die dank einer Vorrichtung von Zahnrädern an der Außenfassade hinauf- und hinunterfahren, fünfstöckige Expressaufzüge, die mit neunzig Stundenkilometern zum Himmel klettern sollten. Die Frage nach der Steuerung dieses Systems hatte den Fachleuten und Geldgebern das Blut in den Adern gefrieren lassen. Und so war der Wolkenkratzer ein Luftschloss geblieben. War nie auf der Erde gelandet. Aber er geisterte noch immer auf den Zeichenblättern herum, spukte wie die Versuchung eines

Demiurgen, wie ein weißer Wal durch die Hirne von Abenteurern. Gelegentlich kramte man seine Pläne wieder hervor und startete neue Berechnungen. Beängstigende Berechnungen mit entsetzlichen Ergebnissen. Denn nach modernen Normen würden nicht nur sechsundsiebzig Megakabinen benötigt, sondern zweihundertfünfundzwanzig riesige Gondeln, um einen Koloss von solchen Ausmaßen zu versorgen.

Deswegen war ich am Tag zuvor so schlecht eingeschlafen. Wegen des Wright-Projekts. Wegen all der Dinge, die man begriff, wenn man es auseinandernahm. Es machte vieles klar. Es bestätigte, was ich bereits gelesen hatte. Wenn man die Wahrheit der modernen Welt genauer unter die Lupe nahm und tiefer in die Ära der Vertikalität einstieg, stellte man fest, dass sich der Aufzug tatsächlich im Zentrum aller Dinge befand.

Ich wurde von einem leichten Acetongeruch geweckt. Noch bevor ich die Augen geöffnet hatte, wusste ich, dass er aus dem Badezimmer kam, wo Anna gerade farblosen Nagellack auftrug. Dentyne Splash beim Einschlafen, Gemey Maybelline Express Finish beim Aufstehen. Ich war sicherlich der Erste in der langen Linie der Sneijder, dem eine so seltsame Behandlung zuteilwurde. Meine Vorfahren hatten im Geruch von Feuer und Glut das Eisen geschlagen, und ich wurde im Bett von dem fauligen Wohlgeruch der Kosmetika und den verschlagenen Aromen der Zahnarztpraxen umfangen. Ich fragte mich, wie es kam, dass ich das alles schon so lange ertrug, unter dem Vorwand, dass Anna eines Tages zwei unerträgliche Zwillinge in die Welt gesetzt hatte, deren halbe Elternschaft mir bestenfalls ein missratener Chromosomensatz und ein opiumabhängiger Genetiker unterstellen konnte …

Jedes Wochenende begann mit diesem süßlichen Nagellackgeruch. Das wusste ich. Und doch konnte ich nicht umhin, einen gewissen Groll gegen dieses Produkt zu hegen, was zugegebenermaßen keinen vernünftigen Grund hatte.

In der darauffolgenden Stunde würde Anna auf dem Atwater-Markt einkaufen gehen. Dann würde sie telefonieren, Zeitung lesen, ihre E-Mails sortieren, und abends würde sie ihre unentbehrlichen Söhne anrufen, ihren einzigen Halt, um ihnen zu sagen, wie wichtig sie für die Zukunft von Bell geworden war und wie sehr ich ihr zur Last fiel. Wenn sie es nicht bereits getan hatte, würde sie ihnen sicher in aller Ausführlichkeit schildern, wie erbärmlich meine neue Anstellung war, um ihnen meinen Niedergang drastisch vor Augen zu führen. »Hundeausführer, kannst du dir das vorstellen?« Ich sah sie schon lebhaft vor mir. »So weit ist es mit eurem Vater gekommen.« Dann würde sie ihr Arbeitszimmer verlassen und beim Fernsehen kleine, nervtötende Häppchen von einer großen Auswahl industriell zubereiteter Rohkost zu sich nehmen. In diesem egoistischen Menü gab es keinen Platz für mich. Aus seinem Inhalt und seinem Design könnte ein Semiologe eine ganze Reihe von Schlüssen ziehen, die es ihm erlauben würden, die unterschwelligen Botschaften meiner Frau für mich zu übersetzen: Wenn du Hunger hast, koch dir Nudeln; ich habe keine Lust zu reden; ich kann sehr gut alleine hier sitzen; es würde nicht schaden, wenn du in dein Arbeitszimmer gingest; ich denke, mein Leben wäre erträglicher ohne dich; es wäre für alle besser gewesen, wenn du nicht wieder aufgewacht wärst; ich habe viel Spaß mit dem Mann aus Ontario; du wirst mich nie wieder anrühren; ich schäme mich für dich.

Dieser Samstag verlief genau so, wie ich es mir gedacht hatte. Nur ein kurzer Schneesturm sorgte für ein wenig Unvorhersehbarkeit in dem ansonsten streng befolgten Protokoll. Und natürlich die außergewöhnliche Telefonaudienz, die Hugo mir gewährte, nachdem er sich ausgiebig mit seiner Erzeugerin unterhalten hatte.

»Dein Sohn«, sagte sie.

»Welcher?«

Sie knallte den Hörer auf den Tisch wie eine Ohrfeige. Dabei war an meiner Frage nichts ungewöhnlich. Zumal die Zwillinge sich nicht nur aufs Haar glichen, sondern auch die gleiche Stimme hatten.

»Papa? Wie geht es dir? Mama hat erzählt, du hättest Probleme.«

»Nicolas?«

»Nein, Hugo.«

»Alles in Ordnung. Deine Mutter macht sich unnötig Sorgen.«

»Nein, ich meine, was in dir vorgeht …«

»Wovon redest du?«

»Von deinen Angstproblemen und so, von deinen Gedanken.«

»Ich weiß nicht, was du meinst, es geht mir gut. Mehr gibt es nicht zu sagen. Und bei dir?«

»Nein, das, was du … ich meine … die Tatsache, dass du es nicht erträgst, mit Leuten in einem Raum … die Fahrstühle … deine merkwürdigen Gedanken …«

»Was soll das Ganze? Von was für Gedanken redest du …«

»Na, von deinen … nun … von den Hunden und so, all diese Sachen.«

»Ach, die Hunde. Willst du jetzt auch noch deinen Senf dazugeben?«

»Entschuldige, aber ich denke, du bist im Begriff, eine Dummheit zu machen. Deine Verfassung ist derzeit alles andere als normal. Was nebenbei gesagt vollkommen verständlich ist, nach all dem, was du durchgemacht hast.«

»Bist du fertig?«

»Ich möchte dich nur um eines bitten: Vergiss diesen Job. Ruh dich ein wenig aus. Schone dich, denn es ist nicht normal, wenn man solche Phobien hat. Kümmere dich auch um deinen Fall gegenüber dem Versicherer, triff dich mit einem Anwalt, das ist wichtig.«

»Gut, bist du fertig?«

»Nein, noch nicht. Ich möchte, dass du ein wenig an Anna denkst, an das, was du ihr antust. Denk auch mal an sie, verdammt! Wie soll sie sich auf ihre hyperqualifizierte Arbeit konzentrieren, wenn sie sich ständig sagen muss, dass sie mit einem halb durchgeknallten Kerl zusammenlebt, der Menschen verabscheut und mit Hunden spazieren geht? Falls das alles nur eine Frage des Geldes ist, kann ich dir helfen, weißt du. Das ist kein Problem. Nicolas, der neben mir steht, nickt, er ist auch einverstanden.«

In dem Moment hatte ich den Eindruck, dass sich etwas Feuchtes und Kaltes über meine Schulter legen würde, wie ein Nebelschwaden, der aus lauter winzigen Tröpfchen Scham bestand. Ich stellte mir vor, wie die Zwillinge, diese bis ins Knochenmark verbundenen Siamesen, gemeinsam, mit einer Hand, denselben Scheck unterzeichneten, der mir ein Stück meiner Würde rauben sollte. Einen Scheck, mit dem sie von mir ein Verhalten erkaufen wollten, das mich zumindest eine

Zeit lang daran hindern würde, dieser von ihnen so verachteten Tätigkeit nachzugehen. Dieses Stipendium, so hofften sie, würde ihrer Mutter einen alten kastrierten Rüden bescheren, der friedlich und zahm war, sich mit Dingen beschäftigte, die seines Alters würdig waren, aber der vor allem seine Rotschulterstärlinge und Ocellen-Anglerfische, die rasenden Fahrstühle, die Antennenspitze der tausendsechshundertneun Meter hohen Wolkenkratzer und natürlich die Hunde vergaß, die Hunde, die schließlich auch gelernt hatten, bei Fuß und an der Leine zu gehen.

»Hallo, Papa? … Was hältst du davon? … Hörst du mich?«

Ich erwiderte nichts, sondern ließ sie dort, irgendwo hinterm Atlantik, an ihren Hörer geklammert zurück, in den sie unaufhörlich dieselben Worte hineinsprachen, im tiefen Glauben an ihre Überzeugungskraft, vielleicht auch an die Magie der Schecks, und bis zum Schluss etwas erwarteten, das ich ihnen niemals geben würde.

Der Sonntag vor meinem ersten Arbeitstag bei DogDog-Walk glich in jeder Hinsicht dem, was der Samstag gewesen war. Die in Tränen aufgelöste Mutter rief ihre Brut an, und so begann die gesamte Aufzucht zu kreischen, zu lamentieren und sich gegenseitig zu trösten. Ich glaubte sogar zu erraten, dass selbst die Schwiegertöchter in das Lied einstimmten. Ich für meinen Teil blieb bei meiner Tochter im oberen Stockwerk sitzen und las ein Epos über das Unternehmen Otis sowie technische Erläuterungen zur Funktionsweise der Hydraulik- und Seilaufzüge. Dabei stieß ich auf eine eigenartige Geschichte: den Bericht von einem Unfall, der sich am 6. März 2010 ereignet hatte und in den der damals achtzigjährige Sir Stirling Moss, einer der berühmtesten englischen Rennfahrer aller Zeiten, verwickelt worden war. Dieser Mann hatte alle Rennen gewonnen, ob im Jaguar, im BRM oder im Lotus Climax. Dieser Archetyp eines britischen Gentleman hatte genau wie sein Zeitgenosse, der mythische Graham Hill, eine Reihe brutaler Unfälle überlebt, bei denen er, wie in Goodwood, von der Strecke abgekommen war. Einen Großteil seines Lebens hatte er damit verbracht, den Tod auszutricksen. Doch der Zufall wollte es, dass ihn der Tod in einem Augenblick überrumpelte, da er sich nicht vor ihm in Acht genommen hatte.

An jenem Samstag im März hatte Moss seine Londoner Wohnung bei Einbruch der Dunkelheit verlassen. Er schloss die Haustür hinter sich und drückte am Ende des Flurs auf den Knopf, um den Aufzug zu rufen. Als sich die Schiebetüren öffneten, machte er einen Schritt nach vorn. Doch die Fahrkabine war vier Etagen tiefer stecken geblieben. Sein Fuß trat ins Leere, und er stürzte wie ein Stein zehn Meter in die Tiefe. Man fand ihn bewusstlos auf dem Dach der Maschine liegen, mit zwei kaputten Knöcheln, vier gebrochenen Wirbeln und noch weiteren gesplitterten Knochen. Wie soll man sich ein derartiges Versagen der Maschine und das unzeitige Öffnen der Türen über einem Abgrund erklären? Aus dem Bericht ging dazu nichts hervor. Es wurde allerdings erwähnt, dass Stirling Moss seinen Sturz überlebt hatte. Dieser Unfall brachte uns einander näher und knüpfte ein unsichtbares Band zwischen uns.

Meine Neugier war jedenfalls geweckt, und so recherchierte ich als Nächstes, was aus seinem Alter Ego, Graham Hill, geworden war. Ich fand heraus, dass er weniger Glück gehabt hatte. Er, der beim Autorennen manchmal vergaß, den

Sicherheitsgurt anzulegen, und sich beide Beine gebrochen hatte, nachdem er mehrfach aus seinem Einsitzer katapultiert worden war, war nach seinem Rückzug vom Sport am 29. November 1975 in Arkley, England, in einem kleinen Tourismusflugzeug ums Leben gekommen. Eine technische Panne. Er war am Boden zerschellt. Auch er, vom Himmel gefallen.

FÜNF

Am Montagmorgen verließ Anna das Haus, ohne auch nur ein Wort mit mir gewechselt zu haben. Ich hörte sie ins Auto steigen, die Tür zuknallen und vernahm dann das Motorengeräusch, das sich allmählich entfernte und schließlich mit dem morgendlichen Verkehrslärm verschmolz.

Während der gesamten Busfahrt dachte ich an Graham Hill und Stirling Moss und an alles, was sie unternommen und riskiert hatten, um ihren eigenen kleinen Mile High Illinois zu errichten. Auch sagte ich mir, dass ich niemals das Bedürfnis verspürt hatte, etwas zu entwerfen, das mich auch nur ein kleines Stück überragte.

Charisteas erwartete mich ungeduldig. Die Armbanduhr flatterte noch schneller als sonst um sein Handgelenk: Er brannte darauf, mich in die Grundlagen des Berufs einzuführen. Sein kostbares, mit Primzahlen gefülltes schwarzes Heft lag unauffällig auf dem Schreibtisch. Die Zahlen 2 216 122 und 2 347 432 hingegen prangten überdeutlich auf dem Dienstplan, wo sie mit einem Filzstift eingetragen worden waren und ihre offensichtliche Umkehrbarkeit zur Schau trugen. Charisteas hielt sich für ihren Erfinder; er glaubte, sie erschaffen und aus der unermesslichen Anonymität bloßer Zahlenfolgen gerissen zu haben. Und wie alle Künstler stellte er seine Werke aus und pries gegenüber jedem, der es hören wollte, ihre Palindromform.

Er schickte zwei Equipagen – so nannte er das Gespann von Dog Walker und Hunden – zum Spaziergang. Die Routen schienen festgelegt zu sein. Dann wandte er sich mir zu, um mit der Unterweisung zu beginnen. Bevor er das erste Wort sagen konnte, stellte ich mich vor den Dienstplan, starrte auf die beiden magischen Zahlen und sagte mit einer gewissen Listigkeit, die eigentlich untypisch für mich war: »Herrlich«, wobei ich den Blick nicht von dem großen Werk ließ, als handelte es sich dabei um einen Otto Dix oder einen Frank Auerbach. Charisteas kam näher, warf ebenfalls einen Blick auf diese Kombinatorik, die bestenfalls darauf hoffen konnte, eines Tages als Telefonnummer Verwendung zu finden, und murmelte dann: »Ich glaube, wir werden ein gutes Team.« Wir verharrten einen Augenblick in dieser lächerlich andächtigen Haltung, bevor wir uns auf ein Sofa setzten und mit einer Tasse Kaffee in der Hand den Unterricht begannen, der eher einem entspannten Gespräch als einem beschleunigten Ausbildungsgang glich.

»Eines darf man nie vergessen, Monsieur Sadler – dieses Mal habe ich ihn richtig gesagt, oder?«

»Fast. Sneijder.«

»Stört es Sie, wenn ich Sie Paul nenne?«

»Ich glaube, das würde die Dinge vereinfachen.«

»Gut, also was Sie nie vergessen dürfen, Paul, ist, dass Sie ein kleines Vermögen ausführen. An manchen Tagen spazieren über zehntausend Dollar am Ende der Leinen. Lassen Sie also nie einen Hund frei laufen, selbst wenn er Ihnen friedlich und ruhig erscheint. Ich kenne diese kleinen Biester. Sie sind alle gleich, kaum lässt man sie von der Leine, sprinten sie los. Sie behalten sie also in jeder Situation angeleint. Die Wege zeige ich Ihnen später. Es gibt drei. Sie wurden von der Stadtverwaltung angelegt. Weichen Sie nie davon ab. Und dann noch ein wichtiger Punkt: Man darf nur kompatible Hunde zusammenspannen. Es kommt nicht in Frage, drei dominante Rüden im selben Rudel auszuführen oder mit Hunden loszugehen, die sich nicht leiden können. Das passiert manchmal. Aber es ist die Hölle. Ganz abgesehen von dem Risiko, dass die Tiere sich gegenseitig beißen, und von den Prozessen, die die Besitzer daraufhin anstrengen. Man muss also jeden Hund gut kennen und homogene Gruppen mit verträglichen Charakteren bilden. Die Auswahl wird vor dem Losgehen im Hundezwinger getroffen. Wenn es keinen Zank zwischen den Tieren gibt, können Sie sämtliche Größen kombinieren, ob groß oder klein, spielt keine Rolle. Bei einer Gruppenausführung gehen wir nie mit mehr als acht Hunden auf einmal aus, und das auch nur bei hoher Auslastung oder wenn es überhaupt nicht anders geht. Eine gute Zahl liegt bei fünf oder sechs. Ein anderer wichtiger Punkt: Bevor Sie aufbrechen, müssen Sie immer Plastiktüten und Handschuhe mitnehmen. Ich sage es Ihnen ganz unverblümt, sie dienen dazu, die Haufen aufzuheben. Und Sie dürfen mir glauben, die Hunde halten sich nicht gerade zurück. Dies entspricht sogar dem Hauptteil der Arbeit. Sie können sich nicht vorstellen, was für eine Unmenge Exkremente so eine Meute hinterlässt. In dieser Hinsicht gilt: Null Toleranz. Sonst kommen Klagen von den Anwohnern sowie Bußgelder und Verwarnungen von der Stadtverwaltung. Ein anderes Problem sind die flüssigen Hinterlassenschaften. Dafür gibt es Sägespäne, Schaufel und

Harke. Ich mache keine Zeichnung. Sie bekommen alles von uns ausgehändigt, samt Handschuhen und Tüten. Im Falle einer Anomalie, etwa einem andauernden Durchfall, Blut oder Würmern im Stuhl, schreiben Sie eine Notiz für den Besitzer. Dasselbe gilt, wenn sich ein Hund merkwürdig und oder aggressiv verhält: eine Notiz schreiben. Wenn Sie ein Tier nach Hause bringen, vergessen Sie nicht, dass der Besitzer dafür extra bezahlt hat, also immer ein kleines Kompliment für den Hund machen, betonen, wie freundlich, wie lebhaft er ist, einfach, was Ihnen einfällt. Letzter Punkt: Ergreifen Sie niemals, egal in welcher Hinsicht, die Initiative, ohne die Einwilligung des Halters zu haben. Paul, darf ich Sie noch etwas fragen?«

»Nur zu.«

»Haben Sie schon einmal Hundescheiße aufgehoben?«

»Noch nie.«

»Darauf hätte ich wetten können.«

Ich hatte in meinem ganzen bisherigen Leben nie meine Finger in so etwas hineingesteckt. Und ich muss gestehen, dass ich nie verstanden habe, wie die modernen Frauen mit ihren vielen Diplomen so verblüffend selbstverständlich, so verwirrend abgeklärt und manchmal sogar mit einer gewissen Eleganz die lauwarmen Zigarren ihrer Lieblinge zwischen die Finger nehmen und hastig in die schwarzen Plastiktüten gleiten lassen konnten, die sie zuvor in weiser Voraussicht um die Leine geknotet hatten. Allein der Gedanke an diese Ernte drehte mir den Magen um, genauso wie mich die Berichterstattung über die Konsistenz der Exkremente entsetzte. Für einen Augenblick schoss mir der Gedanke durch den Kopf, dass es vielleicht weniger demütigend wäre, den Rückwärtsgang einzulegen und den Scheck der siamesischen Zwillinge zu kassieren.

»Als Erstes werde ich Ihnen zwei ruhige Tiere für einen Spaziergang von einer Viertelstunde anvertrauen. Danach zwei weitere für eine Runde derselben Dauer, und nach Ihrer Rückkehr werden wir gemeinsam ein Gespann von fünf Hunden zusammenstellen, mit dem Sie zu einem Spaziergang von einer Dreiviertelstunde aufbrechen werden.«

Gesagt, getan. Und so wagte ich mich mit zwei Burschen, die den Anstand hatten, anderen Walkern die Früchte ihrer Eingeweide zu überlassen, auf unbekanntes Gebiet vor. Der wolkenverhangene Himmel hing tief, und ein eisiger Wind wirbelte die Schneeflocken auf, die so groß waren wie Zwei-Dollar-Münzen. Die nächsten beiden Hunde erwiesen sich als ebenso brav und gutmütig wie die vorherigen. Vor allem stellten sie sich bei dem Thema, das mein ganzes Denken beherrschte, als genauso zurückhaltend heraus. Der Schnee fiel und färbte alles weiß, was es bis dahin noch nicht war.

»Paul, ich gebe Ihnen einen Regenmantel, sonst sind Sie nachher völlig durchnässt.«

Charisteas ging in einen Nebenraum und kam mit einem riesigen schwarzen Cape zurück, auf dessen Rücken in gelben Lettern die Initialen von »DogDogWalk« standen, gefolgt von der Telefonnummer der Gesellschaft. In dieser lächerlichen Aufmachung gingen wir hinüber zum Zwinger, um mein Gespann zusammenzustellen.

»Wir nehmen drei Weibchen und zwei kastrierte Männchen. Sie sind alle sehr ausgeglichen. Aber seien Sie trotzdem auf der Hut, die Hündinnen haben viel Kraft und neigen dazu, an der Leine zu zerren.«

In einem fröhlichen Durcheinander befestigte ich die fünf langen Leinen an den Halsbändern der Hunde und stapfte wie die Hexe von Salem mit einer breiten Kapuze auf dem Kopf hinaus in Kälte und Schnee. Die Hunde folgten, unbeeindruckt von dem Wetter und den Schneeflocken, die ihre Spuren verwischten, auf einem Weg, den sie auswendig kannten. In gewisser Weise gingen sie mit mir spazieren und nicht umgekehrt. Meine kleine Gruppe bestand, soweit ich erkennen konnte, aus einem schwarzen Labrador, einem Golden Retriever, einem Irish Setter, einem Cockerspaniel und einem sehr jungen kleinen Hund, der schwarz-weiß gefleckt war und dessen Rasse sich nicht bestimmen ließ, als habe man ihn aus den Resten aller anderen Rassen zusammengewürfelt. Er war es, der mir nach einer Viertelstunde die Aufnahme in jene Bruderschaft gewährte, deren Mitgliedschaft ich so sehr fürchtete. Die Zeremonie war ganz schlicht. Ich setzte ein Knie auf dem Boden auf, streifte einen Handschuh über, faltete eine Tüte auseinander und tat, was ein Mensch niemals zu tun haben sollte. Der Schneesturm legte einen schamhaften Schleier über diesen festlichen Akt. Kurz darauf tat der Labrador es seinem jungen Freund gleich, und ich unterwarf mich erneut jener Pflicht, die ich gern aus meinem Gedächtnis verbannt, wenn sie sich in ihrer Unsinnigkeit nicht gerade besonders eingebrannt hätte.

Nichtsdestoweniger, und trotz Kälte und Schnee, wusste ich bei meiner Rückkehr ins Büro nach fünfundvierzig Minuten, dass ich dieser Arbeit ohne allzu große Probleme nachgehen konnte, dass ich durchhielt und meine Beine mich trugen, selbst wenn ich noch Schmerzen hatte. Charisteas empfing mich, wie man einen Freund empfängt, der aus den großen Ebenen des Nordens zurückkehrt, während die mit frischem Schnee bedeckten Hunde sich schüttelten, dass die Flocken durch die Luft flogen. Zum ersten Mal seit dem Unfall fühlte ich mich so lebendig wie vor dem Koma, ganz einfach am Leben.

Mit demselben Stolz, mit dem man eine Kriegstrophäe in die Luft reckt, zeigte ich Charisteas die schwarze Plastiktüte.

»Sie haben es getan, Paul? Wunderbar. Ich wusste, dass Sie es schaffen würden. Ich wusste es.«

Und er zeigte auf den kleinen Mülleimer, in den man diese Art Abfälle warf.

»Können Sie Watson zu seinem Besitzer zurückbringen? Es ist der kleine schwarz-weiße Mischling. Ich gebe Ihnen die Adresse, es ist nur zehn Minuten von hier entfernt. Nehmen Sie den Transporter?«

»Nein, ich gehe zu Fuß.«

»Vergessen Sie nicht das kleine Kompliment.«

Das war ich ihm schuldig. Als ich Watson aus seinem Käfig holte und er begriff, dass wir gemeinsam aufbrachen, um den Elementen zu trotzen, fing er vor Freude an zu trampeln, wie ein kleines Kind. Während wir durch das immer dichtere Schneetreiben gingen, fragte ich mich, was ich seinem Herrchen wohl sagen konnte und welche Art von Kompliment unter diesen Umständen angebracht wäre. Das alles war nett und lächerlich zugleich, genauso altmodisch wie die Armaturenbretter alter Autos. Der Himmel färbte sich immer dunkler, nur der helle Schnee zögerte den Einbruch der Nacht noch ein wenig hinaus.

Ich klingelte an der angegebenen Adresse. Die Schönheit

des Hauses wurde durch den Schnee noch unterstrichen. Watsons Herrchen hieß Jim Cudmore. Wie ich mit der Kapuze und dem weiten schwarzen Dienstcape im weißen Nebel stand, gab ich für die Leute des Viertels sicher ein seltsam beunruhigendes Bild ab. Unter dem breiten Portal ging das Licht an, und ein Mann erschien an der Tür.

»Guten Abend, ich bringe Watson zurück.«

»Ich danke Ihnen. Aber er ist ja voller Schnee. Ich werde warten, bis er sich geschüttelt hat, bevor ich ihn hereinlasse.«

»Auf jeden Fall wollte ich Ihnen sagen, wie entzückend er war. Ein braves Tier, und so gehorsam.«

Cudmore hob den Blick und sah mich mit einer gewissen Verachtung an.

»Sind Sie neu?«

»Ja.«

»Dann hören Sie ein für alle Mal mit diesen lächerlichen Schmeicheleien auf. Alle Welt weiß, dass dieser Hund unerträglich ist und auf niemanden hört.«

Ich kehrte zurück zu dem Gebäude, das ich bereits als mein »Büro« bezeichnete, und wählte diesmal einen Pfad durch ein kleines Gehölz. Das verlöschende Tageslicht war ergreifend und verlieh dem Schnee eine violettrote Nuance. Der frisch gefallene, noch luftige Schnee knirschte bei jedem Schritt. Ich dachte an all die Hunde, die auf dieser Insel lebten. Was mochte ihnen von ihren ursprünglichen Instinkten bleiben? Sie rannten niemals frei umher. Sie sprangen von einem Lexus in einen Audi Quattro. Und so oft wie sie gebadet wurden, hatten sie sicher keinen Eigengeruch mehr. Sie waren fast zu Katzen geworden. Es mochte hier und da noch ein paar Frevler wie Watson geben, der nicht gerade dem lokalen

Profil entsprach und bei dem man sich ernsthaft fragte, welches Wunder ihn in ein solches Haus geführt hatte.

Bei meiner Rückkehr begleitete mich Charisteas zum Zwinger, damit ich mir die Hunde einprägte, die darauf warteten, von ihren Besitzern abgeholt zu werden. Er zeigte mir fünfzehn Tiere. Bald würde ich sie auf den ersten Blick erkennen, versicherte er mir, und sie würden mich ihrerseits binnen kurzer Zeit als ihren regelmäßigen Ausführer adoptieren.

Für die Heimfahrt nahm ich wieder den Bus. Wegen des Schnees war der Verkehr extrem stockend. Meine Beine taten mir allmählich weh. Es gab keinen freien Sitzplatz. Die Leute wirkten erschöpft und schienen damit beschäftigt zu sein, innerlich gegen die Kälte anzukämpfen. Eine Station folgte auf die nächste, einsteigen, aussteigen. Und so war es jeden Tag des Jahres, Sommer wie Winter. Auf dieser Linie wie auf allen anderen. Wie waren wir dazu gekommen, so zu leben, all das hinzunehmen? Warum dienten unsere Zähne zu nichts anderem mehr, als Zahnspangen zu tragen? Seit wann hatten wir nicht mehr zugebissen? Die Aufzüge waren nicht ganz unbeteiligt an der Beschleunigung dieser Leibeigenschaft, dachte ich bei mir. Das würde ich zu gegebener Zeit beweisen.

Der Tag war vergangen, ohne dass ich ein einziges Mal an meine Frau und ihr Unternehmen gedacht hatte, dessen Sitz kaum zehn Minuten von DogDogWalk entfernt lag.

Es war warm im Haus, in jedem Raum brannte Licht, und es roch nach getoastetem Brot. Musik schallte aus dem Badezimmer-Radio, und ich hörte das sprudelnde Geräusch des Wassers in der Dusche. Früher hatten Anna und ich diesen Moment der Intimität manchmal geteilt. Heute Abend fühlte ich mich bereits bei dem Gedanken daran unwohl, selbst wenn mein müder Junggesellenkörper tief im Inneren die Unschuld und Selbstverständlichkeit jener Zeit vermisste.

Anna fragte mich, wie mein Tag gewesen war, und ich antwortete, dass er mir lang erschienen war.

»Zu viel Arbeit?«

»Nein, die öffentlichen Verkehrsmittel.«

Sie hob den Kopf wie jemand, der Mitleid empfindet, und ich wusste, was sie dachte. Ich schloss die Duschkabine, die noch warm und von duftender Feuchtigkeit erfüllt war.

Irgendwann hatte es kommen müssen. Bei all den Geschichten, die ich seit Beginn des Jahres über Aufzüge las, musste ich eines Tages auf den Schlüssel stoßen, mir über gewisse Dinge klar werden, die man aufgrund der Gewohnheit und der Wiederholung am Ende nicht mehr sieht. Die Überwindung dieser geistigen Blockade verdanke ich wohl einem Artikel im *New Yorker* mit dem Titel »Up and Then Down«: »Aufzüge werden weit unterschätzt und unterbewertet. Sie sind für eine Stadt das, was Papier für das Lesen oder Kanonenpulver für den Krieg sind. Ohne Aufzüge gäbe es keine Vertikalität mehr, also auch keine Bevölkerungsdichte. Man müsste die Energie über immer weitere Strecken transportieren, und alle kulturellen Fermente, die an die Urbanität geknüpft sind, würden sich auflösen. Die Bevölkerung würde sich ausbreiten, sich wie eine Öllache über den gesamten Planeten verteilen, und die Leute verbrächten ihr Leben in öffentlichen Verkehrsmitteln.«

Ich las den Text ein zweites Mal. Eine neue Welt entstand vor meinen Augen, eine Welt, die nach den Regeln eines weitflächigen Städtebaus errichtet worden war und sich gewiss radikal von der unsrigen unterschied, ohne deswegen schlimmer zu sein; eine abgehobelte, moderate Welt, die auf ein menschliches Maß zurückgestutzt war. In ihrer Einfachheit präsentierte sie sich wie eine skurrile Science-Fiction-Landschaft, vielleicht die radikalste, die sich meinem Geist jemals dargeboten hatte. Vielleicht hätte sich diese Art von Städtebau durchgesetzt, wenn die Aufzüge, diese mächtigen, im Hintergrund waltenden Schöpfer, unser Leben nicht nach ihren eigenen Gesetzen und Erfordernissen entworfen und gestaltet hätten.

Die Wirklichkeit war nicht mehr dieselbe, wenn man sie von einer Fahrstuhlkabine aus betrachtete.

Die Vertikalität war omnipräsent.

Sie bildete die exklusive Städtenorm.

Der Aufzug, Urheber dieser Ordnung, trat an die Stelle des Einheitsdenkens, er diente als Wirbelsäule, als schlagendes Herz, als stählerne Lunge. Kein anderer Gegenstand hatte das Antlitz der Welt so verändert wie er. Mehr als alles andere bildete er den Kern des Systems, erhielt es aufrecht, erfüllte es mit Leben. Wagner-Leblond hatte recht. Zuerst baut man den Aufzug, dann umgibt man ihn mit einem Gebäude, um das Gestänge und die Maschinen zu verhüllen, und schließlich setzt man Leute hinein, die abends im Innern Licht einschalten, um dem Ganzen ein wenig Leben einzuhauchen. Im Herzen dieses städtischen Aggregats wohnen die Aufzüge, sie geben den Takt an, sie ziehen die Strippen.

Wir alle sind ihnen in mehr oder weniger hohem Maße zu Dank verpflichtet. Für jede Kleinigkeit brauchen wir sie, jeden einzelnen Tag. Und dabei glauben wir, sie zu bedienen, obwohl sie uns seit Langem unterworfen haben.

Natürlich habe ich niemals ernsthaft angenommen, irgendjemand hätte sich die subtile Mechanik dieses Systems bewusst und methodisch ausgedacht. Es hat sich von selbst ergeben, hat seine eigene Logik generiert. Der Fahrstuhl gehört nicht in die Kategorie der Gegenstände, die das Leben bequemer machen sollen. Er bietet weit mehr als das. Er ist das mechanische Wunder, das den Städten eines Tages erlaubt hat, sich auf die Hinterbeine zu stellen und sich aufzurichten. Er hat die Vertikalität erfunden, die großen architektonischen Orgeln, aber auch die vielen degenerativen Erkrankungen, die auf sie zurückzuführen sind.

Otis hat den ersten Schritt gemacht. Daraufhin haben Architekten Basiliken aus Glas und Stahl gebaut, moderne Kathedralen, deren Turmspitzen immer höher in den Himmel ragten. Während dieses Wettlaufs um die Reichtümer erhoben sich auf allen Kontinenten unserer Erde riesige Wachtürme – überall, wo der Geldfluss ausreichte, um die tiefen Schlünde der gigantischen Aufzüge zu schmieren.

Sie haben die Entstehung von Megalopolen ermöglicht, in denen sich Millionen und Abermillionen von Einwohnern tummeln. Diese unsinnige Dichte hat ein neues Leben generiert, in dem sich eine völlig andere Zeit, unerhörte Rhythmen und absurde Reglementierungen durchgesetzt haben. So hat man den Menschen beigebracht, die Losungen ihrer Hunde aufzusammeln. Ihre dampfenden Fäkalien zu ernten.

Was früher weit verstreut lag, konzentriert sich heute auf engem Raum. Wir müssen auf alles achten, unsere Gewohnheiten hinterfragen. Wenn man allzu eng zusammengepfercht lebt, passiert es schnell, dass die Tiere durchdrehen. Und wir ihre Darmentleerungen mit beiden Händen aufheben.

Ich weiß, wovon ich rede. All diese Dinge habe ich mein Leben lang beobachtet. Da gibt es nichts zu diskutieren.

Die Aufzüge haben die Wolkenkratzer und das Aggregat erschaffen. Sie lassen Menschen übereinander leben und schlafen. Sie gebären kranke Städte.

Sie haben meine Tochter umgebracht.

Man glaubt, sie wären dazu da, einem ein paar Schritte zu ersparen, einen hinauf- und hinunterzubefördern. Doch das ist falsch. Das ist Augenwischerei. In Wahrheit führen sie uns auf jeder Reise in eine Welt ohne Ausgang, so wie früher, als die Bergleute bis ans Ende des Schachts gefahren wurden.

In der uns gewährten Komfortzone von 0,9 Quadratmetern sind wir zu gefügigen Passagieren in einem hermetisch geschlossenen System geworden, das wir fraglos akzeptieren, ohne es je geliebt zu haben.

Wenn man abends aus dem Bus steigt, ist der Fahrstuhl schon da, er erwartet uns im Erdgeschoss des Hochhauses. Und jeden Morgen bringt er uns unweigerlich zu unserem Ausgangspunkt zurück. Er erledigt seine Kompressionsarbeit.

Ich dachte bei mir, dass die einzige Möglichkeit, diese Welt aus dem Takt zu bringen, darin bestand, die Fahrstühle zu blockieren, ihr ständiges Kommen und Gehen zu stoppen. Eine Thrombose auszulösen. Den Fluss aufzuhalten. Den Transit zu unterbrechen. Ein unbeweglicher Aufzug ist ein neutralisierter Neurotransmitter. Eine Kanone ohne Pulver. Wenn der Aufzug tatsächlich das Herzstück dieser Welt darstellt, kann man ihn nur stoppen und zur Vernunft bringen, wenn man seine Nervenbahnen lahmlegt, seine Tragseile durchschneidet. Auch hier weiß ich, wovon ich rede. Ich hatte schon Gelegenheit, am eigenen Leib zu erfahren, mit welch schwindelerregender Geschwindigkeit man in diesem Fall auf den Boden der Tatsachen zurückkehrt.

Bei dieser symbolischen Behandlung würde die Welt schon nach wenigen Wochen, ihres gewohnten Lebenssaftes und ihrer stählernen Kolben beraubt, rasch an Höhe, an Hochmut verlieren und wie ein Kartenhaus in sich zusammenfallen. Von der einstigen Vertikalität bliebe nichts übrig als ein paar hinfällige Überreste; leere Füllhörner, an denen der Zahn der Zeit und der Wind nagen.

Nicholas White ist auf die Verliererseite gewechselt, weil der Aufzug sein Leben blockiert, es lahmgelegt hat. Diesen Aspekt der Geschichte darf man nicht aus den Augen verlieren.

Bei Marie liegt die Sache freilich anders.

Vor dem Zubettgehen ging ich hinunter in die Küche, um einen Happen zu essen. Ich machte mir einen Toast und bestrich ihn mit Schwarzkirschkonfitüre. Das Brot in meinem Mund machte dasselbe Geräusch wie der frisch gefallene knirschende Schnee. Die Süße der Schattenmorellen breitete sich auf meiner Zunge aus, und alles, was ich eben noch gedacht, gelesen und gefühlt hatte, war mit einem Mal bedeutungslos. Beim Essen kommt es vor, dass ich alles vergesse.

Ich hatte Mühe einzuschlafen. Zu viele Nächte hatte ich an meinem Schreibtisch verbracht. Aber mir war, als machte ich langsam Fortschritte. Selbst wenn ich im Dunkeln umhertastete. Ich erhoffte mir etwas von dieser Arbeit, selbst wenn am Ende nur ein schwaches Leuchten stünde, ganz nach dem Motto der Seefahrer, das mich immer geleitet hat: »Jedes noch so winzige Licht ist besser als die Finsternis.« An diesem Abend hatte ich im Labyrinth meines Abgrunds einen Schritt nach vorn getan. Ich hatte begriffen, dass ich in der Annahme, den Aufbau der Aufzüge zu erforschen, in Wahrheit die Architektur der Welt bloßlegte.

Aus naheliegenden Gründen konnte ich mit Anna nicht über dieses Thema sprechen. Ebenso wenig mit Walcott, der sich nur für sein iPhone und meine möglichen Kopfschmerzen interessierte. Charisteas, der nur für seine Zahlen lebte, hätte mich für einen hochgradigen Fantasten gehalten. Blieb nur noch Wagner-Leblond. Meine Betrachtungen würden ihn natürlich nichts Neues lehren. Aber in einem war ich mir sicher, er würde mich in geschickter Manier von meinen Obsessionen befreien, indem er eine seiner spöttischen Bemerkungen machen würde: »Wissen Sie, warum ich die Gärten so liebe und alles daransetze, so viel Zeit wie möglich darin zu verbringen? Weil ich weiß, wie gering das Risiko ist, dass ich bei meinen Spaziergängen auf einen Fahrstuhl stoße.«

Die ganze Nacht über hatte es geschneit. Draußen sprühten die Schneepflüge ihre weißen Fontänen auf die Bürgersteige. Anna war mit ihrem Subaru Vierradantrieb aufgebrochen und hatte mir gar nicht erst angeboten, mich abzusetzen. Schon seit Jahren hatte ich kein eigenes Auto mehr. Sicherlich hoffte meine Frau, dass die Kälte und die Wiederholung der endlosen Busfahrten mich von meinem Entschluss abbringen würden. An der Bushaltestelle war ich der einzige Fahrgast.

»Ah, Paul, ich habe schon auf Sie gewartet, ich muss mit Ihnen reden. Kommen Sie in mein Büro.«

Hochnervös fingerte Charisteas an seinem Uhrarmband und ließ es wie ein Komboloi kreisen. Dabei trat er von einem Fuß auf den anderen wie ein Kind, das dringend Pipi muss.

»Nun … also, was ich sagen möchte … ist … ich weiß jetzt, wer Sie sind.«

»Was meinen Sie damit, wer ich bin …«

»Sie sind nicht irgendwer. Sie sind der Mann aus dem Fahrstuhl. Nehmen Sie es mir nicht übel. Aber es ist mir lieber, ich weiß Bescheid. Das war mir schon immer lieber.«

»Und?«

»Nichts. Für mich ändert das nichts. Aber nun weiß ich Bescheid. Ich musste es Ihnen sagen.«

»Wer hat Ihnen davon erzählt?«

»Niemand. Aber gestern nach Ihrem Aufbruch habe ich nachgedacht. Ich konnte einfach nicht begreifen, wieso ein Mann wie Sie sich um eine Anstellung als Dog Walker bewirbt. Ganz ehrlich, ich fand das merkwürdig. Also habe ich Ihren Namen auf Google eingegeben. Und da habe ich Ihr Foto entdeckt und Ihre Geschichte in den Zeitungen nachgelesen. Es heißt, Sie seien wie durch ein Wunder gerettet worden. Sie hätten eine Chance auf eine Million gehabt, das zu überleben. Jedenfalls ist es furchtbar, was Ihnen widerfahren ist. Es hat mich wirklich erschüttert. Nun, auch deshalb musste ich es Ihnen sagen. Ihnen sagen, dass ich Bescheid weiß.«

»Und jetzt, da Sie es wissen, was ändert das?«

»Ganz ehrlich, ich begreife immer noch nicht, warum Sie diese Arbeit machen wollen. Aber wie dem auch sei, Sie können so lange bleiben, wie Sie wollen. Das ist kein Problem. Soll ich Ihnen einen Kaffee machen?«

Charisteas goss mir eine Tasse von dem fast durchsichtigen Getränk ein, das einen tintenartigen Nachgeschmack hatte. Er trank einen Schluck und streichelte sein Uhrarmband.

»Ich sehe Sie noch vor mir, wie Sie gestern Abend mit den Hunden und der Tüte in der Hand im Schneetreiben losgezogen sind. Also wirklich, ein Mann wie Sie, dem etwas Derartiges widerfahren ist und der einfach so, vom ersten Tag an, ohne Theater zu machen, dieses Zeug aufhebt, das ist schon was.«

»Ich denke, bei dem heutigen Wetter werden wir nicht viel Arbeit haben, oder?«

»Sie machen wohl Scherze. Selbst wenn es wie aus Eimern schüttet, bringen uns die Kunden ihre Hunde. Ich glaube, sie mögen sie, aber es ist ähnlich wie mit den Kindern, sie überlassen es gern anderen, sich um sie zu kümmern. Übrigens habe ich auf dem Dienstplan gesehen, dass heute Abend drei Hunde nach Hause gebracht werden müssen. Alle im gleichen Sektor. Wenn Sie wollen, können Sie sich darum kümmern. Dafür gibt es einen kleinen Bonus.«

»Steht Cudmore auf der Liste?«

»Ja, er steht immer darauf. Ich mag ihn. Er ist ein feiner Kerl. Sein Hund dagegen, keine Ahnung, wo er den her hat, aber das ist wirklich ein dämliches Vieh.«

Am Vormittag drehte ich zwei Runden, Einzelausführungen von je einer Dreiviertelstunde, mit Tieren, die wegen des Schnees richtig aufgekratzt waren und Spaß daran hatten, sich in der dicken Schneedecke zu suhlen. Diese morgendlichen Spaziergänge waren eine eher angenehme Übung mit äußerst beruhigender Wirkung. Sie führten durch eine stille makellose Welt. Die Flocken dämpften die Geräusche und hielten die Leute in ihren vier Wänden. Der Hund und ich waren allein. Mal gingen wir Seite an Seite, mal der Hund vorneweg und ich hinter ihm, um ihm alle Freiheit zu lassen, die die Leine ihm gewährte. Bei meiner Rückkehr forderte Charisteas mich auf, in seinem Büro Platz zu nehmen, und schaltete den Fernseher ein.

»Wir wollen uns einen Moment Zeit nehmen, um einen kurzen Film über die Arbeit des Handlers anzusehen. In einer Woche findet im Osten von Montreal ein Wettbewerb statt. Was Sie hier sehen, dürfte reichen, damit Sie Ihre erste Vorführung machen können.«

Der Dokumentarfilm zeigte unablässig alte, abgenutzte Videobilder, die mit einschläfernden Kommentaren und den ewig gleichen faden Ratschlägen gespickt waren: »... immer neben dem Tier herlaufen, in seinem Rhythmus, nicht vergessen, mit ihm ein Paar zu bilden ... in den Hintergrund treten, sich niemals zwischen die Jury und das Tier stellen ... bevor es in den Ring geht, ein letztes Mal das Haarkleid des Hundes pflegen, die losen Haare ausbürsten und darauf achten, dass die kleinen Makel seiner Physiognomie kaschiert werden ... die Jury lässt sich genauso von der Schönheit des Tieres beeindrucken wie von Ihrer Haltung und Eleganz ... das Gehen an der Leine und die Vorführung im Stand sind Schlüsselmomente des Wettbewerbs ... die Merkmale des Hundes müssen den Standards seiner Rasse entsprechen ... die Jury betrachtet den Hund aus allen Winkeln und tastet ihn an mehreren Stellen ab; während dieser Übung muss das Tier regungslos sitzen bleiben und die Berührung durch einen Unbekannten über sich ergehen lassen ... nie vergessen, dass bei einem Wettbewerb zuerst die Männchen und dann die Weibchen beurteilt werden; die jungen Hunde kommen vor den alten … ein Tier vorzuführen ist immer eine Frage des Stils und der Harmonie zwischen Mensch und Hund, bei der beide Partner des Gespanns das Beste geben müssen.«

»Ich bin mir nicht sicher, so etwas machen zu können. Das ist schon ziemlich speziell.«

»Ich weiß, Paul, ich weiß. Aber ich bitte Sie darum, es ist nur ein einmaliger Dienst. Ich habe einen Kunden, der seine Hündin unbedingt zum Wettbewerb führen möchte. Er ist ein sehr guter Kunde. Er hat Übertragungen im Fernsehen gesehen und ist sich sicher, mit ihr einen Preis zu gewinnen. Ich weiß nicht, warum er sich das in den Kopf gesetzt hat, aber er redet seit Monaten über nichts anderes. Seine Hündin heißt Charlie. Ein Golden Retriever. Wenn Sie meine Meinung hören wollen, wird er damit auf die Nase fallen, aber gut, das ist seine Angelegenheit. Im Übrigen gehen Sie heute Nachmittag mit Charlie einzeln spazieren.«

»Was muss ich bei dem Wettbewerb machen?«

»Das, was Sie eben im Film gesehen haben. Auf dem Laufsteg gehen, der Jury die Hündin präsentieren, das abschließende Klassement abwarten, und dann fahren Sie mit immerhin hundert Dollar in der Tasche zurück nach Hause.«

Dieses »immerhin« schien mir völlig deplatziert. Charisteas bediente sich dieses finanziellen Arguments, als könnte man ein solches Angebot nicht ausschlagen, als würde es das Seltsame und Lächerliche an dieser Übung vergessen machen.

»Ich vergaß, Sie müssen sich auch in Schale werfen. Jackett, Krawatte und das ganze Pipapo, Sie haben den Stil gesehen. Ich vertraue Ihnen.«

»Hören Sie, ich muss erst darüber nachdenken.«

»Das verstehe ich. Jedenfalls würden Sie mir einen riesigen Gefallen tun, wenn Sie mir aus der Patsche helfen könnten, Paul.«

Eins bereitete mir Kopfzerbrechen, aber darüber konnte ich mit Charisteas nicht offen reden. Diese Art von Vorführungen fanden im Innern statt, vor einem treuen Publikum. Daher war ich nicht davor gefeit, mitten im Wettbewerb eine Panikattacke zu bekommen, genau wie jene erste, die mich veranlasst hatte, kopflos die Treppen der Société des Alcools du Québec hinunterzurennen und auf meinem Weg alles umzureißen.

Es hatte aufgehört zu schneien, aber der eisige Wind machte die Spaziergänge beschwerlich. Selbst die Hunde rümpften die Nase, als sie von den Böen gepeitscht wurden, und zögerten, bevor sie sich am Ende doch zum Laufen durchrangen. Als Charlie an der Reihe war, steckte sie vorsichtig eine Pfote hinaus, sog den Geruch des Desasters ein und setzte sich dann mit einer gewissen Anmut auf die Türschwelle. Wenn man die Hündin nicht dazu zwang, würde sie keinen Schritt weitergehen, das war klar, trotz ihrer Herkunft und obwohl ihre Rasse bestens an das Klima angepasst war, hasste sie Kälte und Wind über alles. Sie war ein schönes Tier mit milchweißem Fell, großen schwarzen Augen, die einen offen anblickten, einem ausdrucksvollen Kopf, der ein ebenso treues wie starrsinniges Temperament verriet. So blieben wir einige Minuten nebeneinander stehen und sahen uns gegenseitig an, bevor ich sie zurück ins Warme, in ihre Hütte brachte.

Charisteas übergab mir anschließend die Schlüssel des

Kleinbusses, um zwei Tiere zu dem Hundesalon zu fahren, der sich den Anstrich eines Friseursalons gab. Ein Dutzend Angestellte mit Migrationshintergrund standen vor großen Badewannen und waren mit eingeseiften Tieren zugange, die anschließend dem lauten Gebläse eines riesigen Föhns ausgesetzt wurden. Ein Mann, offenbar der Chef, kam auf mich zu, nahm die Hunde wie zwei schmutzige Wäschebündel entgegen und brachte sie zu einem kleinen Verschlag.

»Sie können Charisteas ausrichten, dass er uns auf die Nerven geht. Es ist immer dasselbe mit ihm. Immer auf den letzten Drücker. Völlig unorganisiert. Es ist doch nicht so schwer, einen Zeitplan aufzustellen! Sagen Sie ihm, dass dies das letzte Mal war. Sind Sie neu?«

»Ich habe gestern angefangen.«

»Irgendwann muss man ja mal anfangen.«

Seit dem Morgen hörte ich nicht auf, mich zu kratzen. Gegen Mittag entdeckte ich kleine rote Flecken an den Handgelenken, den Unterarmen und am Hals. Von Stunde zu Stunde, war mein Eindruck, breitete sich der Juckreiz weiter aus, selbst wenn die beißende Kälte draußen ihn betäubte.

Gehen. An der Leine. Ein Hund und ich. Ab dem dritten Spaziergang wusste ich nicht mehr, wer wen ausführte. Wir gingen gemeinsam voran, gemäß den Regeln einer absurden Welt, die verlangte, dass nach jeder Zeigerrunde ums Zifferblatt ein Mensch mit einem Tier ausging, ganz gleich, wie das Wetter war, ob Schnee oder Wind herrschten. Also machten wir gute Miene zum bösen Spiel und stapften los. Während sich manche Windböen wie kleine Nadeln in unsere Körper bohrten oder uns heftige Ohrfeigen verpassten, hielten wir uns ans Protokoll und blieben auf dem schmalen Pfad, der sich im Schnee abzeichnete. Die Zeit plätscherte dahin wie das Wasser einer Fontäne, ohne die geringste Spur, den kleinsten Abdruck zu hinterlassen.

Gelegentlich tauchte ich aus dieser weißen Benommenheit auf und fragte mich, was ich hier eigentlich trieb und was die wahren Gründe dafür waren, dass ich mich täglich dieser Prozedur unterwarf. Doch kaum hat mich die Frage gestreift, tauchte ich auch schon wieder in meinen Stumpfsinn ein und ging weiter meines Wegs.

»Der Hundefriseur lässt Ihnen ausrichten, dass er Ihre Hunde zum letzten Mal nimmt, wenn Sie ihm in Zukunft nicht früher Bescheid geben.«

»Was will dieser Armleuchter denn? Mir ist es egal, was er erzählt. Ich bringe ihm Hunde, und er wäscht sie, Schluss, Punkt, aus. Er verdient seinen Lebensunterhalt mit mir. Soll er doch einpacken, wenn er die Arbeit nicht mehr machen will. Diese verfluchten Griechen sind alle gleich.«

»Sind Sie nicht selbst einer?«

»Soll das ein Witz sein? Ich bin Zypriote. Zypriote aus Limassol.«

Als ich wieder auf meinen Schneepfad zurückkehrte, um Watson und Charlie, meine zukünftige Varietépartnerin, zu ihrem jeweiligen Besitzer zurückzubringen, hatte der Wind die Temperatur noch weiter sinken lassen. Das Haus von Cudmore wirkte imposanter und einschüchternder als am Vortag. Die Haustür ging auf und der Besitzer stand vor mir, ebenso stattlich wie sein Haus.

»Guten Abend, ich bringe Ihnen Watson.«

»Ich sehe, er ist ja schon wieder völlig durchnässt. Bei dem Wetter wäre es nett, wenn Sie ihn im Auto nach Hause brächten. Ich zahle auch dafür. Sagen Sie, wurde der Hund gestern ausgeführt und hat er gemacht, was er machen soll?«

»Hundertprozentig, ich habe ihn ausgeführt.«

»Sind Sie sicher, ich meine, dass er sein Geschäft gemacht hat?«

»Ich bin mir sicher.«

»Dann wird es wohl nötig sein, einen Verhaltenstherapeuten aufzusuchen, und zwar schnell.«

»Gab es ein Problem?«

»Kaum habe ich gestern Abend die Tür geschlossen, hat sich diese Dreckstöle im Eingang erleichtert.«

Die Dunkelheit brach herein, während ich noch auf dem Weg zu Charlies Besitzer war. Die Hündin und ich gingen einen Waldpfad entlang. Gelegentlich löste sich Schnee aus den Ästen und fiel herab. Hin und wieder hörte man, wie sich der Wind in den Baumwipfeln verfing und wie ein wütender Zug zu pfeifen begann. Charlie und ich liefen im Gleichschritt, ganz darauf konzentriert, vorwärtszukommen; da spürte ich auf einmal, dass mich, ohne ersichtlichen Grund, ohne Vorwarnung, das Leben verließ, in den Wald ausströmte. Mein gesamtes Leben. Jedes kleinste Partikel. Die Kälte zog in meine Brust ein und mit ihr eine unsagbar tiefe Leere und Traurigkeit, die aus grauer Vorzeit zu stammen schien. Meine Muskeln erschlafften, erneut hatte ich den Eindruck, dass sich irgendwo ein Seil löste, und ich fiel im Schnee auf die Knie. Meine Versuche aufzustehen waren vergebens. Ich konnte nicht mehr die kleinste Bewegung machen. Ich war ohne Leben, ohne Halt, ohne Familie; ich hatte nichts, das mir wieder aufhelfen konnte. Es war kalt, alle Menschen, die ich je geliebt hatte, waren tot. Marie im Fahrstuhl. Keiner würde je erfahren, was ich gesehen hatte. Meine Tochter war aus dieser Welt geschieden, sie war die Gefangene meines kalten Gedächtnisses. Nichts würde sich jemals mehr ändern. Mir blieb nur ihre Asche, die sich nicht verbrennen ließ. Aufzüge gingen in den Weihnachtsnächten in Flammen auf. Die Sneijders bauten ihre Boote, die zu Wasser gelassen wurden. Bis zu dem Tag, an dem man sie beerdigen würde. Bastiaan hatte Flugzeuge gebaut. Bis zu dem Tag, an dem man ihn beerdigt hatte. Meine Mutter war mir noch oft nahe. Wenn ich in einen Bus stieg oder mich an den Schreibtisch setzte, versuchte sie immer, mich davon zu überzeugen, dass sich die Dinge schon einrenken würden. Aber heute Abend blieb sie stumm. Es gab kein Licht mehr. Nur noch Dunkelheit. Und die Hündin und mich im Schnee. Ich war eine schlaffe Gliederpuppe. Tränen liefen mir übers Gesicht, aber ich spürte keinen Kummer. Während ich reglos im Schnee kniete, blieb Charlie die ganze Zeit neben mir sitzen. Sie sah mich an, wie sie schon immer die Menschen angesehen hatte. Mit ihren schwarzen, tiefen, forschenden Augen. Den Augen eines geduldigen Hundes, der darauf wartete, dass das Leben wieder seinen Lauf nahm und uns zu den Lichtern der Häuser führte. In meiner Absence hatte sich mein Handgriff gelockert, und ich hatte die Leine losgelassen. Die Hündin war frei. Doch sie nutzte es nicht aus.

Mit dem dunklen Cape und dem aschfahlen Gesicht sah ich vermutlich aus wie ein Gespenst. Als Jean Bréguet die Tür öffnete, sagte ich bloß: »Ich bringe Ihnen den Hund.« Bevor er mir anbot einzutreten, um mich einen Augenblick aufzuwärmen, war ich auch schon wieder in die Dunkelheit verschwunden. Immer geradeaus. Alle Hunde, die ich in meinem

Leben gehabt und eigenhändig beerdigt hatte, liefen an meiner Seite. Sie waren alle da, ausnahmslos alle, ganz nah, unseren gemeinsamen Erinnerungen treu, liebevolle Marksteine eines Lebens. Wir bildeten ein unauflösliches Gespann. Ein voranschreitendes Gedächtnis.

Es folgte die Abenteuerfahrt im Bus. Müde Gesichter. Und jedes Mal, wenn ein neuer Fahrgast einstieg, Angst vor einer neuen Panikattacke. Juckreiz. Und dann wieder die Schritte, um bis nach Hause zu gelangen. Als ich den Fuß auf die Schwelle setzte, wurde für eine Sekunde die Sirene der Alarmanlage ausgelöst, bevor sie offenbar entdeckte, dass ich es nur war, und sie ihr Geheul wieder einstellte.

Warmes Wasser hat mich schon immer mit meinem Körper versöhnt. Es reinigt ihn nicht nur, sondern vermag ihn von allen Ängsten und sogar vom Schmerz der Müdigkeit zu befreien. Es konnte jedoch nichts gegen diesen rötlichen Ausschlag ausrichten, bei dem ich mich am liebsten bis aufs Blut gekratzt hätte. Das Übel dehnte sich nicht weiter aus, aber es schien sich einzukapseln, tief in der Haut einzunisten, es sich bequem zu machen.

Ich war noch ganz fassungslos über das, was mir im Wald widerfahren war. Möglicherweise hing es mit dem Unfall zusammen, aber das ging niemanden etwas an. Ich musste aufpassen. Durfte mich nicht noch einmal überrumpeln lassen. An der Badezimmertür fragte Anna:

»Wie ist es gelaufen?«

»Es schneit. Es ist kalt. Ich führe Hunde aus, ich bringe Hunde zurück, ich fahre Hunde nach Hause. Morgens und abends steige ich in den Bus. Und ich habe am ganzen Körper Ausschlag.«

Die Erwähnung dieser Dermatose weckte schlagartig die Hygiene- und Prophylaxeversessenheit meiner Frau. Instinktiv wich sie ein Stück zurück, als fürchtete sie eine Ansteckung. Sie betrachtete meine Handgelenke aus einem guten Meter Abstand und verzog das Gesicht, wobei ich nicht wusste, ob aus Sorge oder aus Ekel:

»Du musst unbedingt jemanden deswegen aufsuchen.«

Während unseres ganzen gemeinsamen Lebens hatte Anna jedes Mal, wenn wir mit einem Problem gesundheitlicher oder anderer Natur konfrontiert wurden, gesagt: »Du musst jemanden deswegen aufsuchen.« Diese Beschwörungsformel hatte etwas Magisches. Diesen »jemand« zu beschwören, der irgendwo über uns schwebte und den Schlüssel zu allem besaß, glich bei ihr einem Glaubensbekenntnis. Sie war sicher, dass es genügte, diesen Schamanen aufzusuchen und ihm die Sache zu zeigen, damit die Wunden verheilten. Mit der Zeit hatte ich entdeckt, dass meine Frau einerseits zwar in einem ultramodernen Kokon lebte, es andererseits aber auch eine geistige Hinterbühne gab, auf der die heimischen Skrofeln kraft magischer Zauber geheilt werden konnten.

Im oberen Stockwerk erwartete mich, auf meinem Schreibtisch verteilt, eine andere Welt mit einer Unmenge von Notizen, ebenso fragmentiert und parzelliert wie der Zubehörkatalog von *Elevator World*.

Wie funktioniert das? Dies war die einzige Frage, die noch Gültigkeit besaß. Soweit ich mich erinnern kann, hat diese Frage jeden Moment meines Lebens begleitet. Eine unersättliche Neugierde für die Menschen und die Welt. Versuchen zu begreifen. Alles, was uns umgibt, zu verstehen. Vom Common-Rail-Dieselmotor bis zum Flammpunkt der Phenylethylamine. Wissensbröckchen anhäufen. Unzählige unnütze Dinge. Die alle verbunden waren und ein seltsames Werkzeug ergaben, in etwa so wie eine Multifunktionszange.

Ich wusste, wie ein Aufzug funktionierte. Wenn man mir das Ladegewicht der Kabine nannte, konnte ich die Zugfestigkeit jedes Tragseils berechnen. Ich wusste alles über die Auslösemechanismen der »Fangvorrichtungen«. Und doch begriff ich noch immer nicht, warum Marie hier, neben mir, in ihrer Urne war und warum ich beschlossen hatte, in Gesellschaft von Hunden zu leben. Jeden Abend versuchte ich ein halbwegs nachvollziehbares Theorem aufzustellen, das sich jedoch schon beim ersten Morgenlicht in Kreidestaub auflöste. Ich konnte noch so oft wiederholen, dass die Bandbreite zu schmal war, um die Eleganz und Radikalität meiner Beweisführung zu fassen, niemand nahm mich ernst. Manchmal fragte ich mich, ob »wie funktioniert das« überhaupt die richtige Frage war. Vielleicht befand ich mich von Anfang an auf dem Holzweg. Wenn man ein Problem hat, liegt die beste Lösung dann nicht darin, sich von seiner Last zu befreien und »jemanden aufzusuchen«, anstatt alles selbst regeln zu wollen? Doch dies konnte ich aus tausendundeinem Grund nicht glauben.

Im Licht der Schreibtischlampe sah die Dermatose an meinem Handgelenk wie ein breites rotes Band aus. An den Armen und am Hals waren die Flecken etwas vereinzelter und sahen weniger wie Geschwüre aus. Die unverständlichen Wortfetzen einer Fernsehsendung drangen aus dem Erdgeschoss nach oben. Normalerweise wäre mein Platz unten, neben Anna, gewesen, um zu hören, was die Welt erzählte. Aber seit dem Unfall hatte sich einiges verändert. So wie eine

Menschenmenge ein Engegefühl in meiner Brust hervorrief, konnte ich mir auch nicht mehr vorstellen, mit meiner Frau zu duschen, an ihrer Seite vor dem Fernseher zu sitzen – diese Vorstellung glich für mich einer Extremerfahrung; ich traute sie mir einfach nicht zu.

SECHS

Ich war aus dem Koma erwacht. Und nun ging ich in Gesellschaft von Hunden spazieren. Ein Ereignis stand bevor. Eine unmerkliche Veränderung. Was auch immer meine Frau denken mochte, ich kam allmählich wieder zu mir. Jeden Abend, wenn ich an meinem Schreibtisch saß, arbeitete ich, las ich, suchte ich. Auch dazu eignete sich ein Unfall: die Gründe für das Unglück zu begreifen; die Maschine auseinanderzunehmen und wieder zusammenzusetzen; die Dicke des Schmieröls und das Gewinde des Schraubenbolzens zu ertasten; die Technik in ihrer Ganzheit zu betrachten. Damit meine ich, ihre Rolle, ihre gesellschaftliche Funktion und ihre wahre Bedeutung einzuschätzen. Sich von der Tarnung nicht täuschen zu lassen. Die verborgenen Dinge hinter den Dingen zu erkennen, sich nicht nur für das zu interessieren, was mit bloßem Auge erkennbar ist. Zum Beispiel für Aufzüge. Die uns nach oben fahren, aber auch hochfahren lassen.

»Willst du morgen nicht jemanden aufsuchen?«

Seitdem meine Haut angefangen hatte, Quaddeln zu bilden, war meine Frau aufmerksamer geworden und zeigte eine ungewohnte Anteilnahme. Natürlich bloß aus Sorge vor einer möglichen Ansteckung.

»Ich werde sehen, wie es sich bis morgen entwickelt, aber es ist nicht ausgeschlossen.«

»Soll ich dich irgendwo absetzen?«

»Bei der Arbeit?«

»Nein, beim Arzt.«

Der Schlaf kam nicht. Resigniert wartete ich wie ein Reisender, der auf den Bus lauert, von dem keiner weiß, wann noch ob er je kommt. Manchmal, wenn ich mit weit geöffneten Augen im Dunkeln lag, hatte ich den Eindruck, meine Zunge würde anschwellen und ebenso hart werden wie ein Stück Holz, das meinen gesamten Mund ausfüllte. Natürlich bildete ich mir das nur ein, aber die Empfindung war so täuschend echt, dass ich sie extrem abstoßend fand. In diesen Momenten versuchte ich an etwas anderes zu denken, zum Beispiel an die Zwillinge, bis der Muskel allmählich wieder ein bescheideneres Ausmaß annahm, ein wenig wie die erschlaffende Erektion eines Satyrs. Das Gehirn brauchte manchmal nicht viel, um Spaß zu haben.

Aus Barmherzigkeit werde ich kein Wort über das Gesundheitssystem von Québec verlieren, das im Übrigen sehr leistungsstark war, sofern man über genügend Geduld und eine halbwegs stabile Anzahl von Gammaglobulinen verfügte, um einer Krankheit etwa fünfundvierzig Tage die Stirn bieten zu können, was der durchschnittlichen Wartezeit für einen Termin entsprach. Die Übermotiviertheit meiner Lebensgefährtin und ihr ansehnliches Beziehungsportfolio katapultierten mich, wie immer, noch am selben Morgen zu einem Hautarzt, der mich zwischen zwei Patienten schob.

»Ein einfaches Ekzem.«

Der Facharzt trug ein bayerisches Jackett mit Lederkragen.

»Haben Sie schon einmal einen Ausschlag gehabt?«

»Noch nie.«

»Hat sich in Ihrem Leben kürzlich etwas geändert? Probleme bei der Arbeit, die Einnahme eines neuen Medikaments?«

»Nein, nichts.«

»Keine Allergien bekannt?«

»Nein.«

»Keine neuen Tiere?«

»Doch. Seit Montag habe ich den ganzen Tag mit Hunden zu tun.«

»Na bitte. Sie sind allergisch gegen Hundehaare. Haben Sie zu Hause Hunde?«

»Nein, auf der Arbeit. Ich bin Hundeausführer.«

»Tja, das wird kompliziert. Entweder machen Sie eine Desensibilisierung, das kann jedoch dauern, oder Sie tragen ständig Handschuhe und versuchen, so wenig wie möglich Hautkontakt zu haben, oder Sie wechseln den Beruf. Jedenfalls müssen Sie etwas zur Linderung der Symptome nehmen. Eine Kortisonsalbe zum Auftragen auf die Haut, und, wenn das nicht ausreicht, Kortikoide.«

Ich kam erst gegen Mittag bei DogDogWalk an. Ich hatte Charisteas Bescheid gegeben, dass ich später käme, weil ich zum Arzt müsse. Neugierig, indiskret, hüpfend wie ein Eichhörnchen im Frühling erwartete er mich an der Tür.

»Na? Alles in Ordnung?«

»Alles in Ordnung.«

»Was hat der Arzt gesagt?«

»Ich habe ein Ekzem. Eine Hundeallergie.«

»Sie machen wohl Witze. Ich höre zum ersten Mal, dass jemand eine Hundeallergie hat. Die Leute sind gegen Katzen, gegen Milben allergisch, aber nicht gegen Hunde. Und ausgerechnet Sie muss es treffen. Was wollen Sie jetzt machen?«

»Kortison nehmen.«

»Sagen Sie, Sie werden doch nicht etwa kündigen?«

»Im Moment nicht.«

»Gut, jedenfalls werden Sie keine Hunde mehr bürsten. Jemand anders wird das übernehmen. Sie machen bloß die Spaziergänge. Ich nehme an, Sie brauchen dazu Handschuhe? Ich habe welche. Man kann nicht gerade behaupten, dass Sie ein Glückspilz wären. Nein, das kann man wirklich nicht sagen.«

Charisteas winkte mich in sein Büro. Während er die Tür hinter mir schloss, sagte er:

»Ich habe noch eine gefunden.«

»Eine was?«

»Eine weitere Palindromzahl: 1021. Sehen Sie nur: 1021 mal 1201 macht 1 226 221. Ich habe sie vorhin gefunden. Die anderen waren schön, aber diese hier erscheint mir noch reiner mit der 6 in der Mitte als Scharnier.«

»Darf ich Sie fragen, warum Sie das tun?«

»Was tun?«

»Diese Suche nach besonderen Zahlen.«

Charisteas erstarrte, als hätte man ihm gerade mitgeteilt, dass Limassol wieder von den Türken eingenommen worden wäre. Nachdem er sich gefangen hatte, beichtete er mir mit leiser Stimme, was für ihn ganz untypisch war:

»Ich weiß es nicht. Ich habe das schon immer getan. Ich habe immer seltsame Dinge mit Zahlen gemacht.«

Den ganzen Nachmittag über versuchte ich zu arbeiten, ohne an das zu denken, was mir am Vortag zugestoßen war, an diesen unangenehmen Zustand der Prostration, in den ich am Ende des Tages verfallen war. Ich wusste, dass ich an diesem Abend denselben Weg mit demselben Tier gehen würde. Dieser ohnmächtige Moment hatte mich stärker verunsichert, als ich es zugeben wollte. Zumal mich diese Szene, die ich im Nachhinein rekonstruiert hatte, an ein religiöses Bild aus meiner Kindheit erinnerte, das mich damals sehr beeindruckt hatte. Darauf sah man einen Mann mit schwerem Mantel und Kapuze neben einem großen weißen Hund, der über ihn zu wachen schien, im Schnee knien und beten.

Gestern, gleich nachdem ich das Tier bei seinem Besitzer abgegeben und mich auf den Heimweg gemacht hatte, war mein Gedächtnis angesprungen, hatte die Archive durchwühlt und das Original dieser winterlichen Darstellung eines frommen Glaubens ausgegraben. Durch welches Labyrinth war dieses Bild aus ferner Zeit und wie vom anderen Ende der Welt bis zu mir vorgedrungen, um mir diesen Kniefall neben einem friedlichen Hund einzugeben, dessen Varietépartner ich bald sein würde?

Gegen fünfzehn Uhr vertraute mir Charisteas nach tausend Ermahnungen und Vorwarnungen den Hund von Monsieur Lappe zu einem Spaziergang von einer Dreiviertelstunde an, diesen Hund, von dem keiner der Dog Walker etwas hören wollte. Der Akita galt als aggressiv und war angeblich jederzeit imstande zuzuschnappen.

»Seien Sie äußerst vorsichtig. Vermeiden Sie, dass er in die Nähe von Leuten und vor allem von anderen Hunden kommt. In Japan wurden Akitas damals als Kampfhunde eingesetzt. Meines Erachtens hat dieser hier das nicht vergessen.«

Ich entdeckte ein Tier von großer Schönheit und erstaunlicher Präsenz, das auf jede kleinste Bewegung achtete und ein geschärftes Bewusstsein für die Zerbrechlichkeit der Dinge zu haben schien, ohne die geringste Aggressivität, aber jederzeit bereit, erbittert das Stückchen Leben zu verteidigen, das man ihm gewährt hatte. Diesmal hatte Charisteas sicher recht, der Hund trug bestimmt die Erinnerung an eine untergegangene Welt in sich, an eine Zeit, da der Mensch Hunde wie ihn zum Zeitvertreib losschickte, damit sie sich gegenseitig töteten. Wir drehten eine friedliche Runde, Herr und Hund, im gegenseitigen Vertrauen. Die Kälte, die mein Ekzem sehr viel wirkungsvoller betäubte als die Kortikoide, schien von seinem dichten Fell regelrecht abzuperlen.

»Wissen Sie, Paul«, bemerkte Charisteas, »ich habe hier über die Jahre eine Menge Typen ein- und ausgehen sehen. Sie haben sich als Dresseure ausgegeben und behauptet, alles über Hunde zu wissen. Aber sobald es darum ging, Julius, den Akita, auszuführen, hatten sie immer etwas Dringenderes zu tun. Bei Ihnen ist es das Gegenteil. Man merkt sofort, dass Sie überhaupt keine Ahnung von diesen Viechern haben. Aber genauso offensichtlich ist es, dass sie Sie mögen. Wenn ich sehe, wie dieser Akita sich nach dem Spaziergang in aller Ruhe neben Sie setzt, traue ich kaum meinen Augen. Und wissen Sie was? Noch erstaunlicher ist, dass ein Kerl wie Sie mit einem so unglaublichen Händchen allergisch auf Hunde reagiert.«

Das Leben, dieser Individualsport, der angesichts seiner absurden Regeln von einem bipolaren Engländer hätte erfunden sein können, bewies seinen Sinn für Humor und überließ es ausgerechnet diesen Hunden, deren Man-weiß-schon-was ich aufhob, mir ein Stückchen jenes Vertrauens und jener

Sanftmut zu schenken, die mir die meisten meiner Angehörigen seit Langem verweigerten.

Ich war mir der Tatsache vollkommen bewusst, dass ich seit dem Unfall nicht mehr derselbe war. Anna glaubte, der Sturz habe mich den Verstand gekostet oder mich zumindest so schwer aus der Bahn geworfen, dass meine früheren Macken und Schwächen nun offen zutage traten. Es gab für sie keinen Zweifel daran, dass dieser pathologische Zustand des fachlichen Rats eines Spezialisten und einer entsprechenden Behandlung bedurfte. In der Hinsicht vertrat ich natürlich eine ganz andere Meinung. Mochte ich auch die leichten Verwerfungen, von denen sie sprach und die sie angeblich beunruhigten, selbst spüren, so hatte ich doch den Eindruck, dass sie mir erlaubten, den Mechanismus des Lebens von einem anderen Standpunkt, aus einer anderen Perspektive zu betrachten. Ich verspürte ganz legitimerweise die Notwendigkeit, bestimmte Dinge selbst zu prüfen und mit neuen Augen zu betrachten. Um dies zu erreichen, arbeitete ich jede Nacht. Ich lernte. Las Berichte. Protokolle, in denen normale Menschen von ihren Phobien sprachen: »Ich habe keine Angst davor, in einem Aufzug zu sterben. Ich habe auch keine Angst, er könne eine Störung haben und abstürzen. Nein, was mich mehr als alles andere in Panik versetzt, ist die Vorstellung, in der Kabine mit mir selbst stecken zu bleiben.« In einem anderen Dokument entdeckte ich, dass die oberste Regel bei den Aufzugherstellern lautete, niemals einen Spiegel in die Kabine einzubauen. Es galt als gesichert, dass ein solches Accessoire den Fahrgästen in diesem engen geschlossenen Universum ein mulmiges Gefühl bereiten würde, als ertrügen sie es nicht zu sehen, dass »sie mit sich selbst eingesperrt sind«. Ich erfand nichts. Ich sammelte. Ich häufte Berichte von Händlern und Therapeuten an. Und ich hatte nicht den Eindruck, dass dies einen Verrückten aus mir machte.

Ich war nur ein aufmerksamerer Mensch geworden. Ein Mensch, der sich umsah. Diese Eigenschaft teilte ich mit den Hunden, zumindest mit einigen von ihnen. Die Fähigkeit, wach- und schweigsam zu sein; wie der Akita jede Veränderung des Bildes auf der Netzhaut zu registrieren; versuchen herauszufinden, was diese Veränderung für Folgen haben mochte; anders gesagt, die Fähigkeit, mitten im Leben zu stehen, ohne es aus den Augen zu verlieren. Diese Verhaltensweise war bei den meisten Tieren natürlich und angeboren, ich für meinen Teil entdeckte sie erst jetzt. Ein wenig so, als hätte mich der Unfall in jene entfernte Zeit zurückgeworfen, in der das Leben noch ein kostbares, zerbrechliches Gut war, auf das man gut achtgeben musste.

Den restlichen Nachmittag verbrachte ich mit drei weiteren Spaziergängen. Dann bat mich Charisteas, Charlie allein auszuführen und sie anschließend nach Hause zu bringen, sobald ich Watson abgegeben hätte. Ich würde also an den Ort meines ekstatischen Kniefalls zurückkehren, noch immer mit meiner Tier-Mönchskutte bekleidet, noch immer verquaddelt, aber mit einem Panzer aus Kortison versehen.

»Bréguet möchte Sie sehen. Er hat vorhin angerufen. Er möchte eine Antwort wegen des Wochenendes. Er macht sich deswegen Sorgen. Nun, Sie können miteinander darüber diskutieren. Er ist ein netter Kerl, Sie werden sehen. Er ist Psychiater.«

Watson, der vom Lebenssaft der ganzen Erde durchströmt zu sein und ständig unter hoher elektrischer Spannung zu stehen schien, wirbelte auf seinen kleinen krummen Beinen durch den Schnee und fand den Rhythmus des Spaziergangs immer zu langsam. Dieser junge Rüde gehörte offenbar zu der Sorte von unermüdlichen Hunden, die zeitlebens damit beschäftigt waren, ihren Überschuss an Energie zu verbrennen und blitzschnell wie ein Gewehrschuss loszurennen. Ein solches Tier an der Leine zu führen, einen derartigen Übermut bremsen zu müssen, grenzte an Häresie. Charlie hingegen, eine ausgeglichene Hündin, behielt ihren regelmäßigen Rhythmus bei, trotz der Anläufe und Drängeleien des jungen Mischlings, der vermutlich nur ein Drittel ihrer Größe und ihres Gewichts hatte.

»Sie bringen ihn immer später.«

Cudmore behandelte mich mit derselben Ungezwungenheit und schlug mir gegenüber einen ähnlich verächtlichen Ton an wie gegenüber seinem Hund.

»Haben Sie einen Termin vereinbart?«

»Was für einen Termin?«

»Verdammt, ich habe Sie doch gestern Abend gebeten, sich wegen dieses Tiers an einen Verhaltenstherapeuten zu wenden, haben Sie das getan oder nicht?«

»Ich habe Ihre Nachricht an Monsieur Charisteas weitergeleitet.«

»Ja und?«

»Ich nehme an, er hat alles Nötige in die Wege geleitet.«

»Das nehmen Sie also an. Das beruhigt mich aber. Jetzt hören Sie mir mal gut zu: Sagen Sie dem Kerl, dass er morgen von mir hört, wenn ich diesen verfluchten Termin nicht bekomme.«

Die schwere Holztür knallte so heftig zu, dass sich ein

Stück der Schneedecke vom Vordach löste und Charlie direkt vor die Pfoten fiel. Jeder andere Hund hätte einen Satz nach hinten gemacht oder wäre zur Seite gesprungen. Doch sie begnügte sich damit, den Kopf zu heben, um nachzusehen, woher der Haufen kam, dann wandte sie sich mir zu, mit einem Gesichtsausdruck, der zu sagen schien: »Wann immer du bereit bist.«

Und so wiederholten wir unseren weißen Spaziergang. Dieses Mal war die Nacht hell, ohne Wind, der Mond schien, und der Wald hatte sein Geheimnis verloren.

Es war genau dort. An der Stelle, wo der Weg eine Kurve beschrieb, bevor er etwas weiter hinten auf eine Lichterkette entlang der Häuser zustrebte. Ich suchte im Schnee nach den Spuren meines Kniefalls, aber der Wind und die Spaziergänger hatten alles verwischt. Nach ein paar weiteren Schritten setzte ich mich auf einen Stein. Die Hündin kam näher und blickte auf den Weg, als wollte sie bestätigen: »Es war genau dort.«

Gleich bei unserer Begegnung war mir Jean Bréguet als das komplette Gegenteil des rüpelhaften Cudmore erschienen. Dieser Mann, den ich gestern zum ersten Mal und auch nur ganz kurz gesehen hatte, nachdem ich aus meiner Phase der Prostration erwacht war, begrüßte mich, als wären wir seit Jahren befreundet. Er stellte mir eine verführerische Frau als seine Freundin vor und lud mich ein, in seinem Salon Platz zu nehmen, obwohl ich gekleidet war wie ein Förster. Er besaß eine natürliche Freundlichkeit, die an diesem Abend jedoch, gewiss wegen des Gefallens, um den er mich gleich bitten würde, ein wenig aufgesetzt wirkte.

»Es freut mich außerordentlich, Ihre Bekanntschaft zu machen. Ich hätte Sie gern schon gestern hereingebeten, aber Sie schienen in Eile zu sein. Sie wissen wahrscheinlich, dass Charisteas sich vor Lob über Sie geradezu überschlägt. Er hat mir erzählt, wie gut Sie mit Hunden umgehen können.«

»Ich halte das für maßlos übertrieben.«

»Nein, das ist seine ausdrückliche Meinung. Jedenfalls weiß ich, dass er Ihnen von meinen Plänen für kommenden Sonntag erzählt hat. Also, wie sieht es aus?«

»Ich habe das noch nie im Leben gemacht und kenne mich mit Hunden überhaupt nicht aus.«

»Das hat Charisteas auch gesagt. Aber die Hündin hat auch noch nie an einem Wettbewerb teilgenommen. Er hat mir hingegen versichert, dass er noch nie jemanden mit einem solch positiven Einfluss auf Hunde gesehen hat wie Sie. Und er hat mir von Ihrem Spaziergang mit dem Akita erzählt, Julius, stimmt's? Einfach unfassbar. Und Sie können mir glauben, ich kenne den Hund gut.«

»Es gibt sicherlich Dutzende von Handlern, die kompetenter sind als ich und glücklich wären, Ihre Hündin zu dem Wettbewerb zu begleiten. Sie ist ein sehr liebes Tier.«

»Ich möchte aber, dass Sie das machen. Ich spüre, dass Sie es sein müssen. Außerdem sind Sie so anders als diese kleinen Nichtsnutze, die sich nur um die Hunde kümmern, damit sie sich ein Cabrio leisten können.«

»Sie kennen mich doch gar nicht. Vielleicht will ich auch nur einen Cabrio.«

»Ohne Ihnen zu nahe treten zu wollen, aber ich glaube, aus dem Alter sind Sie raus. Sie wissen, ich bin Psychologe, so leicht macht man mir nichts vor.«

Die schöne Freundin des Analytikers brachte mir ein Mineralwasser, setzte sich mir gegenüber und schlug ihre äußerst ansehnlichen Beine übereinander, während Charlie etwas prosaischer vor meinen Füßen die Pfoten verkreuzte und danach die Augen schloss, um den kleinen Sketch nicht mit ansehen zu müssen, der sich um sie herum abspielte und in deren Mittelpunkt sie – ganz ohne ihr Dazutun – stand.

»Hat Charisteas Ihnen erzählt, wie ich Analytiker geworden bin? Wenn Sie zwei Minuten Zeit haben, erzähle ich es Ihnen.«

»Aber gern.«

»Ich habe recht jung im Osten der Stadt als Autoverkäufer bei General Motors angefangen. Damals hatten wir noch eine tolle Auswahl: Buick, Pontiac, Cadillac, Oldsmobile und Chevrolet. Da gab es noch nicht so viele Japaner und Deutsche. Wir waren die Könige. Die Geschäfte liefen wie geschmiert. Sprosse für Sprosse bin ich die Karriereleiter hinaufgeklettert und Vertragshändler geworden. Und wenn die Leute kamen, um ein Auto zu kaufen, hatten sie es nicht so eilig wie heute, sondern verbrachten Zeit bei uns. Man kannte sich. Und da fing es an. Mir fiel auf, dass mir die meisten Kunden ab einem bestimmten Zeitpunkt ihre Geschichten anvertrauten, mir ihr Leben erzählten. Sie sagten, es tue ihnen gut zu erzählen, sie fassten Vertrauen zu mir. Am Ende kamen die Leute nur noch, um mich zu besuchen, manchmal mit der ganzen Familie, sie warfen kaum noch einen Blick auf die Autos. Da begriff ich, dass ich den falschen Beruf gewählt hatte. Dass ich dazu geboren war, den Leuten zuzuhören, und nicht, sie zu beschwatzen. Also verkaufte ich die Werkstatt, machte eine Ausbildung, und heute fahre ich selbst einen Lexus.«

»Eine erbauliche Geschichte.«

»Ich weiß nicht einmal mehr, warum ich Ihnen das erzählt habe.«

»Um mich zu überzeugen. Jedenfalls muss ich Ihnen eines sagen. Ich hatte vor einiger Zeit einen Unfall.«

»Ich bin im Bilde. Charisteas hat mir davon erzählt. Ihnen ist da eine schreckliche Sache zugestoßen.«

»Seitdem leide ich manchmal unter Angst- oder Panikattacken, wenn ich mich in einem geschlossenen Raum befinde und zu viele Leute um mich herum sind. Es ist äußerst unangenehm, sehr heftig. Und nun fürchte ich, dass mich bei diesem Wettbewerb, bei dem ziemlich viele Zuschauer anwesend sein werden, dieses Unwohlsein wieder befällt.«

»Wenn es nur das ist. Ich versichere Ihnen, dass Sie sich keine Sorgen zu machen brauchen. Ich kann Ihnen etwas zubereiten, eine Trinklösung, die Sie eine Stunde vor Beginn des Wettbewerbs einnehmen. Ich garantiere Ihnen, dass Sie anschließend genauso entspannt sein werden wie eine Olive in einem Glas Martini.«

Die schöne Freundin schlug die Beine andersherum übereinander und nahm einen Schluck von dem Scotch, den sie sich eingegossen hatte. All diese Geschichten von Wettbewerbshunden, Auto verkaufenden Analytikern und phobischen Anfängern schienen sie zu Tode zu langweilen. Ihr gesamter Körper drückte den Wunsch aus, woanders zu sein. Außerhalb dieses Hauses, das sich dem Kult der Hunderassen und der Verehrung der Hundestammbäume verschrieben hatte.

»Darf ich Sie fragen, was sich ein Psychoanalytiker von Hundewettbewerben verspricht?«

»Vermutlich dient es dem Narzissmus. Es verschafft mir etwas Gänsehaut. Sicherlich ist es vergleichbar mit dem, was eine Mutter verspürt, die ihre Tochter bei einem Schönheitswettbewerb anmeldet. Und wie ich zugeben muss, hat wohl auch die Lektüre von Joe Randolph Ackerley *My Dog Tulip* hineingespielt. Dieser Mann von Rang und Namen, Leiter einer ehrwürdigen und anspruchsvollen Kultursendung bei BBC, der seine große Zeit in den fünfziger Jahren hatte, frönte in seinem Leben zwei Leidenschaften. Den Horse Guards, wo er regelmäßig ein- und ausging – wie sein Vater im Übrigen, der sich lange Zeit in Gesellschaft derselben berittenen Wachen vergnügte –, und seinem Hund Tulip. Er hat dem Tier und der maßlosen Liebe, die er für es hegte, ein zutiefst bewegendes Buch gewidmet. Diese Ode an den Hund mag manchmal überraschen. Etwa, wenn er erzählt, wie er seine Handfläche gegen Tulips Vulva zu pressen pflegte, um ihre Körperflüssigkeiten aufzufangen, wenn sie rollig war, damit er sich ihr verbundener fühlen konnte. Er erklärte, dass er das Tier bis in seine natürlichsten Funktionen hinein liebte.«

Bréguet nahm Ackerleys Buch von einem kleinen Beistelltisch, blätterte kurz darin herum und wandte sich mir mit einem breiten Lächeln wieder zu.

»Hören Sie sich nur an, wie er Tulips Darmentleerungen beschreibt: ›Ich erfreue mich immer daran, sie zu betrachten, wenn sie diese Funktion erfüllt. Sie senkt ganz vorsichtig das Hinterteil, bis sie eine Dreifußstellung eingenommen hat. Dann schiebt sie soweit sie kann die Hinterbeine auseinander, um das Fell zu schonen und zu vermeiden, dass die Pfoten schmutzig werden. Ihr langer Schwanz, den sie normalerweise anmutig nach oben biegt, wird kerzengerade und bildet eine parallele Linie zum Boden, sie legt die Ohren an, Hals und Schnauze beugt sie nach vorn, und ein sanfter meditativer Ausdruck legt sich über ihr friedliches Gesicht.‹ Erstaunlich, nicht wahr? Ich erspare Ihnen die Schilderungen der Art und Weise, wie der Mann und seine Hündin einer nach der anderen in Vergessenheit sterben, die Inkontinenz, die Einsamkeit und die Leiden des Alters.«

Die Freundin, die für diesen Abend offenbar genug gehört hatte, stand auf und begab sich zum Ausgang. Während sie in einen gut geschnittenen Wollmantel schlüpfte, sagte sie: »Ich muss los.« Wir erhoben uns, um uns von ihr zu verabschieden. Mit ihrem um die Taille geschlungenen Gürtel und dem zu einem Knoten zusammengebundenen Haar, aus dem ihr ein paar Strähnen ins Gesicht fielen, erschien sie mir im Halbdunkel der Diele wie eine blendende Schönheit. Kaum hatte sich die Tür hinter ihr geschlossen, ergriff Bréguet meinen Arm:

»Also, stimmen Sie zu?«

Das Herz des ehemaligen Autohändlers schlug noch immer in der Brust des Analytikers. Der Powerglide-Lacan erhob sich, und mit dem Kugelschreiber in der einen, dem Vertrag in der anderen Hand versprach er, dass dies das Geschäft meines Lebens wäre, eine niemals wiederkehrende Gelegenheit.

»Was die Entschädigungssumme angeht, legen Sie den Preis fest. Charisteas hat etwas von hundert Dollar erwähnt, aber ich finde das lächerlich wenig. Insbesondere, wenn Sie wirklich ein Cabrio kaufen wollen.«

Ich willigte ein, wobei ich betonte, dass die Qualität des Beruhigungsmittels viel wichtiger sei als die Höhe des Honorars.

»Sie werden den ruhigsten, friedlichsten Tag Ihres Lebens verbringen. Und wissen Sie, warum? Weil ich Ihnen vertraue. Ich habe unsagbares Vertrauen in Sie. Sie werden diesen Hund ganz nach oben aufs Siegertreppchen führen.«

Nach dem Abendessen verbrachte ich einige Zeit mit meiner Tochter. Ich dachte wieder an unsere letzte Unterhaltung im Café am Morgen vor dem Unfall. Wir hatten uns über Implantologie unterhalten, einen chirurgischen Eingriff, der in den fünfziger Jahren von einem schwedischen Chirurgen optimiert worden war und der darin bestand, in mehreren Etappen Titanimplantate im Kieferknochen zu verankern, auf denen man anschließend Keramikzähne befestigte. Ich habe nichts vergessen, weder ihre Ausführungen noch den Klang ihrer Stimme. Das alles schwirrt mir noch im Kopf herum. Ich erinnere mich sogar noch daran, dass sie diesen merkwürdigen französischen Ausdruck »mise en nourrice« verwendete, der die Einheilungsphase nach der ersten Implantation bezeichnet. Was für ein merkwürdiges Thema für eine letzte Unterhaltung. Anstatt meiner Tochter zu sagen, wie sehr sie immer im Zentrum meines Lebens gestanden hatte, dass ich mich mit ihrer Abwesenheit nie hatte abfinden können und in jeder Stunde ohne sie den Qualen meiner Feigheit ausgesetzt gewesen war, dass mir die Hände genauso gezittert hatten wie am Tag ihrer Geburt, als ich sie vom Flughafen abgeholt hatte – anstatt ihr all diese Dinge zu sagen, sie mit Tränen in den Augen anzusehen und an mich zu drücken, hatte ich sie mit einer gewissen Distanz über den chirurgischen Geistesblitz des Dr. Per Ingvar Bränemark ausgefragt. Was gesagt war, war gesagt.

An jenem Morgen im Café hatte ich Marie meine Uhr vermacht. Es war kein kostbares Schmuckstück, aber meine Mutter hatte sie über viele Jahre getragen. Es war die Marke Edma, ziemlich maskulin vom Design, mit einem kleinen Sekundenzeiger, der auf dem Ziffernblatt etwas abseits seinem eigenen Weg folgte. Sie hatte sich wahnsinnig darüber gefreut, und ich erinnere mich, dass sie sie sofort um das rechte Handgelenk gebunden hatte. Diese Uhr habe ich nie zurückbekommen. Weder im Krankenhaus noch im Bestattungsinstitut. Noch von meiner Frau. Niemand hatte sie je gesehen oder erwähnt. Meine Tochter hat sie nur wenige Stunden getragen. Ich fragte mich, wo sie heute wohl sein mochte und welche Zeit sie anzeigte.

Ich blätterte in meinen Unterlagen und sah mir seitenweise Statistiken an, mit Kurven wie Achterbahnen. Leute in Hochhäuser zu stecken, sie darin zusammenzupferchen war eine Sache. Etwas anderes war es, sie zu befördern. Und zwar schnell zu befördern. Zu vermeiden, dass sie die Kanalisation verstopften. Man musste den Verkehr im Fluss halten. Mit diesem Thema beschäftigte ich mich am Abend und stützte mich dabei auf einen Text, der von Fachleuten und Beratern für Aufzugtechnik verfasst worden war. Sie hatten eine Art Bibel geschrieben, die mit einer Unmenge von Berechnungen und Geboten gespickt war, gegen die man auf keinen Fall verstoßen durfte. So mussten dreißig Prozent der Bewohner eines Hochhauses innerhalb von weniger als fünf Minuten befördert werden können. Um die Wartezeiten und die Häufigkeit des Einsteigens zu berechnen, musste man die Durchschnittsdauer für die Auf- und Abfahrt eines Aufzugs kennen und sie durch die Anzahl aller im Betrieb befindlichen Kabinen teilen. Der Norm zufolge sollten die Fahrgäste nicht länger als dreißig Sekunden warten. Einige Grafiken stellten dar, wie oft eine Kabine, je nach Zahl der Insassen, durchschnittlich halten musste. Bei zehn Personen in einem Fahrstuhl, der zehn Etagen bediente: sechseinhalb Stopps. Bei zehn Personen, die über dreißig Etagen verteilt wurden: neuneinhalb Stopps, und so weiter bis zum Himmelsfirmament. Um die durchschnittliche Dauer einer Fahrt in einem Hochhaus zu berechnen, musste man weitere Parameter einbeziehen wie die Dauer des Ein- und Aussteigens und die Unterbrechungen der linearen Geschwindigkeit, die durch die Beschleunigung und Verlangsamung der Fahrt verursacht wurden. Aus dieser Unmenge von Daten ließ sich am Ende die kritische Schwelle der Befahrbarkeit eines Wohnhauses oder Wolkenkratzers ableiten. Die Zahl, die Größe und die Leistungsfähigkeit der Aufzüge. Einige Fachleute berechneten sogar das Thromboserisiko. Die Genehmigung des Gesamtprojekts hing am Ende davon ab, ob die Schwelle, jenseits derer jedes gemeinsame Leben unmöglich wird, überschritten wurde oder nicht. An diesen Zahlen lag es auch, dass die Turmspitze von Wright noch immer in der Vorhölle von Illinois umhergeisterte. Niemand hatte bislang eine Lösung für diese verrückte Gleichung gefunden: Wohin mit den notwendigen zweihundertfünfundzwanzig gigantischen Gondeln?

So lebten wir also. In Päckchen von zehn bis dreißig Personen, die befördert und abgeliefert wurden. Wie ein genau abgewogenes Paket folgten wir optimierten Wegen, wobei Zeit und Raum unterschiedlich berechnet wurden, je nachdem ob man Herr oder Diener war. Denn in diesen Wolkenkratzern herrschten, wie im Leben auf der Erde, zwei verschiedene Geschwindigkeiten, entsprechend den altehrwürdigen Regeln der Aristokratie. Der Angestellte benutzte die gemeinsamen Fahrkabinen, eine Art Omnibus, der je nach Bedarf überall hielt, sofern man den erforderlichen Schlüssel besaß, während den Herren an der Spitze des Hochhauses exklusive Expressaufzüge zur Verfügung standen, die ihre vortreffliche Person ohne Stopp in den Himmel beförderten.

Diese Fahrstühle werden nie in die Berechnungen der durchschnittlichen Warte- oder Beförderungszeit einbezogen. Sie sind da und sind es auch nicht.

Ich klappte mein Notizheft wieder zu und sah hinaus in die Nacht. Mein Kopf war leer und mein Körper müde. Von Zeit zu Zeit hörte ich eine leise Stimme in mir flüstern, dass mich die Aufzüge, nachdem sie einen Großteil meines Lebens zerstört hatten, jeden Tag tiefer in den Abgrund rissen. Aber ich sollte nie herausfinden, wer da sprach. Es war ein Uhr morgens. Ich dachte an die Uhr von Marie, die Uhr von Mama.

SIEBEN

Ich schlief nicht. Ich sah wieder die Frau vor mir, der ich bei Bréguet begegnet war. Sie war die erste Person seit meinem Unfall, die eine Art Lebensimpuls in mir weckte. Anstatt sie mit anhören zu lassen, wie Bréguet meine Hundeaura pries und wie ich mich in eine Olive am Grund eines Martiniglases verwandeln sollte, hätte ich gern ein wenig Zeit mit ihr allein verbracht und ihr von der Infrawelt der Fahrstühle erzählt. Nicht um zu glänzen oder sie vergeblich zu verführen – dafür gab es tauglichere Gebiete –, sondern einfach um herauszufinden, ob eine Frau wie sie, deren Schönheit mir ein Stück Menschlichkeit zurückgab, den Gedanken zulassen konnte, dass ein Fahrstuhl bei Weitem mehr als ein Transportmittel war. Ich hätte ihr gesagt, dass dieser kleine Käfig ein Mikrokosmos war, der die gesellschaftlichen Regeln und Privilegien im Kleinen reproduzierte. Dass es kaum vorstellbar war, welch zentrale Rolle diese Maschinen in unserem Leben spielten, und auch nicht, wie ausgereift die Studien waren, die ihrer Installation vorausgingen. Zu viele Apparaturen, zu viele Kabinen kosteten ein Vermögen und brachten kaum zusätzlichen Nutzen. Wenn der Bedarf hingegen unterschätzt wurde, konnte dies zur Katastrophe führen, das Leben in einem Hochhaus unmöglich machen, seinen Ruf und seinen

Wert ruinieren. Ich hätte versucht, ihr zu verdeutlichen, dass sich der Point d'accord, wie bei der Violine, immer zwischen der höchsten Anspannung des Seils und der Schwelle zum Reißen befindet, in der Grauzone der Grafiken.

War es klug, die Aufmerksamkeit dieser Frau auf die rasenden Fahrten der Schindler und Kones zu lenken? Mit ihr über Stirling Moss zu reden? Über *Elevator World*? Über John J. Fruin oder Wright? Natürlich nicht. Das ergab keinen Sinn. Ich konnte mir jetzt schon lebhaft vorstellen, wie sie aufstand, anmutig in ihren Mantel schlüpfte, die Arme in das moirierte Futter steckte, lässig den Gürtel um ihre Taille band und mich mit den Worten stehen ließ: »Ich muss los.« Ich hätte ihre Flucht verstanden. Sie wäre völlig legitim gewesen. Aber ich musste weitersuchen.

An diesem Morgen arbeitete ich nicht. Wegen des Wettbewerbs am nächsten Tag hatte Charisteas mir einen freien Tag »zur Vorbereitung« gewährt. Wie zum Teufel hätte ich mich auf eine solche Eselei vorbereiten können? »Sehen Sie sich die Kassette an und prägen Sie sich die Ratschläge und Gesten gut ein«, hatte er hinzugefügt. Ich ärgerte mich maßlos, dass ich mich auf dieses Unternehmen eingelassen hatte. Der Autohändler hatte mich um den Finger gewickelt. Ja, ich fragte mich sogar allmählich, ob er diese blendend schöne Frau nicht gar um ihre Anwesenheit gebeten hatte, um seinen Argumenten den nötigen Nachdruck zu verleihen. Ich war beinahe überrascht, dass er die Situation nicht genutzt hatte, um mich am Tisch ein Bestellformular für einen Chevrolet Impala »full loaded« unterzeichnen zu lassen. Doch es war ungerecht von mir, Bréguet Vorwürfe zu machen. Der einzig Schuldige in der Angelegenheit war ich. Wie üblich hatte ich mich bereit erklärt, eine bestimmte Rolle zu übernehmen, obwohl jede einzelne Faser meines Körpers mich beschwor, sie abzulehnen. Gegen elf Uhr rief mich Wagner-Leblond an und lud mich ein, in seiner Gesellschaft im Botanischen Garten spazieren zu gehen. Sein Vorschlag bereitete mir große Freude, und wir beschlossen, uns bei mir zu Hause zu treffen. Sorgfältig vergewisserte ich mich, dass das Alarmsystem ausgeschaltet war, und wartete dann mit jener typischen Nervosität, die einer ersten Verabredung vorausgeht, auf meinen Gast.

»Ich habe Ihnen eine Kleinigkeit mitgebracht. Einen Bonsai Beni Shitan, auch Cotoneaster genannt. Diese Spezies wächst im Westen Chinas. Sie ist widerstandsfähig, winterfest und lässt sich leicht stutzen.«

Wagner-Leblond hielt das Bäumchen in den Händen und überreichte es mir wie eine Gabe, mit jener typisch asiatischen Zurückhaltung, die er sich immer mehr zu eigen machte.

»Ihr Haus ist schön hell, sehr angenehm. Und dann wohnen Sie auch noch gleich am Park Maisonneuve, nur zwei Schritte vom Botanischen Garten entfernt.«

Wir wählten die Rue Viau, um zu den verschneiten chinesischen Pavillons und den japanischen Brücken zu gelangen. Letztere überquerten wir wie Spaziergänger, die noch ihr ganzes Leben vor sich hatten. Aber als wir in die Nähe des »Sterns der Langlebigkeit« kamen, machte Wagner-Leblond diesen Eindruck gleich wieder zunichte: »Dieses Symbol erinnert uns daran, dass wir Hoffnung haben dürfen. Wir müssen uns aber immer vergegenwärtigen, dass in jedem Augenblick, ganz gleich wo wir gehen und stehen, ein höheres Wesen über Leben und Tod entscheidet.«

Diese Dinge hörte ich nicht gern. Seit meinem Unfall riefen derart fatalistische und düstere Betrachtungen schreckliche Bilder in mir wach, von Fleisch und Knochen, von Lärm und Blut, von Schmerz und Entsetzen, die mich nachts um den Schlaf brachten und selbst tagsüber verfolgten. Als hätte Wagner-Leblond mein Erschauern im tiefsten Innern bemerkt, fügte er eilig hinzu: »Aber das ist alles schrecklich altmodisch, düster und langweilig. Erzählen Sie mir lieber, wenn die Frage nicht zu indiskret ist, was Sie tagsüber so machen.«

Ich beichtete ihm, gewiss weil dieser Mann mir so großes Vertrauen einflößte, in einem einzigen irrwitzigen Wortschwall die Hunde, das Ekzem, 10 Personen / 30 Stockwerke / 9,5 Stopps und sogar den Wettbewerb, der am nächsten Tag stattfand.

»Sie führen Hunde aus? Und sie lösen allergische Reaktionen bei Ihnen aus! Na hören Sie mal, das ist ja unglaublich. Sie könnten nach einem Prozess oder Vergleich Besitzer eines kleinen Vermögens sein, aber Sie führen Hunde aus. Warum tun Sie das?«

Genau das war die Frage. Darauf eine Antwort zu finden war meine allnächtliche Aufgabe: in den tiefen Brunnen hinabsteigen und in der Dunkelheit nach etwas suchen, von dem ich wusste, dass es da war, dass es entsetzlich war, nur hatte ich keine Ahnung, worum es sich handelte.

»Und diese Sache mit dem Wettbewerb ist … sagen wir … in hohem Maße ungewöhnlich. Das würde man überhaupt nicht von Ihnen erwarten.«

»Dabei wissen Sie noch nicht alles. Um einer möglichen

Platzangst vorzubeugen, unter der ich seit dem Unfall leide, mixt mir der Hundehalter, seines Zeichens Psychoanalytiker, einen Arzneicocktail, mit dem ich, wie er versprochen hat, sogar übers Wasser gehen könnte.«

Es war das erste Mal, dass ich Wagner-Leblond lachen sah. Allerdings noch immer im Modus der Zurückhaltung: mit zusammengekniffenen Lippen, einem kleinen unauffälligen Zucken der Schultern und einem leichten Pfeifen der Bronchien – für ihn der Ausdruck tiefer Heiterkeit.

»Ach ja, die Analytiker! Wissen Sie, dass einer meiner Nachbarn diesen Unsinn praktiziert? Er gehört einer frei erfundenen Schule an, deren Namen ich vergessen habe. Stellen Sie sich vor, er nimmt seine Patienten regelmäßig mit ins Schwimmbad, damit sie ›im Einklang mit ihrer amniotischen Entwicklungsstufe sind‹, hat er mir erklärt. Er stattet sie mit Schwimmkörpern aus und lässt sie in dem großen Bad im Wasser treiben. Und wissen Sie, was unser Freund macht, während die armen Leute im Chlor ihre regressive Phase bekommen? Er schwimmt seelenruhig seine Bahnen. Eine nach der anderen.«

Wagner-Leblond lachte gern. Aber es war offensichtlich, dass ihm niemand die Regeln dieses Spiels beigebracht hatte. Anstatt sich dieser Empfindung völlig hinzugeben, spürte man, dass er außer Stande war, das Korsett des Anstands abzulegen. Daher hatte man den Eindruck, seine Erheiterungen, wie er sie nannte, würden ständig durch eine zu hart eingestellte Bremse gezügelt.

Wir schlenderten durch den Botanischen Garten vom »Pavillon des grünen Schattens« über den »Hof des Frühlings«, der im Übrigen ziemlich verschneit war, bis zum »Pavillon, an dem die Purpurwolken erstarren« und unterhielten uns dabei über all die unnützen Dinge, die den zerbrechlichen Panzer meines derzeitigen Lebens bildeten. Ohne je einen Buick oder ein Oldsmobile verkauft zu haben, erwies sich Wagner-Leblond als erstaunlich guter Zuhörer, der sich sowohl aufs Schweigen verstand, um ja keine Faser einer Geschichte zu knicken, als auch darauf, im passenden Moment eine Bemerkung einzuwerfen, die einen ermutigte fortzufahren. Die Unterhaltung mit ihm war ein solches Vergnügen, dass ich darüber die Kälte vergaß. Ich konnte mir nicht vorstellen, eines Tages gegen diesen Mann zu prozessieren.

Auf dem Rückweg, diesmal quer durch den Park, stellte mir Wagner-Leblond die unvermeidliche Frage:

»Haben Sie in unserer Angelegenheit einen Entschluss getroffen?«

»Ich glaube schon. Die Dinge sind mir mittlerweile klarer geworden.«

»Das heißt?«

»Kein Prozess. Eine Einigung wäre mir lieber. Ich wünsche mir, dass wir einen Vergleich aushandeln.«

Diesmal hatte Wagner-Leblond größte Mühe, seine Verwunderung zu verhehlen. Er klappte den Kragen hoch, strich die Manteltaschen glatt und blickte mir dann unverwandt in die Augen.

»Ich werde Ihnen jetzt etwas sagen, was mir meine Rolle in dieser Angelegenheit und Ihnen gegenüber eigentlich verbieten sollte: Ich denke, mit dieser Entscheidung verstoßen Sie gegen Ihre eigenen Interessen.«

»Warum?«

»Bevor ich Ihnen antworte, und zwar ganz gleich, wie die

Sache ausgehen wird, müssen wir, also Sie und ich, uns in einem Punkt einig sein: Diese Unterhaltung hat niemals stattgefunden.«

»Selbstverständlich.«

»Bei einer Aktenlage wie Ihrer bin ich davon überzeugt, dass sich ein Gericht angesichts des Schadens, den Sie erlitten haben, angesichts des Verlusts Ihrer Tochter und Ihrer Verletzungen viel großzügiger zeigen wird als eine Handvoll Aktionäre, die sich, meinem Ratschlag folgend, auf die Verwässerung der Verantwortung berufen und Ihnen eine Entschädigungssumme anbieten werden, die nicht im Entferntesten an das Schmerzensgeld heranreichen wird, das Sie in einem Prozess erstreiten könnten. Ein weiterer Punkt, den es zu bedenken gilt: Die Aktionäre wissen genau, dass die Folgen durch den Medienrummel und ihre eventuelle Verurteilung nur eine lokal begrenzte Wirkung haben. Auch aus diesem Grund ist damit zu rechnen, dass ihr Angebot gering ausfällt.«

»Ich verstehe, aber ich habe keine Lust, vor Gericht zu ziehen. Ich habe keine Lust, die Geschichte wieder aufzurollen, alles, was passiert ist, ein zweites Mal zu durchleben, gegen das Unternehmen zu klagen, und noch weniger gegen Sie. Was geschehen ist, ist geschehen. Ich möchte die Angelegenheit gern vom Tisch haben, und zwar so schnell wie möglich.«

»Die Gutachten sind noch in Arbeit. Die Unternehmen werden die Ergebnisse abwarten wollen.«

»Sagen Sie ihnen, dass ich eine Einigung möchte.«

»Ihr Entschluss wird sie überraschen. Und zwar eher angenehm überraschen, da bin ich mir sicher. Aber glauben Sie nicht, dass sie sich deswegen als großzügig erweisen werden.«

»Wir werden sehen.«

»Auf die Gefahr hin, erneut gegen meine Interessen zu predigen, rate ich Ihnen, sich noch einige Tage Bedenkzeit zu nehmen.«

»Sie sind schon ein lustiger Anwalt.«

»Und Sie sind, was man ein willfähriges Opfer nennt.«

Ich begleitete Wagner-Leblond zu seinem Auto, das er vor dem Haus geparkt hatte. Es war ein alter Saab 900, ein Modell vom Anfang der neunziger Jahre, bevor die schwedische Marke von General Motors übernommen wurde. »Wissen Sie, woher das Wort Saab stammt?«, fragte mich der Anwalt. »Es ist das Akronym des schwedischen Flugzeugbauers ›Svenska Aeroplan Aktiebolaget‹.« Der Rost hatte Löcher in den unteren Teil der Karosserie gebohrt und knabberte bereits an den Kotflügeln und Türen. Auf der Kofferraumklappe und der Motorhaube schimmerte die braune Seele der Karosserie unter dem abplatzenden Lack durch.

Anna hatte die ganze Szene vom Wohnzimmerfenster aus verfolgt. Als ich ins Haus kam, fragte sie mich:

»Wer ist der Kerl, mit dem du gesprochen hast?«

»Niemand.«

Hätte ich ihr die Wahrheit gesagt, hätte sie mir nicht geglaubt.

Meine Begegnung mit Charles Wagner-Leblond war gewiss seit Langem das Beste, was mir passiert war. Er besaß jene Charakterstärke, die ich von meinem Vater kannte. Sie beherrschten alle beide die seltene Kunst, mich mit der Welt zu versöhnen und, was noch schwieriger war, mit mir selbst. Diese Chiropraktiker der Seele vermochten es, geschickte und unauffällige Manipulationen an einem vorzunehmen, sodass man nach Verlassen der Praxis wieder geschmeidige Gedanken hatte, gelöst und befreit war von den tausendundeinen Verspannungen, die man sich im Laufe der Tage zugezogen hatte. Bastiaan und Charles hatten noch etwas anderes gemeinsam: Sie gehörten zu jenen Männern, die noch Antworten gaben. Eine Seltenheit. Sie waren nicht allwissend, aber sie vertraten offenbar die Ansicht, dass man auf jede gestellte Frage wenigstens ein paar klärende Elemente beisteuern musste, damit sich jeder anschließend seine eigene kleine Wahrheit zurechtlegen konnte. Zum Beispiel vorhin im Garten hatte ich Wagner-Leblond meine Verwunderung über die Geschichten von den toten Fischen und den vom Himmel gefallenen Vögeln in Arkansas und Louisiana mitgeteilt. Und nachdem er eine Weile nachgedacht hatte, so lange, bis er die betreffende Akte in seinem Gedächtnis wiedergefunden und herausgezogen hatte, erwiderte er: »Dazu muss man wissen, dass einige Vögel, darunter auch die Rotschulterstärlinge und die Stare, wenn meine Erinnerung mich nicht täuscht, zu einer Spezies gehören, die in der Gruppe fliegen, leben und schlafen. Ich habe gelesen, dass es Kolonien von mehreren Millionen Vögeln gibt. Und nun stellen Sie sich vor, was passiert, wenn diese ganze Schar mitten in der Nacht von einer Explosion aufgeschreckt wird und Hals über Kopf losfliegt. Ihre Nachtsichtigkeit ist äußerst eingeschränkt. Sie fliegen in alle Richtungen, prallen gegeneinander, das reinste Massensterben. Was die Fische angeht, so würde ich darin eher die Handschrift einer Bakterie sehen oder die Folge einer unrechtmäßig ins Wasser gekippten giftigen Substanz.« Dem anderen immer geben, wonach er fragt. Ansätze für eine Erklärung, und sei sie noch so bruchstückhaft.

Gingen die Ärzte so viel anders vor? Wenn ich mir den Zustand meiner Handgelenke und Arme betrachtete, beschlichen mich manchmal arge Zweifel. Gewiss, das Kortison linderte die Beschwerden vorübergehend, aber der Juckreiz kehrte zu festen Zeiten zurück und rief mir meine merkwürdige Allergie in Erinnerung, die niemand für voll zu nehmen schien. Angefangen bei meiner Frau, die nicht mehr fragte, ob der Ausschlag sich möglicherweise verschlimmert hatte, seitdem sie wusste, dass er nicht ansteckend war.

Der morgige Tag würde ein wichtiger Tag für Jean Bréguet werden. Als ich an seinen versprochenen Beruhigungscocktail dachte, überfielen mich jedoch Zweifel, denn mir fiel ein, dass er über keine pharmakologische Ausbildung verfügte, um die Mittel, die er mir verabreichen wollte, richtig zu dosieren. Schließlich war der Typ nichts weiter als ein Buickhändler.

An diesem Abend arbeitete ich einmal nicht, sondern ging früh zu Bett. Zur selben Zeit wie Anna. Sie hatte eine Weile im Bett ferngesehen, bevor sie das Licht ausknipste. Nun hörte ich im Dunkeln das malmende Geräusch ihrer Unterkiefer, die so lange auf dem Streifenkaugummi herumkauen würden, bis der Schlaf sie überkäme. Mein Mund war leer. Meine Kiefer in Ruhestellung. Ich hatte niemanden zum beißen.

Sonntag. Die Kälte ließ nicht nach. Nachdem ich einen Kaffee getrunken hatte, stieg ich hinauf, um die passende Kleidung für den Wettbewerb zusammenzustellen. Charisteas hatte betont: Das äußere Erscheinungsbild des Handlers war fast genauso wichtig wie das Trimmen und das Aussehen des Tieres. Meine Wahl fiel auf ein altes braunes Prince-of-Wales-

Sakko, ein hellblaues Hemd, eine kastanienbraune Krawatte, eine beigefarbene Hose und dunkelbraune Boots mit Schlaufen. Diese Ausstaffierung entsprach durchaus der Vorstellung, die sich ein im Südwesten Frankreichs Geborener vom englischen Schick machen konnte. Ich hatte mich seit Ewigkeiten nicht so angezogen und vermutlich seit dem Ende meiner Jugendzeit keine Krawatte mehr getragen. Nicht einmal zur Beerdigung meiner Eltern, der von Gladys, noch auf der Hochzeit der siamesischen Brüder. Ich besaß eher wenige Kleidungsstücke. Hingegen bewahrte ich eine unsinnige Zahl an Hemden im Schrank auf – etwa vierzig –, die ich fast nie trug, aber sorgfältig nach Stilen geordnet und zusätzlich nach Farben sortiert hatte: Jeans-, Uni-, Streifen-, Karo- und bedruckte Hemden. Ich schlüpfte in meine Kleidung, wobei ich ernstlich nicht wusste, was ich davon halten sollte, und ging hinunter in die Küche. Als meine Frau mich in diesem Aufzug sah, sprang sie auf. Mit weit aufgerissenen Augen musterte sie mich von Kopf bis Fuß; offenbar jagte ich ihr Angst ein.

»Bist du das?«

Nur Leute wie mein Vater oder Wagner-Leblond hätten genügend Schlagfertigkeit besessen, um auf diese unsinnige Frage etwas zu erwidern. Ich begnügte mich damit, nach einer Tasse Kaffee zu greifen und durchs Fenster dem Treiben zuzusehen.

»Was machst du an einem Sonntag in diesem Aufzug?«

»Ich habe einen Arbeitstermin.«

»Welche Arbeit?«

»Die Hunde.«

»Du führst deine Hunde sonntags mit Schlips und Kragen aus? Willst du mich auf den Arm nehmen?«

»Es ist kein normaler Spaziergang, sondern eine Schau.«

»Eine Schau. Du stellst dich mit Hunden zur Schau, in Krawatte und Tweed? Und wo bitte schön?«

»Im Osten von Montreal.«

»Mein armer Freund. Gestern noch ertappe ich dich dabei, wie du dich vor dem Haus, neben einer alten Schrottkiste, mit einem Dealer unterhältst, und heute gehst du mit Hunden spazieren, herausgeputzt, als wolltest du Bridge spielen gehen.«

»Okay, es ist sowieso nicht wichtig, ich gehe aus, das ist alles.«

»Triffst du dich mit jemandem?«

»Was soll die Frage?«

»Du verstehst sehr wohl, was ich sagen möchte.«

»Ich habe eine Verabredung mit einem Kunden, dessen Hündin ich bei einem Schönheitswettbewerb vorführe.«

»Das muss ja ein seltsamer Kunde sein.«

»Er ist Psychoanalytiker.«

Es war eigenartig festzustellen, dass die Weltordnung durch winzige Details in der Kleidung plötzlich ins Wanken geraten konnte. Dasselbe galt für die Wahrheit, die ebenfalls sehr unbequem sein konnte, sobald sie nicht mehr dem vertrauten Schema entsprach. So machte die Tatsache, dass ich ausnahmsweise einmal eine Krawatte trug, aus mir einen Ehebrecher. Aber ich muss zugeben, die Tatsache, dass ich mit der Hündin eines Psychoanalytikers ausging, war schon eine unerträgliche Provokation.

»Ich warne dich, wir müssen uns unterhalten, Paul. Ja, wir müssen uns unterhalten.«

Seit einiger Zeit hatte Anna sich angewöhnt, ihren letzten Satz zu wiederholen, eine seltsame Echomanie zu praktizieren. Sie verlangte, dass wir uns unterhielten, aber das Problem war, dass ich ihr nichts zu sagen und auch nichts entgegenzuhalten hatte. Bestenfalls konnte ich ihr zuhören, wie sie mir aufzählte, was alles nicht mehr möglich war und keinem normalen Leben mehr entsprach. Dass ich mir keine Mühe mehr gab und mich darauf versteifte, eingeschlossen in die Welt der Fahrstuhlkabinen mit der Asche meiner Tochter zu leben. Dass sie nicht mehr konnte. Dass wir eine Entscheidung fällen mussten. Dass sie eine Beziehung führte, nun ja, sich regelmäßig mit jemandem traf. Dass sie sich vögeln ließ, genau, aber richtig vögeln. Dass dies im Übrigen auch der Grund war, warum wir zweimal die Woche Hühnchen aßen. Und dass sie nun genug hatte von den Hühnchen, den Hunden und dem ganzen Rest. Dass eine Scheidung unumgänglich sei, dass sie das Haus behalten würde, das Auto und die Hälfte meines Bankkontos.

Dem gab es nichts entgegenzuhalten oder hinzuzufügen. Jeder Satz enthielt sein Stückchen Wahrheit oder eine Annäherung an sie. Diese Art Unterhaltung fand typischerweise sonntags statt, wenn die Arbeit einen nicht mehr ablenken konnte und es nichts zu tun gab, als zu Hause zu bleiben, in einem Haus, das plötzlich zu klein wurde, um all die ranzigen Erinnerungen und den aufgewärmten Groll zu fassen. Dann reichte ein Krawattenknoten, ein Lederband an den Boots oder eine unvorhergesehene Verabredung, um den Himmel zum Einsturz zu bringen, Sätze flogen und am Ende prasselten Geständnisse auf einen nieder, die man bereits bis in den Wortlaut hinein kannte. Das Scheitern und das

Wochenende gehören zusammen. Und das Leben ist voller Sonntage.

Mir juckten die Handgelenke und der Hals. Ich brauchte die Kortisoncreme. Immer häufiger fragte ich mich, ob der Dermatologe sich nicht geirrt hatte und meine Allergie nicht durch all das hervorgerufen wird, was in diesem Haus lebte, einem Haus voll heimtückischer Sirenen, die jederzeit bereit waren zuzuschnappen. Das Kortison mochte zwar die gemutmaßte Hautreaktion auf die Hundehaare lindern, aber ich bezweifelte, dass seine entzündungshemmende Wirkung etwas gegen den durch eine Pythia ausgelösten Juckreiz vermochte, die nachts vor sich hin kaute und tagsüber meinen Niedergang prophezeite.

Dabei brauchte man kein Orakel zu sein, um zu sehen, dass ich im Fall begriffen war. Und zwar seit Langem. Schon lange vor dem Unfall, ja schon lange vor der Geburt dieser beiden Steuerhirnis, die als meine Erben herhalten mussten. Alles hatte mit dem Tag begonnen, an dem Anna sich geweigert hatte, Marie zu Hause zu empfangen. An dem sie ihr unsere Tür verschlossen hatte, ohne dass ich den Mut gefunden hätte, sie daran zu hindern. Da hatte alles angefangen. Ich habe noch genau den ungläubigen Gesichtsausdruck meines Vaters in Erinnerung, als ich ihm die Neuigkeiten mitteilte.

»Und nun?«

Ich hatte nichts geantwortet. Mein Schweigen war ein Offenbarungseid. Mein Vater senkte den Blick: Von dem Tag an wusste er, dass sein Sohn ein Feigling war.

Es klingelte an der Tür: der Taxifahrer, den Bréguet bestellt hatte. Ich nahm meine Sachen und folgte dem Fahrer, der mir die hintere Tür öffnete, obwohl dies unüblich war. Ich wusste, dass Anna hinter dem Fenster stand. Ich konnte mir vorstellen, wie ungläubig und wütend sie aussah, während sie mir nachblickte; aber auch weniger selbstsicher als sonst.

Als er das Auto sah, trat Bréguet trotz der Kälte vor die Tür, um mich zu begrüßen. Seine Aufregung stand im krassen Gegensatz zu der Seelenruhe seines Hundes, der auf dem Wohnzimmerteppich ausgestreckt lag. Die ersten Worte, die Bréguet an mich richtete, waren: »Sie sehen blendend aus.« Und gleich darauf: »Das wird ein großer Tag.« Auf den Hund weisend fügte er hinzu: »Der Hundefriseur ist gerade aus der Tür.« In der Luft schwebte der Geruch eines Deodorants, das einem leichte Übelkeit bereitete, der künstliche Duft von Vanille und Himbeere.

»Haben Sie mein Beruhigungsmittel?«

»Alles da. Es steht bereit. Machen Sie sich keine Sorgen.«

»Haben Sie es zubereitet?«

»Aber nein. Ein Freund von mir, der Anästhesist im Krankenhaus Sainte-Justine ist. Ich habe ihm Ihren Fall geschildert. Daraufhin hat er das Rezept ausgestellt und die Mischung und Dosierung festgelegt.«

»Was ist da drin?«

»Ich bin leider nicht in der Lage, es Ihnen zu sagen. Sie müssen den Inhalt dieses Fläschchens aber unbedingt eine halbe Stunde vor Betreten der Halle einnehmen, wo Sie auf die Zuschauer treffen werden. Da die Weibchen zum Schluss vorgeführt werden, haben wir noch eine gute Stunde Zeit.«

»Kann ich Ihrem Freund vertrauen?«

»Seien Sie ganz beruhigt. Er verbringt sein Leben damit, Leute einzuschläfern.«

»Genau das macht mir ja Sorgen.«

Zur vereinbarten Zeit trank ich also meinen Zaubertrank in einem Zug aus, einen milchigen, süßen Schierlingsbecher, der eine leicht bittere Note und den Nachgeschmack von Kaugummi hatte.

Bréguet saß am Steuer des Lexus Hybrid mit Allradantrieb und pries unaufhörlich dessen Vorteile.

»Er berechnet jederzeit den optimalen Antrieb. So wechselt er vom Verbrennungsmotor zum Elektroantrieb und umgekehrt. Stellen Sie sich vor, dieses Fahrzeug fängt außerdem die kinetische Energie auf, die beim Bremsen verloren geht, und verwandelt sie in Strom.«

Der ehemalige Autohändler trug seine Argumente mit der üblichen Leichtigkeit vor, um die Angst des Psychoanalytikers zu verbergen, der seit allzu Langem auf diesen Tag gewartet hatte. Was den Hund betraf: Der lag auf seiner Decke, die auf dem beigefarbenen Leder der Rücksitze ausgebreitet war, und schnupperte gedankenverloren an der Armlehne der Tür, die nach gar nichts roch, außer vielleicht neu.

Der Wettbewerb fand in einer großen Halle statt, die eigens für diesen Anlass hergerichtet worden war. Fast überall hatte man Werbetafeln der Tierfutter-Hersteller aufgehängt, die die Veranstaltung sponserten. Der Ring glich einem hölzernen Wandelgang. Er verlief sich zwischen den Sitzen der Zuschauer und endete gegenüber der Jury, die die Aufgabe hatte, die Spreu vom Weizen zu trennen, bevor man zur Krönung schreiten würde.

Drumherum boten Dutzende von Ständen allerlei Accessoires und Spielzeug für Hunde an. Bekleidung, Brillen, Zahnpflegestangen, Parfüm, Anti-Bell-Halsbänder, elektronische

Hundezäune, Ratgeber für Dressur, Zucht und Trimmen. Ich dachte bei mir, dass die Leute, die hierherkamen, sich auch für Eiskunstlauf, Tanzturniere oder Synchronschwimmen interessierten, wo die Konkurrentinnen durch die Füße atmen. Für mich ist allein schon der Anblick dieser Disziplinen eine Qual, eine Strafe, die man ausschließlich Rückfalltätern vorbehalten sollte.

Hunde aller Rassen, gepudert und getrimmt wie kleine Marquis, kamen und gingen an der Seite ihres Herrchens wie zu einem Generalgouverneursball. Mit konspirativer Miene tuschelten Handler und Züchter untereinander. Ich hingegen wandelte erstaunlich gelassen und entspannt in diesem Tumult umher. Mir war, als würde ich mit der Hündin an meiner Seite auf einem Rollband spazieren gehen, während der Psychoanalytiker uns in einigen Metern Abstand folgte und die von den Organisatoren verlangten Formulare ausfüllte. Der Zaubertrank tat seine Wirkung.

Während der Wettbewerb mit den Rüden begann, setzte ich mich mit Charlie ein wenig abseits in die hinteren Reihen. Die Hündin drehte sich zweimal um sich selbst, legte sich, mit der Schnauze auf meinem Fuß, auf den Boden und schloss die Augen. Ich hatte Lust, mir den Ablauf des Wettbewerbs anzusehen und ein wenig die Gesten und das Verhalten der ausgebufftesten Handler zu studieren. Doch da überkam mich eine bleierne Schwere, ich spürte, wie meine Muskeln sich entspannten, meine Augenlider genauso hinabsanken wie mein Kopf, und so geschah es, dass ich innerhalb weniger Sekunden tief und fest einschlief, ohne auch nur die Zeit gehabt zu haben, der Versuchung zu widerstehen.

Ein großartiger Schlaf, opak und schwarz wie Tinte.

Als Bréguet mich weckte, wirkte er panisch. Verstört sah ich ihn an. Ich bemerkte, dass seine Worte zeitversetzt aus seinem Mund an mein Ohr drangen. Außerdem hatte sich das Timbre seiner Stimme verändert. Sie klang tiefer und etwas schlapp. So als würde man ein Tonband zu langsam abspulen. Ich erkannte Bréguet wieder, hatte jedoch keinen blassen Schimmer, was dieser Mann von mir wollte, noch warum er mich am Arm rüttelte. Erst allmählich sortierten sich meine Gedanken, wie wirbelnder Schnee, der in einer Glaskugel allmählich zu Boden sinkt. Nicht unbedingt in chronologischer Reihenfolge, aber ich erinnerte mich wieder an den Ort, an dem wir uns befanden, wenn ich auch nicht wusste, was wir hier taten.

»Verflucht, wachen Sie auf! Monsieur Sneijder, wir sind gleich dran! Monsieur Sneijder!«

Es gab keinen Zweifel, dass mit Sneijder ich gemeint war. Paul Sneijder. Unklar blieb hingegen, warum Bréguet so an mir herumzerrte.

»Monsieur Sneijder, ich flehe Sie an, wachen Sie auf, wir werden in fünf Minuten aufgerufen.«

Noch immer mit demselben unschuldigen Lächeln auf den Lippen bemühte ich mich unter unsagbaren Anstrengungen, den Kopf zu heben, die Brust herauszustrecken und meinem Gesprächspartner eine etwas straffere Haltung zu präsentieren.

»Geht es Ihnen besser? Fühlen Sie sich wohl?«

Neben mir hatte ein weißer Hund seine Schnauze auf meinen Oberschenkel gelegt. Ich betrachtete ihn als neuen Freund. Sein schwarzer Blick rief mir vage etwas ins Gedächtnis. Ich sah mich im Schnee knien, das Tier an meiner Seite. In dem Moment rückte sich die Welt langsam wieder zurecht, und das Tuch meiner Lethargie wurde sanft emporgehoben. Durch die Nebelschwaden des Beruhigungsmittels schimmerte das friedliche Bild von Charlie.

»Trinken Sie einen Schluck Wasser und stehen Sie dann auf. Bitte, haben Sie Erbarmen, reißen Sie sich zusammen.«

Ich gehorchte Bréguet. Schwerfällig stand ich auf und hob die Mineralwasserflasche, die er mir reichte, an den Mund. Doch schätzte ich den Abstand zwischen dem Flaschenhals und meinen Lippen falsch ein, sodass die Flüssigkeit sich langsam über meine Hose und meine Schuhe ergoss.

»Passen Sie doch auf! Sehen Sie nur, was Sie angerichtet haben!«

Die Hündin leckte die kleine Wasserlache auf, und ihr verzweifeltes Herrchen tupfte ihr eilig die Lefzen trocken.

Schon seit einer Ewigkeit hatte ich mich nicht so wohl, so entspannt, so frei von allen Sorgen gefühlt, völlig präsent, auch wenn ich die Oberfläche der Welt nur mit den Zehenspitzen berührte. Permanent lächelte ich, weil mir dies nur natürlich und angemessen erschien. Ich empfand nichts Besonderes. Alles war gleichwertig und wertlos zugleich. Mein Gedächtnis hatte sich in ein altmodisches Accessoire verwandelt, dessen Daseinsgrund mir verborgen blieb.

Bréguet half mir, die Sitzreihen hinunterzusteigen, und geleitete mich zu dem Wandelgang. Dann bürstete er ein letztes Mal das Fell der Hündin, legte mir die Leine in die Hand und sagte:

»Sobald Sie hören, dass Charlie aufgerufen wird, steigen Sie in den Ring und geben Ihr Bestes. Ich flehe Sie an, reißen Sie sich zusammen!«

Ich lächelte Charlie zu und war davon überzeugt, dass sie zurücklächelte. Ich weiß nicht, warum, aber in diesem Augenblick empfand ich trotz aller Beruhigungsmittel eine gewisse Zärtlichkeit für diese Hündin. Ich teilte viele Dinge mit ihr, Dinge, die sich nicht leicht in Worte fassen ließen. Jetzt, da wir im Begriff waren, uns beide in ein Unterfangen zu stürzen, das uns im höchsten Maße gleichgültig ließ, richteten wir denselben eindringlichen Blick auf die Leute rings um uns her. Während wir versuchten herauszufinden, was sich in den anderen Köpfen abspielte, stellten wir uns die einzig sinnvolle Frage: »Wie funktioniert das?«

»Sie sind dran, los!«

Charlie machte den ersten Schritt und ich folgte ihr. Um uns herum lärmte die Welt, und ganz am Ende des schier endlosen Holzstegs konnte ich die winzigen Umrisse der allmächtigen Jury erkennen. Nach wenigen Metern hob Charlie den Kopf zu mir, wie ein flanierender Hund. Wir bildeten ein vollkommen eingeschworenes Paar. Mir war, als ginge ich, eine Hand lässig in die Tasche gesteckt, gemütlich mit meiner Hündin am Canal du Midi spazieren, während die Sonne durch die Platanen blitzte. Wir liefen die Uferböschung entlang und sogen den kräftigen Geruch des Grases ein. Wir waren im Süden, allein auf der Welt.

Müssen sich Handler Dopingkontrollen unterziehen? Ich stellte mir die Frage nicht. Durch mein Blut floss der Honig der Opiate, ich hatte keine Angst mehr, die anderen waren einfach verschwunden. Als wir am Ende des Rings ankamen, stand ein Jurymitglied auf, um die Hündin von allen Seiten zu begutachten. Sie ließ diese Prüfung mit Nonchalance über sich ergehen. Bevor ich auf den hinteren Sitzreihen in meine

Narkolepsie gefallen war, hatte ich bemerkt, dass die Handler an dieser Stelle der Prüfung das Tier mit straff gespannter Leine vorführten und ihm mit der freien Hand zusätzlich den Schwanz anhoben. Gewiss hätte ich genauso vorgehen müssen. Doch da mir diese Haltung lächerlich und Charlies Schwanz außer Reichweite, am anderen Ende der Welt zu sein schien, begnügte ich mich damit, von einem Fuß auf den anderen zu treten und mein glasiges Lächeln darzubieten, das seinen betäubenden Alkaloidgeruch verströmte. Mit meinem abgenutzten Tweed, der durchhängenden Leine und dem phlegmatischen Hund verkörperte ich gewiss den Archetyp des aufsässigen Handlers.

Als das Jurymitglied mit seiner Körpervisitation fertig war, verließen Charlie und ich den Ring mit derselben Lässigkeit. Und gegen jede Erwartung – aus einem Impuls heraus, der gegen die Etikette verstieß – begann das Publikum Beifall zu klatschen. Bei jedem weiteren Schritt, den wir taten, nahm der Applaus zu. Ich hatte nicht die geringste Ahnung, womit wir das verdient hatten. In der Ferne sah ich Bréguet wild gestikulieren. Ich war da, und zugleich sehr weit weg. Charlies weißer Schwanz wedelte von rechts nach links, und ich lächelte, friedlich, ruhig, nur eine Taulänge vom nächsten Schlummer entfernt. Ich ahnte, dass all dies bald vorbei wäre, dass eine andere Welt aus kalter Asche und eisigen Aufzügen auf mich wartete und niemand mehr Beifall klatschen würde.

Während die Jury sich beratschlagte, hörte ich Bréguets Stimme in meinen Ohren gellen. Wie glatte Aale wanden sich seine Hände in der Luft. Da ich nicht mehr begriff, was sich abspielte, denke ich, dass ich einen Augenblick weggedämmert sein musste. Dieses Mal wurde ich von Bréguets Freudenschreien geweckt. Er brüllte: »Ich wusste es. Ich habe es Ihnen ja gesagt, ich wusste es!« Er schob mich mit der Hündin aufs Podium, wo wir unter den Vivat-Rufen der Menge unseren Preis abholen sollten, den ersten. Es war kein Pokal. Auch keine Glasarbeit. Auch keine Vase. Aber etwas in der Art. Man übergab mir etwas Goldenes, halb Hundenapf, halb Salatschüssel, mit einer pompösen Gravur auf der Rückseite: »Grand Prix de Montreal«. Im Trancezustand, vor Glück wie verwandelt, schüttelte Bréguet mir die Hände und wiederholte für alle, die es hören wollten: »Ich bin der Halter des Hundes, ich habe ihn gezüchtet.« Ich hatte wieder mit Charlie in den Sitzreihen Platz genommen, und so warteten wir einer neben der anderen auf unseren Herrn. Ich versuchte, so lange wie möglich das Lächeln zu wahren, aber der Schlaf glättete mir ein weiteres Mal das Gesicht.

Bréguet weckte mich. Er umarmte mich. Seine Lippen berührten meine Wangen, er stieß kleine Cowboyschreie aus. Der Psychoanalytiker war verrückt geworden. Verrückt vor Freude. In dem Lexus, der mich nach Hause fuhr, hörte ich ihn wie aus der Ferne Selbstgespräche führen.

»Sie sind großartig gewesen, Paul. Groß-ar-tig. Klasse, Haltung, Lässigkeit. Und die Hündin, göttlich. Sie sah aus wie eine Königin. Schon bei ihrem ersten Schritt wusste ich, dass wir gewonnen hatten. Sie, ich und dieser Hund, ich kann Ihnen garantieren, dass wir noch Großes erreichen werden. Wir werden alles abräumen. In drei Monaten findet der große Wettbewerb von Toronto statt. Wir fahren dorthin und mischen den Laden auf. Jetzt darf ich Ihnen ja beichten, dass Sie mir einen gehörigen Schrecken eingejagt haben, als Sie fünf Minuten vor dem Aufruf im Vollrausch dalagen. Ich werde meinem Freund sagen, dass er die Dosis etwas übertrieben hat. Nächstes Mal reduzieren wir sie. Verflucht, ich fühle mich pudelwohl! Seit Jahren habe ich mich nicht mehr so wohl gefühlt!«

Er parkte das Auto vor meinem Haus und begleitete mich zum Eingang. Ich wankte vor Müdigkeit. Anna, die uns offensichtlich gesehen hatte, öffnete die Tür. Als er sah, dass ich mit meinem ewigen Lächeln auf den Lippen stumm dastand, stellte Bréguet sich kurz vor:

»Ich bringe Ihnen Ihren Mann zurück. Er ist absolut umwerfend gewesen. Und wir haben gewonnen.«

»Was haben Sie gewonnen?«

»Den ersten Preis. Den Pokal des Grand Prix de Montreal.«

»Sind Sie Züchter?«

»Keineswegs, ich bin Psychoanalytiker.«

Ich fühlte mich wohl. Trotz der Opiate war ich noch klar genug, um zu merken, dass der Boden unter den Füßen meiner Frau ins Wanken geriet. Ich sah, wie die Hündin mich durch die Glasscheibe des Autos ansah. Sie schien zu sagen: »Geh schnell schlafen, du siehst fix und fertig aus.« Ich drückte Bréguet die Hand, und mit meinem ewigen Lächeln stieg ich, ohne ein Wort, hinauf ins obere Stockwerk. Mein Arbeitszimmer sah genauso aus, wie ich es zurückgelassen hatte. Mein Leben erwartete mich. Ich legte mich aufs Bett und schlief angezogen ein.

ACHT

Seit Akitas Verwandlung und meinem Triumph beim Hundewettbewerb hatte ich in Charisteas persönlichem Pantheon, im Herzen seines Mausoleums einen Ehrenplatz zwischen Pierre de Fermat und seiner Eminenz Makarios. Drei Wochen waren seit den Ereignissen vergangen, ohne dass die Bewunderung meines Arbeitgebers mir gegenüber nachgelassen hätte. Ebenso wenig wie seine irrsinnige Manie für das Hantieren mit Zahlen.

»Paul, gestern Abend habe ich eine weitere gefunden: 211. 211 × 112 ergibt 23 632. Und haben Sie es schon bemerkt? Wie bei der vorherigen Zahl, 2 216 122, ist immer die 6 in der Mitte als Scharnier.«

»Hier«, sagte ich, »ich habe etwas für Sie. Es ist eine Notiz von Fermat. Wussten Sie, dass er ganz in meiner Nähe geboren wurde und gestorben ist?«

Ich überreichte ihm einen Text, den ich einige Tage zuvor abgeschrieben hatte. Zwar wusste ich nicht genau, was dieser Lehrsatz zu bedeuten hatte, aber glaubte doch, dem Zyprioten eine Freude bereiten zu können, wenn ich ihn für diese bescheidenen Zeilen ausersah:

Wenn eine beliebig vorgegebene Primzahl, welche die Eins um ein Vielfaches von 4 übersteigt, nicht aus zwei Quadraten zusammengesetzt ist, dann gibt es eine weitere Primzahl von dieser Art, kleiner als die gegebene, und dann eine dritte noch kleinere; und so weiter unendlich absteigend erreicht man die Zahl 5, die die kleinste unter allen dieser Art ist, woraus sich ergäbe, dass sie nicht aus zwei Quadraten zusammengesetzt ist, was sie jedoch ist. Daraus hat man, da etwas Unmögliches hergeleitet wurde, zu schließen, dass alle Zahlen dieser Art aus zwei Quadraten zusammengesetzt sind.

Charisteas nahm sich Zeit, um diese Passage mehrmals zu lesen, in der es um »beliebig vorgegebene Zahlen« ging, stolperte zwei- oder dreimal über »Quadrat« und »woraus sich ergäbe«, dann wendete er sich an mich, mit großer Hochachtung, als wäre ich selbst der Autor dieser Hypothese. »Ich bin sehr gerührt, dass Sie sich die Zeit genommen haben, dies für mich aufzuschreiben. Ich bin Ihnen sehr dankbar.« Er steckte das Blatt Papier in seine Tasche und fügte hinzu:

»Wissen Sie, dass Bréguet jeden Tag anruft? Er will Sie sehen, um den Wettbewerb in Toronto vorzubereiten. Er steckt zweihundertprozentig da drin.«

»Ich gehe nicht nach Toronto. Ich nehme an keinem Wettbewerb mehr teil.«

»Überlegen Sie es sich, Paul. Sie machen vielleicht einen großen Fehler.«

Meine Verabredung mit Wagner-Leblond am späten Nachmittag sollte eine weitere Dummheit amtlich machen, von der ich nicht ahnte, welch verheerende Folgen sie haben würde.

Gegenwärtig musste ich zwei Hunde zum Tierarzt bringen. Kastration, alle beide. Ich mochte es nicht, zwei junge, unschuldige, vertrauensselige, lebenslustige Rüden wegen eines solchen Eingriffs in den Lieferwagen zu stecken. Ich hatte den Eindruck, eine Schandtat zu begehen. Aber die Regeln des städtischen Lebens waren unmissverständlich: aufheben und kastrieren. Und kastrieren, um nicht zu viel aufheben zu müssen.

Die Sekretärin füllte für jedes Tier das Aufnahmeformular aus.

»Nur um mich zu vergewissern«, sagte sie, »beim ersten wird lediglich der chirurgische Eingriff vorgenommen und beim zweiten werden Prothesen hinzugefügt.«

»Was für Prothesen?«

»Hier steht: ›Neutikel‹ vorsehen.«

»Was sind ›Neutikel‹?«

Die Sekretärin reagierte leicht genervt auf meine Frage, sie wühlte in einer Schreibtischschublade und reichte mir eine kleine Schachtel, auf der geschrieben stand: »Neuticles: Looking the same, feeling the same«.

Darin lagen zwei weißliche Plastikhoden, die darauf warteten, an der entsprechenden Stelle eingesetzt zu werden. Ich legte die beiden Substitute zurück und tätschelte ihrem künftigen Empfänger ein letztes Mal den Kopf.

»Holen Sie sie morgen Vormittag wieder ab?«

»Der Text von Fermat, den Sie für mich abgeschrieben haben, hat mich sehr berührt, wissen Sie. Ich wollte, dass Sie es wissen.« Charisteas kam mir auf dem Parkplatz hinterhergelaufen, als ich zu meinem Treffen mit Wagner-Leblond aufbrach, nur um mir das zu sagen. Um mir zu gestehen, dass das Kauderwelsch dieses Mannes, der in Beaumont-de-Lomagne geboren und in Castres gestorben war und sein Leben lang gegen Descartes und dessen Untersuchungen zur Optik Krieg geführt hatte, ihm gut getan hatte, ohne dass er mir erklären konnte, warum, genauso wie ihn seine mysteriöse Zahlenchirurgie beruhigte.

Ich kam mit leichter Verspätung in Wagner-Leblonds Büro an. Vor seinen Mitarbeitern begrüßte er mich wie einen normalen Kunden, voll professioneller und protokollarischer Aufmerksamkeit, aber ohne jene freundschaftliche Verschworenheit, die unsere bisherigen Treffen ausgezeichnet hatte. Doch kaum hatte sich die Tür seines Kabinetts hinter uns geschlossen, verwandelte er sich wieder in den Mann der Bäume und Gärten, in den unvorhersehbaren »alten Dealer«, der meiner Frau Angst einjagte.

»Wissen Sie, dass ich Woodcock und Libralift noch nichts von Ihrer Entscheidung gesagt habe. Die Gutachten sind mit so großer Verspätung bei uns eingetroffen, dass keine Eile bestand. Aber nun wurden die Fristen festgesetzt, und ich denke, dass ich innerhalb der nächsten vierzehn Tage mit meinen Kunden sprechen muss. Haben Sie Ihre Position überdacht, Ihre Meinung geändert?«

»Nein. Noch immer kein Prozess. Ich möchte eine Einigung.«

»Sie wissen, was ich von dieser Entscheidung halte.«

»Sie haben sich sehr klar ausgedrückt.«

»Dann werde ich das also weiterleiten. Zuvor muss ich Ihnen aber ein letztes Detail mitteilen, das nicht ganz unwesentlich ist: Bei dieser Art Prozedur ziehe ich mich aus dem

Fall zurück, sobald der rein juristische Aspekt geregelt ist und sich die beiden Parteien offiziell darüber verständigt haben, dass sie beide eine Einigung wünschen. Von dem Moment an wird ein Verhandlungsführer der Gesellschaft Ihr Ansprechpartner, und wir werden keinerlei Kontakt mehr haben. Ich werde Ihnen weder helfen noch irgendeinen Ratschlag geben können. Der Vollständigkeit halber möchte ich auch hinzufügen, dass die Verhandlungsführer nicht alles wilde Tiere sind; Unmenschlichkeit ist jedoch eine der Eigenschaften, die bei der Einstellung dieser Leute ausschlaggebend ist.«

Wagner-Leblond blieb bis zum Schluss seiner Linie treu und verstieß ein letztes Mal gegen die eigenen und die Interessen seiner Kunden, indem er hartnäckig versuchte, einen Schwimmer aus dem Wasser zu ziehen, der nichts weiter wollte als ertrinken.

»Wie geht es dem Beni Shitan?«

»Er entwickelt sich prächtig. Ich habe ihn ans Fenster gestellt. Es scheint ihm dort zu gefallen.«

»Wussten Sie, dass die ersten Bonsais, die damals noch Penjings hießen, zwei Jahrhunderte vor unserer Ära aufgetaucht sind? Sie wurden in China während der Han-Dynastie gepflanzt. Erst acht Jahrhunderte später haben Mönche sie nach Japan importiert. Und seit etwa zehn Jahren bewundern wir Kanadier sie in den Wartezimmern unserer Rheumatologen. *Horresco referens*.«

»Das heißt?«

»*Ich sag's mit Schaudern*. Vergil. Äneis.«

So war Wagner-Leblond. Leicht pedantisch und geistreich. Er konnte in nur wenigen Sätzen auf unmerkliche Weise vom gemeinen Geschäftsgebaren von Aufzugherstellern zu den alten Zeiten der Han und Tang überleiten, bevor er mit einem Zitat von Publius Vergilius Maro die Bühne verließ. Vermutlich war das keine große Sache, aber jemanden wie mich, dessen größter Erfolg darin bestanden hatte, eine Wartemusik für das pleite gegangene staatliche Unternehmen der Post und Telekommunikation zu komponieren, brachte dieses *Horresco referens* schon beim Hören zum Schaudern.

»Verbringen Sie Ihre Nächte immer noch mit Ihren Abhandlungen?«

»Noch immer.«

»Und?«

»Ich lerne dazu. Über Technik, Soziologie, Architektur, Psychologie.«

»Für jemand Neugieriges bietet die Lektüre über Aufzüge – und damit meine ich Untersuchungen über die Maschine und ihre Folgen – die Möglichkeit, ein Stück jenes unendlichen Fadens abzuspulen, der die Geschichte unseres kleinen Planeten erzählt. Genau das tun Sie im Moment. Es ist ein endloses Experiment, das Sie in die Lage versetzen wird, eines Tages die Gesetze der Wirtschaft zu begreifen, den Fortbestand der Privilegien und der sozialen Klassen zu entdecken sowie allerlei verblüffende wissenschaftliche und technische Erkenntnisse zu gewinnen, darunter, wie Sie bereits erwähnt haben, das Zusammenspiel von Soziologie, Psychologie und Architektur. Alles liegt vor Ihnen, jede Seite ist ein neues Kapitel in dem großen Buch der Kniffe, Tricks und Täuschungen. Soll ich Ihnen etwas erzählen? Seit 1990 haben die Fahrstuhlknöpfe, mit denen wir angeblich die Türen bedienen, nicht mehr die geringste Auswirkung auf das Öffnen und Schließen. Gar keine mehr. Doch werden alle Kabinen, selbst die modernsten, weiterhin mit diesem Accessoire ausgestattet. Sogar die kleine leuchtende Lampe im Knopf wurde beibehalten. Und wissen Sie, warum? Weil die Psychologen gemerkt haben, dass die automatisierten Aufzüge mit ihren engen, geschlossenen Kabinen beunruhigend wirken. Sie haben gemerkt, dass die Leute den Eindruck hatten, ihnen sei jede Entscheidungsmöglichkeit genommen, sie könnten keinen Einfluss mehr auf die Maschine nehmen. Also hat man ihnen den kleinen Knopf gelassen. Aber dahinter ist nichts. Die Türen öffnen und schließen selbsttätig, je nachdem wie die Software programmiert ist. Unabhängig von dem nervösen Druck unseres Zeigefingers. Manchmal stimmt der Moment des Drückens zufällig mit dem Rhythmus des elektronischen Programms überein. Dann geschieht ein kleines Wunder, die Türen schließen sich, und wir sind zutiefst überzeugt, die Maschine bedient zu haben, sie zu beherrschen. Und der Glaube an unsere Freiheit, an unsere Macht, wird dadurch gestärkt. *Libido imperandi*, da Latein Ihnen Vergnügen bereitet. *Die Leidenschaft des Herrschens*. Nun sollten wir uns die Frage stellen, was wir in unserem Leben anderes tun, als würdevoll und mit Nachdruck auf eine unendliche Zahl von Knöpfen drücken, die uns gehorchen sollen, obwohl wir wie ahnungslose Kinder lediglich auf Attrappen einhämmern? Wie bei den Aufzügen ist letztlich der Zufall dafür verantwortlich, dass unsere Wünsche gelegentlich mit einer ganzen Armada von Täuschungen synchronisiert werden. Die Türen öffnen sich, und das Wunder geschieht. Während wir nach oben fahren, verlieben wir uns, glauben an fürsorgliche Götter, an ewige Wünsche und sogar an zehnjährige Garantien. Unser Leben und die Fahrstühle haben diese Erbsünde gemeinsam, diese kleine Tag und Nacht erleuchtete Lüge, auf der ein unfassbarer Vertrauenspakt aufbaut. Seitdem ich dies erfahren habe, seitdem ich weiß, dass hinter diesem Lämpchen nur Dunkelheit und ein tiefer Abgrund liegen, füge ich den Gutachten, die mir nach einem Unfall anvertraut werden, immer die gleiche handschriftliche Notiz hinzu: »Störung des Knopfes, mit dem das Öffnen und Schließen der Türen betätigt wird.«

Wagner-Leblond führte mich in die Funktionsweise der Welt ein, indem er die Familien- und Fabrikationsgeheimnisse lüftete. In diesem schalldicht geschlossenen Raum, der geschützt war vor dem Lärm der Welt, verzehrte ich mich förmlich danach zu lernen und zu begreifen.

Im Laufe dieser Gespräche verschwanden übrigens meine Ekzeme. Gewiss, die roten Flecken waren noch da, die Haut blieb gereizt, aber ich verspürte keinerlei Juckreiz mehr, kein Bedürfnis, mich zu kratzen. Die Worte meines Gastgebers wirkten auf mich wie ein lindernder Balsam, mit einer viel stärkeren Wirkung als das Kortison.

Bei meiner Rückkehr unterhielt ich mich kurz mit Anna über ihren Wagen, dessen Getriebe anscheinend erste Verschleißspuren zeigte. Wir tauschen uns nur noch über belanglose, banale Dinge aus, und doch stellte ich beim Hinaufgehen in mein Arbeitszimmer fest, dass ich mich wieder kratzte. Meine Handgelenke und mein Hals waren feuerrot.

Ich aß eilig zu Abend und ging anschließend wieder zu meiner Tochter ins obere Stockwerk. Am liebsten hätte ich das große Buch der Illusionen aufgeschlagen und ihr die Geschichte von den Geisterknöpfen und den täuschend echten Neuticles-Hoden erzählt, die dem Tier nach der Kastration vorgaukelten, alles »sähe so aus und fühlte sich so an wie vorher.« Letztlich waren diese Harzkugeln nichts weiter als die urologische Variante der von Per Invar Branemärk ausgetüftelten »Implantologie«.

Nachdem ich die Urne in die Mitte des Schreibtischs gestellt hatte, öffnete ich eine Mappe, die mir Wagner-Leblond vor dem Abschied übergeben hatte. »Es sind nur ein paar Presseartikel«, hatte er mir erklärt. »Aber ich glaube, es sind ein oder zwei darunter, die Sie interessieren dürften.«

Bei den Artikeln handelte es sich ausschließlich um Reportagen über die höchsten Wohnhäuser der Welt. So erfuhr ich, dass der Taipei 101 in Taiwan mit seinen fünfhundertacht Metern Höhe bis vor kurzem das höchste Gebäude der Welt gewesen war. Es war mit fünfundfünfzig Fahrstuhlkabinen ausgestattet, die für einen Druckausgleich sorgten, damit die Fahrgäste die Geschwindigkeit von knapp siebzehn Metern pro Sekunde aushielten. Man fuhr die neunundachtzig Stockwerke des Turms in siebenundzwanzig Sekunden hoch oder runter. All diese Fakten wurden wie Trophäen aufgezählt, nur dass man sich fragte, welche Errungenschaft eigentlich ausgezeichnet wurde. Denn die Frage, die man sich am Ende unweigerlich stellte, war ganz einfach: Warum sollte man ein Wohnhaus in dieser Geschwindigkeit hinauf- und hinunterfahren? Ergab dies irgendeinen Sinn? Obwohl wir unsere Lebenszeit meist mit unnützen Dingen vergeuden, werden wir im Fahrstuhl plötzlich zu regelrechten Geizhälsen. Was war nur so bemerkenswert an ein paar gewonnenen Sekunden bei einer Blitzfahrt zu schwindelerregend hohem Preis?

Eine interessante Fußnote erklärte, dass die Planung, Ausarbeitung und Umsetzung dieser unfassbaren Kolosse in der

Hand nur weniger Menschen lag, einer Oligarchie, die mit ihren gigantomanen Projekten eine vertikale Welt mit einer eigenen Logik, eigenen Algorithmen, systemischen Gesetzen und Fabrikationsgeheimnissen errichtete. Man nannte sie die Auserwählten, die »Hundertundmehr«. Ganz einfach, weil sie die Einzigen waren, die wussten, was sich oberhalb des hundertsten Stockwerks abspielte, wie die Fahrstühle in dieser Höhe überlebten. Sie waren die Berater, Experten und Analysten dieser künstlichen Berge. Die Aufgabe dieser Eingeweihten war es, neue Wege zu erschließen, damit andere – einfache Reisende – sie anschließend in aller Unschuld und mit ihren einfachen Straßenschuhen täglich benutzen konnten. Diese Spezialisten, die von Architekten beraten und von Herstellern angehört wurden, brachen, nachdem sie die Größe und Rotationsgeschwindigkeit der Maschinen festgelegt und das beste Schema zur Regulierung der Personenbeförderung ausgearbeitet hatten, zu noch unbewohnten Rohbauten anderer Hochhäuser auf, die auf neue, von den »Hundertundmehr« entworfene und gezeichnete Aufzugsräder warteten.

Seit 2010 hatte Taipei 101 seine Vorherrschaft verloren. Das neue Alphagebäude, das dominierende Männchen, war inzwischen das Burj Khalifa in Dubai. Achthundertachtundzwanzig Meter. Hundertsechzig bewohnbare Stockwerke sowie sechsundvierzig weitere für die Maschinenräume und die Wartung. Anderthalb Milliarden Dollar.

Das Geschäft mit den Aufzügen war an die Otis Elevator Company gegangen, die mit Global Tardif kooperierte. Siebenundfünfzig Kabinen, von denen die meisten doppelstöckig waren, verbanden das Erdgeschoss mit der Spitze in weniger als einer Minute. Eine einmalige Erfahrung, verhieß die Werbebroschüre. Eine gigantische Kabine. Die Türen schlossen sich, und gleichzeitig gingen die Lichter aus. Beim Start wurden in der dunklen Atmosphäre dieser interplanetaren Diskothek Bilder auf große Plasmabildschirme projiziert, die bis zur Decke reichten, während zugleich synthetische Klänge aus Lautsprechern ertönten. Die Musik wurde während der Auffahrt immer schneller, bis man hundertsechzig Etagen höher den Gipfel erreicht hatte, achthundertachtundzwanzig Meter über der Finsternis. In diesen Höhen explodierten die Kantaten, das Licht flutete von der Decke, und auf den Bildschirmen erschien ein kindisches »At the top!«.

Zerstreut schweifte mein Blick über die Berichte, die Wagner-Leblond mir mitgegeben hatte, als meine Aufmerksamkeit auf ein gelb markiertes Dokument gelenkt wurde. Es war ein Presseartikel, der am 11. Februar 2010 im *Figaro* erschienen war und dessen Titel lautete: »Touristen in 828 Metern Höhe in Dubai eingeschlossen.« Die Fortsetzung des Textes versetzte mich mit einem Schlag in die ersten Tage des Jahres zurück, als alles für mich zusammenbrach und ich kurz darauf die Türen zum Koma aufstieß:

»Nur einen Monat nach seiner feierlichen Einweihung ist der höchste Wolkenkratzer der Welt in Dubai bereits wieder für die Öffentlichkeit gesperrt. Vergangenen Samstag hatte ein Fahrstuhl, nachdem er die im 124. Stockwerk des Gebäudes befindliche Aussichtsplattform verlassen hatte, plötzlich eine Panne. Es folgte eine sehr abrupte Bremsung, denn die Aufzüge von Burj Khalifa sind die schnellsten der Welt und befördern ihre Fahrgäste mit einer Geschwindigkeit von 40 km/h in fast völliger Dunkelheit. Die Touristen, die sich auf der Aussichtsplattform befanden, vernahmen eine Explosion und das Geräusch von splitterndem Glas. Einer der fünfzehn Fahrgäste beteuerte, dass der Fahrstuhl sich für einen Moment im freien Fall befand, bevor die Notbremsen aktiviert wurden und die Kabine zum Halten kam. Die sechzig Fahrgäste, die in der 124. Etage stecken blieben, bekamen keine Erklärungen von den Sicherheitskräften, die während des Unfalls im Einsatz waren.«

Als ich auf meine Uhr sah, war es zwei Uhr morgens. Ich wusste nicht, wie lange ich vor dieser Meldung gesessen hatte. Sie berichtete von einem Unfall, der im Prinzip banal war, dessen Umstände mir aber in jeder Einzelheit den Moment ins Gedächtnis riefen, der mein Leben zerstört hatte. Die Explosion kurz vor dem Sturz ins Leere und der Zugriff der Bremsen, die in diesem Fall den Schock ausgehalten hatten.

In einem Chaos der Gefühle beschloss ich zum ersten Mal, nach Dubai zu fliegen und an die Spitze der Burj Khalifa zu fahren. Ich wäre unfähig gewesen, die Gründe dafür anzugeben, ich wusste nur, dass ich es tun musste. Ich klappte die Mappe zu und knickte die kleine gelbe Markierung um. Ich war müde und von einer dumpfen Traurigkeit erfüllt. Mir war, als würde mich mein ganzes Gewicht zu Boden ziehen. Als müsste ich alles von vorn beginnen.

In dieser Nacht blieb mir nur noch die Kraft für eine einzige Geste: die Urne mit den Überresten von Marie zu nehmen und sie fest an mich zu drücken.

Dubai lag am anderen Ende der Welt. Der Burj Khalifa war auf Sand gebaut. Ich versuchte, etwas Schlaf zu finden, indem ich diese offensichtlichen Dinge unendlich oft wiederholte.

Es war ein seltsamer Freitag bei DogDogWalk. Einer jener Tage, an denen man bereits morgens ahnt, ohne eigentlich zu wissen, warum, dass er anders sein wird als die anderen. Charisteas war mit dem Aufstellen der Dienstpläne und seinen Primzahlen beschäftigt, zwei Angestellte leerten ihre reiche Ernte aus, bevor sie ihre Ausführbögen ausfüllten, und die Hunde, die sich an ihr seltsames Leben gewöhnt hatten, warteten auf ihren Spaziergang, auf jene kleine Freiheitsparzelle, die man ihnen gewährte.

Das Wetter hatte sich radikal geändert, wir liefen in großen Schritten auf den Frühling zu. Der Schnee war geschmolzen und hatte platt gedrückte, verdorrte Grashalme zurückgelassen, die von den ersten starken Regenfällen noch nicht wieder zum Leben erweckt worden waren. Mir standen zwei Einzelausführungen bevor, in Begleitung von zarten und zerbrechlichen Schoßhündchen, die für Teesalons geschaffen waren und auf die unbescheidenen Namen Venezia und Pompadour hörten, sowie eine Gruppenausführung mit drei kräftigen Tieren, die gern trödelten und die man unablässig vorwärts zerren musste, um sie von ihrem geschäftigen Schnüffeln loszureißen. Mit der Schnauze am Boden suchten sie den Asphalt nach den winzigsten Gerüchen ab, und natürlich gab es nichts Faszinierenderes als eine alte Urinpfütze, die ein Artgenosse auf dem Weg hinterlassen hatte. Welche Informationen zogen sie aus diesen Duftmolekülen? Der Konzentration der Hunde nach zu urteilen mussten die Gerüche ebenso reichhaltig wie vielseitig sein und voll wertvoller Informationen stecken.

»Bréguet hat wieder angerufen. Er fragt, warum ihm neuerdings jemand anders Charlie nach Hause bringt. Er meinte, er habe den Eindruck, Sie würden ihn meiden.«

»Dann ist sein Eindruck richtig.«

»Das Beste wäre, Sie würden ihm ganz offen sagen, dass Sie nicht nach Toronto gehen und auch keine Wettbewerbe mehr machen.«

»Aber das habe ich Ihnen bereits gesagt.«

»Ja, ich weiß, aber nun müssen Sie es auch ihm sagen. Und zwar persönlich. Was haben Sie als Nächstes zu tun? Könnten Sie eine einstündige Gruppenausführung übernehmen, die nicht geplant war? Bei dem Wetter sind die Hunde unruhig. Würde es Ihnen was ausmachen?«

»Welche Hunde soll ich mitnehmen?«

»Charlie, Ihren Freund Julius – de Lappe wird sich freuen –, und den kleinen Watson, der nicht allzu lästig sein dürfte.«

In meinem tiefsten Innern mochte ich die Insel und diese Stadt. Sie waren geschichtslos, hier ließ es sich gut leben. Meine neue Sicht der Dinge hing gewiss damit zusammen, dass die Kälte endlich vorüber war. Die Sonne schien, der Nordhimmel hatte sich blau gefärbt, und von der Erde erhob sich ein Geruch, der keinen Zweifel zuließ. Die Hunde waren ganz offensichtlich froh, zusammen und am Leben zu sein.

Zu viert liefen wir am Fluss entlang. Charlie vorneweg, gefolgt von Julius, und Watson, der angesichts des wiedererwachenden Lebens genauso aufgekratzt war wie ein kleines Insekt, huschte zwischen den Pfoten der Großen umher. Am Morgen hatte ich, vor meinem Aufbruch zur Insel, mit Wagner-Leblond telefoniert, um ihm mitzuteilen, dass ich den Artikel über den Unfall in Dubai gelesen hatte.

»Wie Sie sicherlich festgestellt haben, hatte ich diese Meldung mit einer kleinen gelben Markierung versehen, damit Sie darauf aufmerksam werden.«

»Ich war bei der Lektüre erschüttert. Sie hat eine Menge Dinge aufgewühlt. Im Grunde rufe ich Sie an, um Ihnen mitzuteilen, dass ich beschlossen habe hinzureisen.«

»Ganz im Ernst?«

»Absolut. Ich will in diesen Fahrstuhl steigen. Nur einmal hinauf- und dann wieder hinunterfahren. Zwei Minuten im Ganzen. Hinauf-, hinunterfahren und zurückkehren.«

»Aber warum um alles in der Welt?«

Gewiss weil meine Uhr am rechten Handgelenk noch immer dieselbe Zeit anzeigte. Und auch weil ich gesehen hatte. Weil die Bilder noch in mir steckten. Und dort für immer blieben. Im Innern eingesperrt. Verriegelt. Ich war ihr Wächter. Ich war ihr Gefangener.

Diese drei Hunde waren meine Lieblinge. Jeder strahlte auf seine Weise einen verblüffenden Glückshunger aus, an dem ich mich erfreute. Trotz des reduzierten Lebens, zu dem man sie verdammte, waren sie ausgeglichene, gesunde Hunde, die ihren Genen treu blieben, ganz im Gegensatz zu diesen neurotischen Stadttieren, an denen sich mondäne Tierärzte und ihre Komplizen, die Verhaltenstherapeuten, eine goldene Nase verdienten. Das Besondere an diesen drei Hunden war, dass sie sich der Macht und dem Einfluss ihrer Halter widersetzten. De Lappe hatte sich einen Hund gekauft, der ebenso spektakulär und auffällig war wie seine englische Kleidung, sein deutsches Auto, seine slowakische Gefährtin und eine Menge anderer kleiner oder großer Accessoires, die er nur deshalb begehrte, nur deshalb erworben hatte, um sie anderen zeigen und vorführen zu können. Der Akita war nur ein Stück in seiner Sammlung, ein manchmal problematisches Stück. Charlie hingegen lebte in einem anderen Rahmen, bei einem Analytiker, der auf der Suche nach einem anständigen Leben war, nachdem er jahrelang Autos verkauft hatte, und nun, seiner Patienten überdrüssig geworden, bei Hundewettbewerben und -ausstellungen in verdächtige Erregungszustände verfiel. Cudmore hingegen war ein Rohling, ein rüpelhafter reicher Sack, der alle Probleme mit dem Hackebeil löste. Er brüllte, diktierte, kommandierte und folterte jeden, der sich in seine Nähe wagte. Watson gehörte zu seinen Prügelknaben. Ich fragte mich, wie ein Tier, das derartigen Launen und verderblichen Einflüssen unterworfen war, es dennoch schaffte, ausgeglichen und fröhlich zu sein und sich ein Stück Vertrauen zu uns Menschen zu bewahren. Ich fragte mich, ob es vielleicht mit der Funktionsweise ihres Gedächtnisses zusammenhing, das in der Lage sein musste, das Unwesentliche zu vergessen und alles Schlechte über Bord zu werfen; vielleicht besaßen sie die Fähigkeit, täglich neu geboren zu werden, bei null anzufangen.

Um sich mir ins Gedächtnis zu rufen, knabberte Watson gelegentlich an meinem Hosenbein. Die Großen waren über solche Kindereien hinaus und schnüffelten lieber am Wegesrand, der sie geradewegs in den Frühling führte. Wir hatten die Grenzen des erlaubten Rundgangs längst hinter uns gelassen und bewegten uns auf verbotenem Territorium. Hier grünte bereits das Gras wieder, gewiss dank der sonnigeren Lage. Die Hunde füllten ihre Lungen mit dem Geruch jedes neuen Grashalms, bevor sie sich mit jener überbordenden Lebenslust, die ihre Halter gewiss voll Missbilligung zur Kenntnis genommen hätten, am Boden wälzten. Ich setzte mich neben sie, streichelte sie abwechselnd und teilte mit ihnen diesen friedlichen sonnigen Moment am Fluss mitten auf einer Insel. Mein Kopf war von allen Gedanken, Ängsten oder Vorahnungen frei, es gab nur eine ferne verschwommene Fata Morgana, die mir hartnäckig vor den Augen flimmerte. Ich befand mich in einem kleinen Fürstentum und träumte von einem Emirat.

Ich hatte im Internet nach Luftfahrtgesellschaften gesucht, die von Montreal nach Dubai flogen. Es gab keine direkte Verbindung. Man musste in Paris, London oder Amsterdam umsteigen, bevor man südlich nach Dubai abbog, zum Burj Khalifa.

Charlie schüttelte sich als Erste, gefolgt von Julius, woraufhin wir unseren Spaziergang auf dem Pfad entlang des Sankt-Lorenz-Stroms fortsetzten. Es war Mittagszeit, und die Jogger drehten ihre tägliche Runde. Gelegentlich begegneten wir einem, der mit seinem Hund lief und instinktiv einen Bogen machte, sobald er den Akita erblickte.

Ich könnte nicht sagen, wer den anderen als Erster sah. Auch nicht, welche genaue Wegstrecke mein Gehirn für mich und die Hunde ausgewählt hatte, bis es zu der unweigerlichen Begegnung kam. Oder besser gesagt, zu unserem Zusammenprall. Warum ereignete er sich genau an diesem Tag, dem einzigen, an dem ich das Verbot missachtet und mich von der vorgeschriebenen Route entfernt hatte? *Muss es sein? Es muss sein.* Nach nur wenigen Schritten standen wir voreinander, Anna, der Mann, den ich für den Ontarier hielt, Charlie, der Akita, Watson und ich, mit der Leine in der Hand, den Ekzemen an den Gelenken und in meinem Prachtgewand, einem Cape mit dem Wappen von DogDogWalk.

Ich sah, wie das Gesicht meiner Frau in eine unendliche Zahl von winzigen Hasspartikeln zersplitterte, als wäre es aus

Glas. Widerstreitende Gefühlsstürme fegten über sie hinweg und ließen sie für einen Augenblick sprachlos dastehen, bis sie anfing, einfach das, was sie sah, in Worte zu fassen, im Fragemodus, als wollte sie sich vergewissern, dass das alles hier wirklich geschah.

»Du führst deine Hunde spazieren?«

»Genau. Ich arbeite und genieße das schöne Wetter.«

Zu dem Mann, der sie begleitete, gewandt:

»Ich stelle Ihnen meinen Mann, Paul Sneijder vor. Paul, das ist William Balshaw, ein Kollege von Bell.«

In diesem Moment der Begrüßungszeremonie fingen die Hunde an, das ehebrecherische Paar zu umkreisen und argwöhnisch zu beschnüffeln, was nichts Gutes verhieß. Nachdem sie sich überzeugt hatten, dass von diesen Leuten keine Gefahr ausging, gaben sie sich ungenierter. Als Julius sich umdrehte, hinterließ er ein wenig Geifer auf der makellosen Hose des Ontariers, während Watson zwischen den Beinen meiner Frau eine Art Buschtanz aufführte.

»Du könntest ein bisschen aufpassen, Paul!«

Ich zog Watson näher an mich heran, aber er lief gleich wieder los, um zwischen Annas Schuhen herumzuhüpfen und an ihren Absätzen zu knabbern.

»Arbeiten Sie auf der Insel?«

Der Ontarier tat, was er glaubte tun zu müssen, nämlich um jeden Preis vermeiden, dass sich im Laufe dieser unerwarteten Begegnung am Flussufer ein peinliches Schweigen zwischen uns breitmachte.

»Zwei Schritte von hier entfernt. Ich bin Dog Walker.«

»Dog Walker? Sie führen Hunde aus?«

»Ganz genau.«

»Haben Sie Ihr Unternehmen schon vor Langem gegründet?«

»Ich habe kein Unternehmen. Ich arbeite für einen Vorgesetzten.«

»Paul, es wäre mir lieb, wenn du mir dieses Tier vom Leib halten könntest.«

Meine Frau wünschte sich nichts sehnlicher, als dass ich verschwand, dass ich mit meinem Rudel diesen Ort verließ, in mein Reservat zurückkehrte, dorthin, wo mein Territorium war, auf der anderen Seite des Waldes, auf dem Hang, wo das Gras noch verdorrt und platt gedrückt war. In dieses ferne Gebiet, das ich nie hätte verlassen dürfen. Der Ontarier glich der Vorstellung, die man sich von einem schottischen Butler machen mochte, der in der Grafschaft von Glamorgan aufgewachsen war. Kreidebleicher Teint, feuerrotes Haar, gerichtete Zähne, gerader Blick und Hände wie ein Schlosser.

»Das sind schöne Hunde.«

»Es sind liebe Tiere.«

»Was ist das für eine Rasse?«

»Dies hier ist ein Akita. Die Hündin ist ein Golden Retriever und der kleine einfach ein kleiner Hund.«

»Sie scheinen Sie zu mögen.«

»Sie haben sich an mich gewöhnt.«

Diesem zurückhaltenden, ja verklemmten Mann, der meinen Schützlingen so viel Aufmerksamkeit schenkte, verdankte ich es also, in den vergangenen Jahren zweimal die Woche Hühnchen verzehrt zu haben. Er war es also, der mit der Regelmäßigkeit eines Uhrwerks, jeden Dienstag und Freitag, meine Frau durchnahm. Es fiel mir schwer, mir vorzustellen, dass er all die Dinge tat, die sie mochte, und zwar auf die

Weise, wie sie es mochte. Und doch musste er darin ganz hervorragend sein. Aus welchem Grund hätte sie sonst mit dem Schotten bumsen sollen.

»Paul, dieser Hund, verflucht!«

Watson hatte in seinem wilden Tanz die Leine um die Knöchel meiner Frau geschlungen, die nun durch eine lockere Fußfessel gefangen war. Während ich mich niederkniete, um sie wieder zu lösen, sah ich, wie William nach Annas Hand griff, damit sie nicht das Gleichgewicht verlor. Es war eine völlig harmlose, wohlmeinende Geste, ohne die geringste Zweideutigkeit, und doch haftete ihr auch etwas Obszönes an. Als ich mich wieder erhob, hielt der Ontarier Anna noch immer an den Fingerspitzen fest, rein der Form halber. Doch als ich versuchte, meine Hunde ein wenig zu ordnen, machte Julius, mein kostbarer Akita, einen Schritt zur Seite. Nachdem er sich William Balshaw auf diese Weise bedrohlich genähert hatte, nahm er die charakteristische Haltung eines Tieres ein, das seine Notdurft verrichten will: Mit erhobenem Schwanz, eingeknickten Beinen, angelegten Ohren und geistesabwesendem Blick setzte er einen ansehnlichen Haufen ins Gras und diesem Familientreffen, das nie hätte stattfinden dürfen, ein jähes Ende. Annas Gesicht wurde puterrot, das von Balshaw hingegen bleicher als zuvor. Sie sagte: »Wir müssen los, wenn wir nicht zu spät zur Versammlung kommen wollen.«

Er machte ganz langsam einen Schritt nach hinten, darauf bedacht, nichts zu überstürzen und vor allem den Hundehaufen zu vermeiden, und fügte hinzu: »Es war mir ein Vergnügen, Sie kennenzulernen.«

Als er diese Worte sagte, musste ich an den Knopf zum Öffnen und Schließen der Aufzugtüren denken. William gehörte bestimmt zu der Sorte Männer, die so lange auf den Knopf drücken, bis die Türen endlich aufgehen, und die vollkommen überzeugt sind, die Dinge im Griff zu haben. Sicher glaubte er, sein Gebiet völlig zu überschauen. Der Situation immer gewachsen zu sein. Zu den *High Potentials* unter den leitenden Angestellten zu gehören.

Sie kehrten auf demselben Weg zurück, den sie gekommen waren. Der Haufen lag da. Er wartete auf mich. Ich schlüpfte mit der Hand in den Plastikhandschuh, hockte mich hin und griff, noch immer schaudernd vor Scham über diese demütigende Geste, nach der Hinterlassenschaft des Tieres. Genau in dem Moment drehte sich William Balshaw um und sah mich mit der Hundekacke in der Hand am Boden knien. Er sah, wie ich die Kacke in die Tüte beförderte. Und er sah, wie ich mit den Hunden und im Firmencape von dannen ging. Mit den aufkopierten Buchstaben am Rücken. Mit der immergleichen Inschrift: »DogDogWalk.« Das konnte man sich einfach merken. Ich konnte mir sicher sein, dass er es nie vergessen würde.

NEUN

Als ich ins Büro zurückkehrte, wartete im Vorraum Bréguet auf mich. Lächelnd saß er da und streichelte zärtlich seine Hündin. Daraufhin winkte er mir freundschaftlich zu. Ich wusste genau, warum er da war und was er wollte.

»Haben Sie einen Augenblick für mich Zeit, Paul, wir müssen reden.«

»Ich weiß, worum Sie mich bitten wollen. Aber meine Antwort lautet Nein. Ich habe es Charisteas schon mehrfach gesagt: Ich mache kein Handling mehr.«

»Sie können doch nicht einfach so aufhören. Machen Sie wenigstens noch Toronto. Tun Sie es für mich. Danach können Sie immer noch entscheiden.«

»Bedaure.«

»Hören Sie, Paul. Wenn Sie mit nach Toronto kommen, können wir gewinnen. Mit Ihnen ist alles möglich. Ohne Sie sind die Hündin und ich nichts, dann ist es vorbei, es ist die Mühe nicht einmal wert. Zwischen Charlie und Ihnen gibt es eine besondere Verbindung. Die Leute sehen das. Die Jury sieht das. Nur Sie sind blind für das, was geschieht. Verflucht, öffnen Sie die Augen!«

»Es ist rein gar nichts passiert. Ich habe diesen Wettbewerb im Drogenrausch überstanden, ich war völlig zugedröhnt, halb weggetreten. Wenn Sie mich nicht geweckt hätten, würde ich noch immer auf der Bank sitzen und schlafen. Das ist passiert, nichts anderes. Handler gibt es überall auf der Welt, daran mangelt es wirklich nicht. Die Hündin gefällt den Leuten. Nicht der Kerl, der sie an der Leine hält.«

»Sie haben ja keine Ahnung! Was zählt, ist das Paar, die Osmose, fifty-fifty! Ohne Sie wird die Hündin wieder zu einem stinknormalen Tier wie jedes andere. Sie erlauben ihr, sich zu entfalten.«

»Das ist doch völliger Blödsinn. Ich mache keine Wettbewerbe mehr. Weder für Sie noch für irgendjemand anders. Ich finde diese Ausstellungen lächerlich, das ist alles.«

»Sie enttäuschen mich sehr, Paul. Ich glaube, ich habe mich in Ihnen getäuscht. Es mangelt Ihnen an Großzügigkeit und an Klasse. Von heute an werde ich Charisteas strikte Anweisungen geben: Ich verbiete Ihnen, Charlie noch länger auszuführen, und ich möchte auch nicht, dass Sie sie anfassen.«

Während sich der Ton verschärfte, sah ich den Zyprioten im Büro sitzen, in sich zusammengekauert wie zu Zeiten der türkischen Besatzung. Seine Finger tippten auf dem Taschenrechner herum. Er schrieb keine Rechnungen, zählte ebenso wenig irgendwelche Steuern zusammen, sondern wühlte sich durch die Liste seiner Primzahlen auf der Suche nach einem Goldklumpen, nach dem kleinen gespiegelten Schmuckstück mit der Sechs in der Mitte als Scharnier.

»Verstanden. Und nun ziehen Sie Leine.«

»Wissen Sie, was Sie sind? Ein Irrer. Ein armer Irrer, und ein Nichtsnutz dazu. Ein elender Nichtsnutz.«

Ein übler Freitag, einer jener Tage, die das Leben auf den Kopf stellen können. Bréguet hatte etwas gesagt, das er besser nicht gesagt hätte, an einem Tag, an dem er es besser gelassen hätte. Und ich, der keiner Fliege etwas zuleide tun konnte, stürzte mich wie ein Akita auf den Psychoanalytiker. Mit derselben Angriffslust wie ein Kampfhund. Zwei Angestellte und Charisteas' ganze Kraft waren nötig, um dieser primitiven Animalität Einhalt zu gebieten und uns auseinanderzubringen. Die Hunde in den Käfigen bellten. Aufgelöst und zerzaust wie er war, glich der Analytiker einem Wagenhändler, der gerade einen Autounfall überstanden hatte.

Charisteas bat Bréguet in sein Büro und unterhielt sich lange mit ihm. Ich nutzte die Gelegenheit, um zu den Hundezwingern zu gehen und mich zu beruhigen. Charlie und Watson legten sich hin. Ich streichelte sie. Der Geruch ihres Fells legte sich über meine Hände. Ich spürte die Wärme ihrer Körper. In regelmäßigen Abständen leckte mir die Hündin zärtlich mit der Zunge über die Finger. Ich wusste, dass dies mein letzter Besuch war, dass wir uns nicht wiedersehen würden.

»Um Himmels willen, Paul, was haben Sie sich nur dabei gedacht? Wie konnten Sie so etwas tun? Jemand wie Sie!«

»Es tut mir leid.«

»Warum haben Sie ihn angegriffen?«

»Er hat mich beleidigt.«

»Bréguet? Er hat Sie beleidigt?«

»Hören Sie, das spielt jetzt keine Rolle mehr, die Sache ist erledigt.«

»Doch, es spielt eine Rolle, denn nach dem, was sich zugetragen hat, weiß ich nicht, ob ich Sie noch behalten kann. Bréguet verlangt, dass Sie gehen. Sonst zieht er seinen Hund zurück. Außerdem hat er mir gedroht, überall herumzuerzählen, was hier abgelaufen ist und dass ein gefährlicher Kerl bei mir arbeitet, der einen schweren Schaden hat. Verflucht, es lief doch alles so gut, was ist nur in Sie gefahren?«

»Nichts, es gibt kein Problem, ich gehe und die Sache ist geregelt. Es tut mir leid, dass ich Ihnen all die Unannehmlichkeiten bereitet habe.«

»Wollen Sie mir nicht sagen, was er Ihnen an den Kopf geworfen hat, dass Sie sich dermaßen aufgeregt haben?«

Ich lief zur Bushaltestelle in der Nähe vom Bell Campus. Ich sah die Angestellten aus dem großen Gebäude strömen und nach Hause fahren. Sie hatten ihr eigenes Auto und ein Privatleben. Die meisten waren verheiratet und hatten Kinder. Einige betrogen ihre Frau und andere ihren Mann. Und alle träumten von einem besseren Leben, das noch bevorstand. Ich betrachtete die vielen erleuchteten Fenster in den Bürotürmen am Fluss. In diesen kleinen hellen Quadraten traten Menschen aufeinander zu. So war es immer, wenn die Nacht hereinbrach.

Ich wusste nicht, wann ich auf diese Insel zurückkehren und ob die Gesellschaft der Hunde mir fehlen würde. Ein normaler Tag ging zu Ende. Ich hatte gekämpft. Ich hatte keine Arbeit mehr. Mein Ekzem breitete sich weiter aus. Der Bus verließ den Boulevard René-Lévesque und bog in die Autoroute Bonaventure. Hinter den Silos von Canada Maltage erhoben sich die großen Wohnhäuser von Montreal. Verglichen mit dem Burj Khalifa sahen sie aus wie Geräteschuppen.

»Wie konntest du mir das antun?«

Anna erwartete mich an der Tür. Wutentbrannt und mit zitternder Stimme trat sie ans Fenster, wandte sich um, steuerte auf mich zu, bevor sie abrupt eine andere Richtung einschlug und erneut gegen eine imaginäre Wand prallte.

»Mich auf diese Weise vor einem Arbeitskollegen zu demütigen!«

»Inwiefern habe ich wen auch immer gedemütigt? Ich bin nur mit den Hunden spazieren gegangen.«

»Willst du mich zum Narren halten? Hast du dich mal angesehen? Weißt du, wie du aussiehst mit diesen drei idiotischen Kötern am Ende der Leine? In deinem Alter? Mit diesem lächerlichen Cape? Verflucht! Wo lebst du eigentlich? Wer bist du? Hast du den Verstand verloren oder was? Ich höre noch, wie du kleinlaut erwiderst: ›Nein, ich habe kein Unternehmen, ich arbeite für einen Vorgesetzten.‹ Du hast recht, darauf kannst du stolz sein! Mit sechzig Jahren führst du Hunde für einen Griechen aus!«

»Einen Zyprioten.«

»Ach, bitte! Und dann dieses bekloppte Vieh, das sein Geschäft direkt vor unserer Nase macht. Man hätte meinen können, es wäre Absicht! Und du schaust zu, ohne einen Mucks von dir zu geben, und hebst das sogar noch auf! Ich schwöre dir, ich hatte den Eindruck, in einem Albtraum zu stecken!«

»Du hast gesehen, wie ich es aufgehoben habe?«

»Nein, aber William Balshaw hat dich gesehen. Und als er mir das erzählt hat, muss er mächtig verwundert gewesen sein, weißt du. Na, jedenfalls kannst du zufrieden sein, deine Rechnung ist aufgegangen. Jetzt wird bei Bell wenigstens jeder wissen, dass der Ehemann einer Leiterin des Spracherkennungslabors seinen Lebensunterhalt damit verdient, Hunde auszuführen und ihre kleinen Geschäfte aufzuheben. Wie du dir denken kannst, ist das für mein Image in der Firma ganz große Klasse. Jedenfalls kann das so nicht weitergehen.«

»Ehrlich, dein Image in deinem Unternehmen ist mir so was von schnurz. Davon abgesehen hat sich die Sache erledigt. Ich habe heute gekündigt. Ich habe mich mit einem Kunden geprügelt, und danach konnte Charisteas mich nicht mehr behalten.«

»Du hast dich geprügelt? Aber warum?«

»Nichts Besonderes. Es ging um einen Hund.«

»Du hast dich wegen eines Hundes geprügelt!?«

»Hör mal, das spielt jetzt keine Rolle mehr. Es war der Analytiker, der mich seit Tagen bedrängt, weil ich seinen Hund zu einem Wettbewerb nach Toronto mitnehmen soll. Ich habe abgelehnt, der Ton wurde schärfer, und das war's. Entschuldige, ich geh jetzt duschen. Mein Hals und meine Arme brennen wie Feuer.«

»Mit sechzig Jahren schlägst du dich mit einem Psychoanalytiker wegen eines Schönheitswettbewerbs für Hunde? Sag mal, merkst du noch, in was für einer Welt du lebst? Ist dir das bewusst? Fahrstühle, Asche und jetzt auch noch Prügeleien wie ein Raufbold? Dieses Mal hast du den Bogen überspannt. Weißt du, was du bist, Paul? Ein elender Nichtsnutz.«

Es war das zweite Mal, dass ich das an diesem Tag hörte. Das schien mir dann doch etwas übertrieben, vor allem wenn man sich die Verdienste und Qualitäten derjenigen ansah, die mich so beurteilten. Während das warme Wasser sowohl meinen Juckreiz als auch meinen Groll wegspülte, fiel mir ein, dass ich keinen Augenblick lang versucht hatte, meine Frau in Bedrängnis zu bringen, indem ich ihre ehebrecherische Beziehung mit dem Ontarier erwähnte. Vermutlich kam dieser Möchtegern-Schotte Pflichten nach, denen ich nicht mehr genügte, seien sie nun sexueller oder gefühlsmäßiger Natur. In gewisser Weise hatte ich ihm die Staffel übergeben, nun wurden der Dienst und die staatliche Kontinuität durch ihn sichergestellt. Am Ufer hatte er gutwillig, beinahe versöhnlich auf mich gewirkt. Zumindest hatte er vorgegeben, sich für die Hunde zu interessieren, als täte ihm etwas leid, als wäre es ihm peinlich, so unversehens vor dem Ehemann seiner Geliebten zu stehen, einem armen verkleideten Teufel, einem kleinen Angestellten, der für die Geschäfte von Vierbeinern zuständig war.

Ich konnte verstehen, dass meine Frau mich hasste. Sogar, dass sie sich meiner schämte. Das Einzige, was mich überraschte, war, dass sie es derart unverhohlen zeigte.

Ich verbrachte den Abend damit, auf den Internetseiten verschiedener Fluggesellschaften die Flugzeiten für Dubai zu vergleichen. Sie lagen alle ungünstig, hatten endlose Umsteigezeiten. Um mich in meinem Entschluss zu bestärken, sah ich mir auf YouTube ein Video von der Auffahrt zur Spitze des Burj Khalifa an, die aus dem riesigen Fahrstuhl heraus gefilmt wurde.

Anna neben mir schlief. Balshaw schlief sicher auch. Nur ich hatte die Augen geöffnet und versuchte mir vorzustellen, wie es weitergehen würde. Ich erinnerte mich an den Satz, den eine außergewöhnliche Frau einmal zu mir gesagt hatte, vor langer Zeit, als ich noch jung war. Damals betrog sie tapfer ihren Mann mit mir. Als ich sie nach ihren Gefühlen angesichts dieser unbehaglichen Situation fragte, schmetterte sie die Frage mit den simplen Worten ab: »Da mach dir mal keinen Kopf. Ich finde, wir drei geben ein sehr schönes Paar ab.«

Bildeten Anna, der Schotte und ich am Ende nicht auch eine Art Dreifaltigkeit, auf die sich Last und Lust, Handeln und Erdulden gleichmäßig verteilten? Sie schliefen. Ich nicht. Offenbar war ich zu sehr damit beschäftigt, den Status unseres Bündnisses zu ergründen.

Am nächsten Morgen räumte ich schon früh meinen Schreibtisch auf, sortierte die Artikel über den Burj Khalifa in einen neuen Schnellhefter und kaufte mir auf der Internetseite der holländischen Gesellschaft KLM ein Ticket nach Dubai. Der Abflug sollte in zwei Wochen stattfinden. Unzumutbare Flüge mit Zwischenstopps von dreizehn Stunden und fünfzig Minuten auf dem Hinflug und neun Stunden und zwanzig Minuten auf dem Rückflug. Aber wenigstens würden sie so viel Takt haben, den kleinen Hafen von Scheveningen zu überfliegen, wo auf einer Seite die Sneijder Fabriek mit ihren Stahlbooten lag – Boote, die noch heute von den Resten einer Familie handgefertigt wurden, die nach einer Reihe von Scheidungen und Todesfällen in alle Winde verstreut worden war.

Es war mein erster Tag ohne Hunde, ohne genau getaktete Routine, ohne stundenlange Spaziergänge. Die Gewohnheit hatte sie und mich mit der Zeit zusammengespannt und im selben Tempo voranschreiten lassen, wobei jeder seine Schritte auf die des anderen abgestimmt hatte. Einige Hunde, dachte ich bei mir, hatten wenig Interesse an diesen kleinen Ausflügen gezeigt. Sie waren dem Rhythmus gefolgt, wie wenn man in Reih und Glied marschiert. Andere hingegen hatten über die ganze Spazierrunde hinweg ihr Glück bekundet. Und dann war da noch Charlie mit ihren Augen, die überquollen von all dem, was sie nicht sagen konnte; und Watson, diese hässliche kleine Töle, dieser putzige, durchgedrehte Kläffer, Barychnikov, Balanchin und Béjart in einem, stets von einer Pfote auf die andere hüpfend; und Julius, der Akita mit dem schlechten Ruf, der gefürchtete Yakuza, der mich dennoch adoptiert hatte und nur auf mich hörte. Alle drei wachten über mich, jeder auf seine Weise. Sie waren aufmerksame Hunde und hätten die Geschichte meines Zusammenbruchs bis in die letzte Einzelheit erzählen können.

Diese Hunde waren in mir. Sie würden immer an meiner Seite spazieren gehen.

Und wenn es gälte ihr Geschäft aufzuheben, würde ich es tun – für die Eineiigen hingegen hätte ich das nie getan.

Ich spazierte allein die Alleen des Botanischen Gartens entlang und begab mich unter anderem zu dem Arboretum, wo man im Frühling spektakuläre Verwandlungen beobachten konnte. Zweifellos verspürte auch ich angesichts dieser wuchernden Vegetation ein wenig Erneuerung in mir. Jedenfalls hatte mir der Kauf des Flugtickets eine gewisse Ruhe beschert, als ahnte ich, dass Dubai die Endstation eines langen Umherirrens sein würde.

Ich dachte an Charisteas. Um diese Zeit würden seine kurzen Finger auf dem Taschenrechner mit unmöglichen Berechnungen beschäftigt sein. Oder aber er verfasste eine neue Anzeige, um meinen Nachfolger zu finden. Er wusste, dass der Bewerber zwanzig Jahre alt wäre und diese Arbeit nur annähme, um sich ein Cabrio leisten zu können. Er hätte keine

Ekzeme, würde sich aber weigern, Julius auszuführen. Bréguet würde versuchen, ihn für Toronto zu gewinnen. Ich hoffte, dass Charlie ihn nicht einmal ansehen würde.

Als ich den Garten verließ, nahm ich den Bus ins Zentrum, ohne konkreteres Ziel, als durch die Straßen zu schlendern. Hier war eine andere Welt. Sie stand im völligen Gegensatz zur Trägheit der Insel. Hier war alles in Bewegung; dem Leben haftete etwas Hektisches und Gebieterisches an. Man musste mitmachen, dem Strom, dem Rhythmus folgen. Die Codes kennen. Die Gerüche herausfiltern. Ich hatte diese Fähigkeit verloren. Ich sah mich um, horchte. Wusste nicht, wohin ich gehen sollte. Da war ein Kino, das einen isländisch-japanischen Film mit dem Titel *Cold Fever* zeigte. Ich ging hinein.

Zweite Reihe. Niemand neben mir. Wenig Zuschauer im Saal, überall verteilt. Das Bild, kalt, mit Schnee und Eis gefüllt. Der Schauspieler schien nicht zu verstehen, was um ihn herum geschah. Er wiederholte häufig die Worte: *»Strange country«*. Er stammte aus Tokio und war nach Reykjavik gekommen. Um ihn herum sangen die Menschen Weihnachtslieder. Dann schien es, als würden sich die Bilder plötzlich ihres Inhalts entleeren. Ich konnte kaum mehr atmen, mein Herz schlug mir bis zum Hals, mir rann der Schweiß. Ich wollte aufstehen, hatte aber das Gefühl, mit dem Sessel eine Einheit zu bilden, selbst nur noch ein passives Element, ein Gestell zu sein. Ich war eingeschlossen in einem Tropfen Harz. Es gab immer weniger Luft. Wie in der SAQ. Wie in dem Aufzug nach dem Unfall. Ich musste raus aus dem Gehäuse. Die Augen schließen und atmen. Es gelang mir aufzustehen, ein paar Schritte im Gang zu tun und dann tastend den Ausgang zu finden. Ich erspähte das Tageslicht, die Hoffnung der Straße und rannte hinaus an die frische Luft, die erneut durch meine Lungen strömte, mein Blut und meinen Mut aufpeitschte, mir Kraft gab. Ich sprintete los, schnurgeradeaus, wie ein Fliehender, blind für die Welt, überquerte die Kreuzungen, sprang auf die Bürgersteige, bis meine Brust brannte und mein gesamter Körper Feuer gefangen hatte.

An diesem Abend kehrte ich erst spät nach Hause zurück. Kaum hatte ich einen Fuß auf die Veranda gesetzt, verrieten mich heulende Sirenen an das ganze Viertel. Anna saß im Salon und tat, als blätterte sie in einer Zeitschrift, deren Seiten sich wie die Blätter eines Ventilators drehten.

»Könntest du Bescheid geben, wenn du zum Essen nicht nach Hause kommst.«

»Es tut mir leid. Mir war nicht gut. Ich habe nicht gemerkt, wie die Zeit vergangen ist.«

»Dir war nicht gut?«

»Wie in der SAQ, eine Panikattacke. Diesmal im Kino.«

»Da siehst du doch, dass es mit dir aufwärtsgeht. Aber ich nehme an, dein Neurologe wird sagen, das sei alles völlig normal, was dir gerade widerfährt, du seist vollkommen in Form.«

Ich ging hinauf ins obere Stockwerk, um zu duschen, vor allem jedoch, um meine Stigmata mit etwas Salbe einzureiben. Falls der Dermatologe recht behalten sollte, wären die Ausschläge in wenigen Tagen verschwunden. Als ich aus dem Bad kam, hielt mir Anna, die am Eingang meines Arbeitszimmers stand, ein Stück Papier hin und sagte:

»Ich habe auf deinem Schreibtisch dieses Flugticket auf deinen Namen ausgestellt gefunden. Kannst du mir erklären, was das zu bedeuten hat?«

»Wenn du das Ticket ›gefunden‹ hast, wie du sagst, weißt du so viel wie ich.«

»Du fliegst nach Dubai.«

»In zwei Wochen.«

»Darf man erfahren, was du dort treibst?«

»Ich sehe mir den Aufzug eines achthundert Meter hohen Wolkenkratzers an. Ich hatte vor, mit dir darüber zu reden, es dir zu erklären, aber du warst schneller als ich, da du mein elektronisches Ticket bereits ›gefunden‹ hast.«

In diesem Moment hatte ich den Eindruck, dass meine Frau aus Wolken fiel, die sehr viel höher waren als der Burj Khalifa, und ihr Sturz endlos lange dauerte. Sie betrat das Zimmer, knallte brutal die Tür hinter sich zu, um sie gleich darauf wieder aufzureißen.

»Glaubst du nicht, es wäre besser, anstatt in Dubai Aufzüge besichtigen zu gehen – nein, ich glaube, ich träume –, dir einen Anwalt zu suchen und ernsthaft deinen Prozess vorzubereiten? Denn die Hersteller deiner tollen Aufzüge haben bestimmt schon zwei oder drei Spezialisten auf deinen Fall angesetzt.«

»Ich habe beschlossen, nicht zu prozessieren. Ich möchte eine gütliche Einigung.«

»Das hat doch weder Hand noch Fuß!«

»Woher weißt du, was hier Hand oder Fuß hat? Steckst du in mir drin? In meinem Kopf, ja? Empfindest du, was ich empfinde? Hast du gesehen, was ich gesehen habe? Warst du in der Kabine? Was mischst du dich überhaupt ein? Kümmere dich um deinen dämlichen Schotten und lass mich in Ruhe! Ich fliege nach Dubai, und du mischst dich da nicht ein. Und noch weniger in die Art und Weise, wie ich meine Angelegenheiten regele. Ich fliege nach Dubai, und es wird keinen Prozess geben. Bei Bell kannst du tun und lassen, was du willst; du bestimmst, du entscheidest, das ist deine Angelegenheit. Aber du solltest auch wissen, dass deine Sprachbefehle hier nicht funktionieren. Ich höre sie nicht! Nichts! Gib mir jetzt dieses Ticket!«

Ich riss ihr das Stück Papier aus der Hand. Sie sah mich leicht verängstigt an. Ihr Mund versuchte einen Satz zu formen, aber ihr fehlten die meisten Worte. Ich schloss mich in mein Arbeitszimmer ein. Ich war genauso atemlos wie nach meinem Wettlauf durch die Straßen der Stadt. Meine Hände zitterten. Ich drückte die Urne an mich.

Auf dem Bett ausgestreckt, mit weit geöffneten Augen, horchte ich auf die Geräusche draußen. Anna schlief. Anna schlief immer. Nichts konnte ihren Schlaf erschüttern. Nicht einmal die Erwähnung dieses geheimnisvollen Schotten, von dem sie nur annehmen konnte, dass er in meiner Vorstellung nur ein Wurzelspross ihres ontarischen Hengstes war. Was für ein Gesicht würde sie machen, wenn der Garten morgen mit toten Vögeln bedeckt wäre? Und auch das Dach, und die Straße? Ich würde ihr erklären, dass man die Leichen aufheben musste. In einen Handschuh schlüpfen und sie aufheben, sie in Plastiksäcke stecken musste. Wenn man uns Fragen stellte, antworten, dass sie vor Schreck gestorben seien. Eine Panikattacke am Himmel. Das ereignete sich meistens nachts. Besonders bei dieser gesellig lebenden Spezies. Das Wort gesellig betonen. Nicht vergessen, die roten Federn an den Gelenken der Flügel zu zeigen und den vielsagenden Namen des Rotschulterstärlings zu unterstreichen. Der starke Fischgeruch? Ja, den hatten wir bemerkt, natürlich, aber er kam nicht von uns. Wir hatten nur tote Vögel, keine Fische. Was für ein Genuss wäre es, die Zwillinge anzurufen. Nur um ihnen zu sagen: *Die Vögel sind gestorben und eure Mutter auch. Vor allem eure Mutter. Eure Mutter ganz besonders. Sie ist tot, ich sehe sie. Sie liegt neben mir. Sie sieht gut aus, aber sie ist tot. Sie sieht noch aus wie eure Mutter. Aber sie ist tot. Wie wollen wir es mit der Asche handhaben? Alles in eine Urne oder halbe halbe in zwei Gefäße? Ruft ihr den Schotten an oder ich? Man wird ihm sagen müssen, dass eure Mutter tot ist. Dass sie da liegt, tot. Es ist vielleicht ein bisschen kompliziert für euch, ihm so ganz unverhohlen zu sagen, dass er nicht mehr in sie hineingleiten kann. Söhnen fällt es schwer, solche Dinge zu sagen. Dass ihre Mutter tot und daher nicht mehr bumsbar ist. Man sollte auch dem Brathähnchenverkäufer Bescheid geben. Habe ich euch nie von meiner ersten Frau erzählt? Das war schon jemand. Nicht wie eure tote Mutter. Mit meiner ersten lebendigen Frau hatte ich eure Schwester. Erinnert ihr euch an eure Schwester? Sie hieß Marie. Sie hatte nichts mit eurer Mutter zu tun. Marie war meine Tochter. Sie hat euch eines Tages zu eurem Geburtstag geschrieben. Euch zwei kleinen monozygoten, aus dem gleichen Ei eurer toten Mutter entstandenen Ferkeln. Ihr erinnert euch vielleicht an den Brief eurer Schwester, ihr Kellerferkel? Wenn ich mich ein wenig wiederhole, dann nur, um ganz sicherzugehen, dass ihr mich auch wirklich versteht, dass jedes Wort bei euch angekommen ist. Eure tote Mutter, die euch lächerliche monozygote Zwillinge ausgetragen hat, hasste meine Tochter so sehr, dass sie mir verbot, sie mit ins Haus zu bringen. Nur mit der Asche meiner toten Tochter durfte ich leben. Ich hoffe, dass ich euch eines Tages eigenhändig beerdigen werde. Wie gern hätte ich eure Mutter umgebracht, wenn sie nicht bereits gestorben wäre.*

Ich träumte nicht. Ich dachte all diese Dinge. Sie entströmten mir ganz natürlich, sickerten wie glühende Lava, wie ein bitterböser Gallensaft aus mir heraus und legten sich über diese auseinandergerissene, entbeinte Familie. Der Tag brach an und das Licht fiel sanft ins Zimmer, als würde draußen jemand den Dimmer aufdrehen.

In der Küche begegneten Anna und ich uns mehrmals, wobei wir jedes Mal viel Geschick dabei bewiesen, uns im letzten Moment aus dem Weg zu gehen. Meine Handgelenke juckten genauso wie vorher. Dabei hatte ich seit zwei Tagen keinen Hund angefasst.

Der Tag verging ohne besondere Vorkommnisse, und der Abend brach ebenso unauffällig und sanft herein. Anna kam mit einem Stapel Akten nach Hause, die sie auf den Esszimmertisch legte und bis zum Abendessen durchblätterte. Dann fragte sie mich, ob ich Lust auf Nudeln hätte. Ich bot an, welche zu kochen, doch sie bestand darauf, sich an den Herd zu stellen. So viel Aufmerksamkeit war verdächtig. Sie war eine Bellizistin, die nichts so sehr hasste wie Waffenstillstand oder Kapitulation.

Das Telefon klingelte genau in dem Moment, da wir uns an den Tisch setzten. Es waren die Zwillinge, die sich nach mir erkundigten. Indem sie mir die Zubereitung des Pesto abgenommen hatte, wollte Anna also bloß meine Erreichbarkeit gewährleisten.

»Hallo, Papa, hier ist Hugo.«

»Geht es dir gut?«

»Die Frage sollte man dir stellen. Mama hat uns erzählt, dass du eine weitere Angstattacke hattest.«

»Sie ist ja wieder vorüber.«

»Das sagst du so. Aber inzwischen ist es schon die zweite Attacke, das ist sehr ernst zu nehmen, du musst unbedingt jemanden deswegen aufsuchen. Es ist nicht normal, dass dein Neurologe diese Beschwerden auf die leichte Schulter nimmt. Du solltest wirklich zu jemand anderem gehen, glaub mir.«

»Gut, das ist nett, aber ich weiß, was ich zu tun habe.«

»Genau das glaube ich nicht. Und dann ist da noch etwas. Mama hat uns von deiner Absicht erzählt, im Zusammenhang mit deinem Unfall, keinen Prozess zu führen, sondern eine Einigung zu erzielen. Ich weiß nicht, ob du dir darüber im Klaren bist, aber das ist absurd. Juristisch gesehen ist das Unsinn, Selbstmord. Wer hat dir dazu geraten?«

»Ich.«

»Ehrlich, Papa, langsam muss mal Schluss sein. Du bist im Begriff, eine Riesendummheit zu begehen. Mit deinen ständigen Angstattacken, deinen inkohärenten Entscheidungen, deiner sonderbaren Lebensweise bereitest du uns wirklich Kopfzerbrechen.«

»Was heißt ›uns‹?«

»Nicolas und mir. Ich habe dich auf laut gestellt, er kann dich hören. Und er teilt meine Ansicht. Das alles ist nicht normal. Mama macht sich Sorgen. Sie ist wirklich beunruhigt. Du könntest auch mal an sie denken, sie ein bisschen schonen, meinst du nicht? Du musst unbedingt einen anderen Arzt aufsuchen, und vorher unterschreibst du nichts, keine Einigung, keinen Kompromiss, nichts. Als Profis können Nicolas und ich dir versichern, dass es in deinem Fall der reinste Wahnsinn wäre, keine gerichtlichen Schritte zu unternehmen. Du würdest zweifellos gewinnen. Riesige Entschädigungssummen erhalten. Das ist hundertprozentig sicher. Du wirst doch wohl nicht vergessen haben, dass du bei dem Unfall immerhin deine Tochter verloren hast.«

Kleine Ratte. Das sagte ich, bevor ich auflegte. Ratte. Da ich laut gestellt war, würde es auch die andere Eihälfte hören. Wie konnte dieses kleine Aas es wagen? Ich war außer mir. Ich verwandelte mich wieder in einen Akita. Einen Kampfhund. Wie anderntags bei Bréguet. Hätten meine Söhne vor mir gestanden, ich hätte sie zerfleischt. Mit den eigenen Zähnen. Ich hätte sie in Stücke gerissen. Stattdessen nahm ich meinen Teller Nudeln und schleuderte ihn mit lautem Gebrüll gegen die Küchenwand. Ich schnappte mir mein Jackett, warf einen Stuhl um und rief Anna zu: »Sag diesen beiden Huren, dass sie mich nie wieder ansprechen sollen. Hörst du, nie wieder!«

Als ich aus dem Haus ging, stieß ich einen wilden Schrei aus, der das Geheul der Sirenen auf der Stelle verstummen ließ.

Ich verbrachte einen Großteil der Nacht in einem Café in der Nähe des Busbahnhofs, wobei ich meine Kaffeetasse unentwegt in den Händen drehte, ebenso regelmäßig wie sich Charisteas an seinem Uhrarmband zu schaffen machte. Die Stunden schienen Tage zu dauern. Müde Menschen traten ein, andere gingen hinaus, einige schliefen auf den Bänken ein. Ich versuchte nachzudenken, zu begreifen, was hier vor sich ging, aber mein Geist konnte nichts mehr festhalten, alles entglitt ihm.

Erst am Morgen kehrte ich nach Hause zurück, Anna war bereits zur Arbeit aufgebrochen. Ich duschte und stellte bei der Gelegenheit fest, dass der rote Ausschlag um meine Handgelenke nachgelassen hatte und an meinem Hals fast verschwunden war. Dann ging ich ins obere Stockwerk, holte das Flugticket aus meiner Tasche und legte es deutlich sichtbar auf meinen Schreibtisch. Dubai. *Es muss sein …*

Mechanisch las ich ein paar unwichtige Notizen über die Fahrstühle der neuesten Generation, die die Personenbeförderung in großen Wolkenkratzern optimierten. Man brauchte auf einem Bildschirm nur das Stockwerk auszuwählen, in das man fahren wollte, und schon spuckte einem das Gedächtnis des Maschinenwerks die Nummer des Fahrstuhls aus, der einen am schnellsten dorthin befördern würde. Es gab Leute, die ein Vermögen für Aufzüge ausgaben. Andere verbrachten ihr Leben damit, sie zu entwerfen. Und ich widmete meine Freizeit der Lektüre von Stücklisten und Berichten über sie. Beispielsweise diesem hier. Man hat festgestellt, dass die Fahrgäste einer Kabine häufig den Platz wechseln, je nachdem wer ein- oder aussteigt. Und zwar mit dem einzigen Ziel, etwas mehr Raum zu ergattern, ihre »Komfortsphäre« zu optimieren. Wir Armen. Die ganze Zeit über sind wir damit beschäftigt, unsichtbare Berechnungen anzustellen, winzige Manipulationen vorzunehmen. Heimlich die Raumverteilung zu prüfen. Zu analysieren, ob sich das Umstellen lohnt. Auf Raumzugewinne zu spekulieren. So sind wir, gefügig und heimtückisch, geizig und manipulativ, in den Aufzügen wie im Leben.

Ich hatte die ganze Nacht nicht geschlafen. Auf den Seiten der Zeitschriften schienen die Buchstaben sich aufzulösen und vor meinen Augen zu schmelzen. Diese mittelmäßige Frau und ihre beiden armseligen Klone raubten mir den Schlaf und traktierten meine Hirnwindungen. Schließlich nahm ich zwei starke Schlafmittel und legte mich hin. Kurz darauf übermannte mich der Schlaf – trotz der Mittagssonne, die aufs Parkett schien.

ZEHN

Ich schlief den ganzen Tag und die folgende Nacht. Ohne Unterbrechung. Und auch ohne mich um die Kellers zu scheren, diese blutsverwandte Herde, bei der vermutlich jedes Mitglied permanent an dem anderen herumschnüffelte, um sich seiner eigenen Existenz zu versichern. Als ich erwachte, war das Haus leer; es regnete. Draußen hörte ich das typische Zischen der Autoreifen auf der nassen Fahrbahn. Das Geräusch war nie gleich. Es variierte je nach Stärke des Regengusses. Eine klangliche Unebenheit, die die Stille der Einsamkeit durchbrach. Ich verbrachte den Tag damit, auf meinem Schreibtisch etwas Ordnung zu schaffen, aufzuräumen und meine Archive in mehrere Schnellhefter zu sortieren. Meine Recherchen waren fast abgeschlossen. Ich brauchte nur noch meine Reise nach Arabien anzutreten, und dann wäre die Akte geschlossen. In der Zwischenzeit würde ich ein Verzeichnis aller Einzelteile der verunfallten Kabine erstellen. Ich verfügte über die komplette Stückliste des Herstellers sowie über die Kennnummer des Aufzugmodells. Die Einzelteile aufzulisten war nur eine Frage der Konzentration und der Geduld. Danach würde ich mit ruhigem Geist abfliegen können.

Als Anna von Bell zurückkehrte, hatte ich das Bedürfnis,

das Haus zu verlassen und ihr die Möbel und die vier Wände zu überlassen. Als sie mich gehen sah, sagte sie:

»Isst du heute nicht hier?«

»Nein.«

»Ich muss mit dir reden.«

»Ein andermal.«

Die Luft war klar und erfrischend, vollgesogen mit Feuchtigkeit. Man spürte, dass sie im Laufe des Tages durch mehrere Regengüsse vom Schmutz der Stadt befreit worden war. Ich nahm eine eilige Mahlzeit in einem portugiesischen Restaurant in der Nähe unseres Hauses ein. Die Atmosphäre dort war familiär, die Küche einfach, aber würzig, mit einer deutlichen Vorliebe für Knoblauch. Danach ging ich einen Moment die Sherbrooke Est entlang, nur um die Nacht einzusaugen. Um frei zu atmen. Ruhe zu haben. Mir fehlte die Gesellschaft der Hunde. Hier hätte ich sie ihr Geschäft machen lassen, wo sie wollten, und nichts aufgehoben. Gar nichts. Hier hätte ich abgewartet, bis mir die Meister und Anhänger der Vertikalität, die das Übereinanderschichten und Zusammenpferchen der Menschen besangen und beweihräucherten, die Leviten lasen wegen meiner ungehobelten Art und meiner Verstöße gegen die Regeln des Zusammenlebens.

Zusammenleben. Es war schon nicht möglich, mit der eigenen Familie ein normales Leben zu führen. Das Leben war ein Individualsport. Man konnte zwar zusammen in einem Fahrstuhl sterben, aber nicht darin leben. Den anderen zu ertragen hieß immer, einen Angriff auf die eigene Intimsphäre hinzunehmen. Sein Territorium zu überwachen. Seinen Raum ständig neu zu berechnen. Im Übrigen machten die Hunde ihre Haufen. Und das war alles.

Vom Bürgersteig aus sah man nur eins: Die Zimmer des Hauses waren alle erleuchtet. Es sah aus, als würde Anna einen Empfang geben. Als ich zur Eingangstür hereinkam, unterhielt sich ein kleiner Zirkel gemütlich im Salon. Dort stand die Mutter, die mutmaßliche Organisatorin dieses Zusammentreffens. Die monozygoten Zwillinge hatten eilig den Atlantik überquert. Und ein recht eleganter Mann, dessen Alter ich schwer schätzen konnte und den ich nicht kannte, war ebenfalls zu Gast. Ich hatte keine Ahnung, was hier vor sich ging, außer, dass all diese Menschen den langen Weg ganz offensichtlich meinetwegen auf sich genommen hatten und mich hier erwarteten.

»Was macht ihr hier?«

»Wir sind gekommen, um dich zu sehen, Papa. Um zu hören, wie es dir geht. Wir haben uns Sorgen gemacht. Das habe ich dir doch letztens schon gesagt.«

»Ihr seid ins Flugzeug gestiegen, nur um mich zu sehen? Und wer ist das hier?«

»Doktor Laville. Ein großer Fachmann. Er ist der Freund eines Kollegen von Mama und war so nett, heute Abend vorbeizukommen, um dich zu sehen.«

»Fachmann wofür?«

»Er arbeitet in der Klinik Louis-Hippolyte-Lafontaine. Er leitet die psychiatrische Abteilung.«

»Los, raus. Ihr verlasst alle sofort dieses Haus.«

»Ich möchte, dass du dich beruhigst, Papa. Du bist zurzeit nicht in deinem Normalzustand. Das geht schon eine Weile so, und es wird immer schlimmer. Nur merkst du das nicht. Es ist nicht mehr auszuhalten. Du wirst dich morgen im Krankenhaus begutachten lassen. Einfach nur begutachten lassen.«

»Verpisst euch alle. Raus mit euch! Und du, kleine Knalltüte, wenn du auch nur noch ein einziges Wort mit mir sprichst, wenn du auch nur ein einziges weiteres Wort an mich richtest, reiße ich dir den Kopf ab, dir und deinem verfluchten Siamesen.«

»Monsieur Sneijder, bitte bewahren Sie Ruhe«, sagte der Psychiater. »Ich bin nur hier, um Ihnen zu helfen. So wie wir alle. Den Vorschlag Ihrer Kinder dürfen Sie nicht als Zwang verstehen. Es geht um eine einfache Begutachtung, eine Routineuntersuchung. Sie brauchen sich keine Sorgen zu machen. Nach einem Unfall wie Ihrem hätten Sie sich im Übrigen regelmäßigen Kontrolluntersuchungen unterziehen müssen.«

»Schön, jetzt hören Sie mir mal gut zu: Ich weiß nicht, wer Sie angeschleppt und was man Ihnen erzählt hat, aber so langsam reicht es mir, die Visite ist beendet, Sie packen jetzt Ihre Sachen und verschwinden. Ach, und seien Sie doch so nett und stecken diese beiden kleinen Scheißer gleich mit ein.«

»Bitte, Papa, sprich nicht so mit uns. Ich weiß, dass du deine Tage damit verbringst, Scheiße aufzuheben, aber das ist keine Entschuldigung. Du hast uns gefälligst nicht so zu behandeln. Wir sind deine Söhne. Wir sind hier zu Hause.«

Ich wusste nicht, warum Nicolas das gesagt hatte. Falls es nicht Hugo gewesen war. Aber ganz gleich, es stimmte nicht. Die Zwillinge waren nicht meine Kinder. Sondern eine Entgleisung der Natur, ein unzeitiger Verlust von Spermienflüssigkeit. Für mich stellten sie nichts dar. Sie waren Unbekannte, Fremde, die in diesem Haus nur zu Besuch waren. Wie Lieferanten. Installateure von Alarmanlagen. Marie war die Einzige, die ein Anrecht darauf hatte, hier zu leben. Und das obere Stockwerk mit mir zu teilen. Über meine Unterlagen und mein Flugticket zu wachen. Ich wandte mich zu den siamesischen Zwillingen um und schlug mit aller Kraft in diesen Sprösslingshaufen, der auch ein wenig die Form eines Palindroms hatte, denn die Boshaftigkeit des einen spiegelte sich in der Heimtücke des anderen. Schon im darauffolgenden Augenblick fand ich mich am Boden wieder, von einer Überzahl feindlicher Hände überwältigt und kampfunfähig gemacht. Als ich den Kopf zur Seite wandte, sah ich den Psychiater, der im Begriff war, das zu tun, wofür er gekommen war. Der Einstich war nicht schmerzhaft, und meine Muskeln wurden innerhalb weniger Sekunden schwerelos. Die Spritze hatte mir ihr Gift injiziert. Ich sah die Welt im Ruhezustand. Die anderen scharten sich um mich. Sie sprachen, aber ich verstand nicht, was sie sagten. Kurze Zeit später schnallten mich zwei Krankenpfleger auf eine Liege. Ich sah die Decke des Hauses über mich hinwegziehen und wurde in einen Krankenwagen geschoben. Wir fuhren ohne Sirenen durch die Stille. Die Person neben mir schwieg. Sie starrte mich an, als wäre ich ein sonderbares Tier.

Bei meinem Erwachen standen alle drei wieder da, genau in derselben Haltung wie an jenem Tag, an dem ich aus dem Koma erwacht war, was inzwischen Monate zurücklag, in einem ähnlichen Zimmer wie diesem hier; da standen sie mit ihren Kellervisagen, ihren Kellerkörpern, ihren Kellergedanken, ihren Kellerambitionen, ihrer Kellersexualität. Sie wollten dem Erwachen des Tieres beiwohnen, das nun weniger aggressiv und gefährlich war, in einen Käfig gesperrt, hinter unsichtbaren Gittern, Gefangener eines wohldosierten Chemiecocktails, vermutlich auf der Basis von Atarax und Anafranyl. Da standen sie, alle drei, und schnüffelten an ihrem aus der Art geschlagenen Verwandten, der ihnen ein Leben lang zur Last gefallen war. Man brauchte sie nur anzusehen, um zu wissen, was sie begehrten, was sie erhofften. Was sie ersehnten und ich ihnen niemals geben würde. Wenn sie es sich so sehr wünschten, mussten sie es sich schon selbst holen.

»Paul? Hörst du mich? Man wird dich hier behandeln. Es wird alles gut«, so der Chor, den Anna und ihre beiden symbiotischen Medusen bildeten, die rechts und links von ihr standen und ihr so unglaublich ähnlich sahen.

Es vergingen mehrere Tage. Nachdem die Dosis meiner Medikamente allmählich reduziert wurde, fand ich einen Teil meines Verstandes wieder. Das Leben in der Psychiatrie gab wenig Anlass zur Hoffnung, aber ich war es mir schuldig, gute Miene zum bösen Spiel zu machen, Haltung zu zeigen, wenn ich hier so schnell wie möglich wieder heraus wollte. Ich hatte Dubai nicht vergessen. Montreal-Amsterdam-Dubai. Eines Tages bestimmt. Und schließlich zitierte mich Laville zu sich.

»Setzen Sie sich, Monsieur Sneijder. Ich freue mich, Sie wiederzusehen, und stelle fest, dass Sie sich von Ihrem kleinen Raptus gut erholt haben. Wir werden heute gemeinsam Bilanz ziehen. Ich verlasse mich auf Ihre Kooperativität.«

Ich hatte früher einen Laville gekannt. Er war auch Arzt gewesen. Aber er hatte an den Knochen herumgedoktert. Er wurde von keinem anderen Ehrgeiz angetrieben, als zu heilen, zu schrauben, zu sägen, geradezurücken, nützlich zu sein. Jedem Patienten die Anmut seiner Bewegung zurückzugeben, die gebrochene Geste zu rekonstruieren. So zusammengesetzt konnte das Leben, mit Hilfe seiner Geduld und seiner Werkzeuge, weitergehen. Genau betrachtet war der einstige

Laville das genaue Gegenteil dieses Laville hier, der seine Finger nie in irgendetwas hineinsteckte und auch keine Eisenwaren benutzte, um die ihm anvertrauten Seelen wieder aufzurichten, sondern sich darin begnügte, sie mit geeigneten Substanzen in Schranken zu halten.

»Zunächst einmal muss ich Ihnen eine Reihe von Dingen mitteilen. Entsprechend der Gesetzeslage bildet das nun folgende Gespräch die Grundlage für ein medizinisches Gutachten, das entsprechend dem üblichen Verfahren Ihre geistige Zurechnungsfähigkeit überprüfen wird. Dieses Verfahren wurde von Ihrer Familie angestrengt, weil sie Sie weder für fähig hält, Ihren Gesundheitszustand zu beurteilen, noch Ihre eigenen Interessen zu vertreten. Sollte sich Ihre Unzurechnungsfähigkeit bestätigen, gilt sie nur vorübergehend und kann im Fall einer Verbesserung Ihres Zustandes wieder aufgehoben werden. Haben Sie dazu Fragen?«

»Meine Familie hat um meine Entmündigung gebeten, ist das richtig?«

»Gewissermaßen.«

»Aber aus welchem Grund?«

»Genau das wollen wir versuchen herauszubekommen. Ich werde Ihnen faktische Fragen stellen und bitte Sie darum, sie so einfach wie möglich zu beantworten.«

Da begriff ich, dass ich nicht nach Dubai reisen würde, dass mein Ticket auf dem Schreibtisch einstauben, dass ich monate-, vielleicht jahrelang hier eingesperrt bleiben würde. Die Falle der Kellers war zugeschnappt. Ich hatte nichts kommen sehen. Ich hätte im Aufzug bleiben sollen. Sie hatten sich nie damit abgefunden, dass ich wieder aus ihm herausgekommen war.

»Haben Sie Erinnerungen an Ihren Unfall? Wiederkehrende Bilder?«

»Dazu möchte ich mich nicht äußern.«

»Haben Sie in der Société des Alcools du Québec eine Angstattacke gehabt und sind Sie überstürzt aus dem Gebäude geflüchtet?«

»Ja.«

»Hatten Sie vor einigen Tagen im Kino einen ähnlichen Anfall? Und sind Sie erneut fluchtartig hinausgerannt?«

»Ja.«

»Haben Sie sich bei Ihrem letzten Arbeitgeber, ich glaube DogDogWalk, mit einem Kunden geprügelt?«

»Ja.«

»Aus welchem Grund?«

»Nichts Besonderes. Es ging um einen Hund.«

»Erinnern Sie sich daran, vor einer Woche einen Ihrer Söhne geschlagen zu haben?«

»Sehr genau.«

»Haben Sie sich kürzlich mit anderen Personen geprügelt?«

»Nein.«

»Leiden Sie unter Hautproblemen, die mit Stress zusammenhängen?«

»Ich habe Hautprobleme, aber wegen einer Hundeallergie.«

»Was war Ihre letzte Anstellung?«

»Ich habe Hunde ausgeführt.«

»Darf ich Sie nach Ihrem Alter fragen?«

»Sechzig Jahre.«

»Wenn Sie unter einer solchen Allergie leiden, warum haben Sie dann in Ihrem Alter eine so ungewöhnliche Arbeit angenommen?«

»Die Allergie hat sich erst danach manifestiert.«

»Und warum diese Arbeit?«

»Ich weiß es nicht. Ich mag Hunde.«

»Sammeln Sie, wie hier steht, Artikel über Aufzüge, in denen Sie jeden Abend bis spät in die Nacht blättern?«

»Darauf möchte ich nicht antworten.«

»Warum nicht?«

»Sie sind nicht qualifiziert, um diese Arbeit über Aufzüge zu beurteilen.«

»Leben Sie permanent mit der Asche Ihrer Tochter?«

»Wie ich sehe, haben sie nichts ausgelassen.«

»Die Antwort lautet?«

»Ja. Ich bewahre die Urne meine Tochter Marie in meinem Arbeitszimmer auf.«

»Haben Sie gesagt, mit den am Unfall beteiligten Unternehmen Woodcock und Libralift eine Einigung erzielen zu wollen, und zwar gegen den Rat sämtlicher Spezialisten?«

»Ja. Aber auf welche Spezialisten beziehen Sie sich in Ihrer Frage?«

»Auf Ihre Söhne, die, soweit ich weiß, Anwälte sind.«

»Sie sind vor allem Zwillinge.«

»Haben Sie kürzlich ein Flugticket gekauft, um nach Dubai zu fliegen?«

»Ja.«

»Zu welchem Zweck?«

»Um mit dem Aufzug den Burj Khalifa hinaufzufahren, einen Wolkenkratzer von achthundertachtundzwanzig Metern Höhe.«

»Aus welchem Grund?«

»Wie schon zuvor gesagt, denke ich nicht, dass Sie qualifiziert sind, dies zu beurteilen.«

Laville nickte, während er sich mit geheuchelter Geschäftigkeit Notizen machte, wie ein Toyotahändler, der die zu zahlende Summe inklusive Nebenkosten, Steuern und optionaler Ausstattung ausrechnet, abzüglich jener kleinen Geschäftsgeste, die den Zweck hat, das Ausmaß der Katastrophe zu mildern.

»Ich will ganz ehrlich zu Ihnen sein, Monsieur Sneijder. Ich werde Sie noch einige Zeit hierbehalten. Abgesehen davon, dass die Antworten, die Sie mir gegeben haben, die Angaben Ihrer Familie bestätigen, zeugen sie meines Erachtens auch von großer psychischer Verwirrung. Folglich erkläre ich Sie für ›unzurechnungsfähig‹ und werde beim Obersten Gericht von Quebec einen Antrag auf Zwangseinweisung stellen. Sollte dem Antrag Folge geleistet werden, was eigentlich immer der Fall ist, werde ich Sie medizinisch behandeln. Hinsichtlich Ihrer materiellen Güter wird Ihre Familie, also Ihre Ehefrau und Ihre Kinder, Ihr Vermögen und Ihre Interessen verwalten. Das Gesetz sieht vor, dass eine Unzurechnungsfähigkeit für mindestens drei Jahre ausgesprochen wird. Und es gibt keine Möglichkeit der Berufung.«

»Nicht einmal nach französischem Recht?«

»Da Sie Doppelstaatler sind, habe ich diese Frage der Rechtsabteilung der Klinik vorgelegt. Doch hat man mir erklärt, dass Sie den Regeln und Gesetzen dieser Provinz unterliegen, weil Sie in Quebec leben und arbeiten, in Quebec erkrankt und hier ins Krankenhaus gekommen sind.«

»Das ist ein unwiderlegbares Argument. Und meine Frau

und meine Söhne waren Ihnen sicher eine große Hilfe bei der Erstellung des Fragebogens, nicht wahr?«

»Ich muss zugeben, dass sie äußerst kooperativ waren.«

3. Juli 2011,
Klinik Louis-Hippolyte-Lafontaine

Ich verbürge mich für die absolute Richtigkeit des gesamten Berichts. Ich habe ihn von Anfang bis Ende selbst verfasst: Zu meinem Unglück ist mein Gedächtnis eine unfehlbare Maschine. Ich vergesse nichts, ich archiviere alles. Nichts in mir wird gelöscht. Meine Erinnerungen sind noch genauso blutig, als hätte man eben erst das Messer in sie gebohrt.

Ich beende gerade meinen dritten Monat in der Psychiatrie. Ich habe nichts Besonderes zu erzählen. Mir ist schnell klar geworden, wie das psychiatrische System funktioniert und wie man sich darin verhalten muss. Genau wie in einem Fahrstuhl. Immer unsichtbare Berechnungen anstellen, um seine Intimsphäre zu vergrößern. Lauern. Wachsam sein. Sich anpassen. Beweglich bleiben. Niemals eine Position aufgeben, wenn man sich nicht sicher ist, eine bessere zu ergattern. Und vor allem, sich wie die anderen verhalten. Sich mit dem Weggesperrtsein so gut es geht arrangieren. Versuchen, einen guten Eindruck zu machen. Ein vorbildlicher Patient zu sein. Das ist die einzige Chance, hier aufrecht und bei halbwegs klarem Verstand wieder herauszukommen. Oft denke ich an den Tag, an dem ich zu mir nach Hause zurückkehren und in die Zwangsjacke meiner Unmündigkeit eingesperrt leben werde. Lebendig eingemauert. Nicht in der Lage, auch nur die geringste Entscheidung selbst zu treffen. Jedes Mal gezwungen, die Einwilligung meiner Frau zu erhalten, die Imprimatur der Kellers. Und im Falle einer Weigerung, einer Provokation, ja keine Gefühle zeigen, ruhig, ungerührt bleiben, sonst geht es schnurstracks zurück in die Klinik, zum Fragebogen von Laville, mit einem Antrag vor Gericht und drei weiteren demütigenden Jahren. Anfangs hatte ich noch darum gebeten, mir einige Exemplare der *Elevator World* bestellen zu dürfen. Doch dies wurde mir verweigert, mit der Begründung, dass diese Art von Lektüre »einen Rückfall in impulsive Verhaltensweisen befördern« könne. Etwa zur selben Zeit habe ich auch gefordert, wenigstens einen Teil der Asche meiner Tochter bei mir zu behalten. Dieses Ersuchen wurde ebenfalls abgelehnt: »Mit der derzeitigen Behandlung und dem Zustand des Patienten unkompatibel. Außerdem vom Reglement verboten.«

Ich habe erfahren, dass die Zwillinge, nachdem sie sich mit Wagner-Leblond getroffen hatten, in meinem Namen eine Klage gegen Woodcock und Libralift angestrengt haben.

Ich frage mich, ob der Schotte gelegentlich zu uns nach Hause kommt und ein wenig von dem »zertifizierten« Brathuhn isst. Ob er ins obere Stockwerk geht, in meinen Notizen blättert, die Urne öffnet.

Einmal pro Woche treffe ich mich mit Laville für ein Gespräch unter vier Augen. Unsere Unterhaltungen haben kein Ziel, ich bemühe mich nur tunlichst darum, alles zu sagen, was er gern hören möchte. Für ihn bin ich »der Fall Sneijder«, der Typ vom Aufzug, ein Bekloppter unter anderen, einer, der aus der Bahn geworfen wurde, inzwischen mehr oder weniger stabil ist und unter einer Aktennummer geführt wird, die niemals eine Primzahl sein wird. Für mich gibt es keinen Zweifel, dieser Kerl ist ein Vollidiot. Ich glaube sogar, das ist der Hauptgrund, warum Anna ihn ausgesucht hat. Ich habe keine Nachricht von Wagner-Leblond. Das wundert mich nicht. Die von meinen Zwillingen getroffenen Vorkehrungen verbieten es ihm, mich zu besuchen oder auch nur Kontakt mit mir aufzunehmen.

Mein erster Spaziergang draußen wird mich in den Botanischen Garten führen. Keine Ahnung, zu welcher Jahreszeit. Danach fliege ich nach Dubai. Dazu werde ich warten müssen, bis meine Unmündigkeit aufgehoben ist. Bis man mir mein Gesicht und meinen Namen zurückgibt. Und meinen Reisepass. Im Moment liegen nur sehr wenige Dinge in meiner Hand. Ich muss die Zeit spielen lassen und für den Rest auf den Zufall vertrauen. Ich hoffe jeden Tag inständig auf den Tod meiner Frau und die Auslöschung meiner Söhne. Ich vertraue dem Zufall. Ihm, der mein Leben zerstört und meine Tochter zerfleischt hat. Ich bin dabei gewesen. Ich habe sein Werk gesehen. Aus diesem Grund erscheint es mir ausgeschlossen, dass es beim jetzigen Zustand der Dinge bleibt. Dass sich eines Tages nicht ein weiterer, ebenso absurder und unvorhergesehener Unfall ereignet. Ich denke, die Hoffnung auf den Tod dieser drei Menschen verleiht mir jeden Morgen die nötige Kraft, um weiterzuleben. Ich bin nicht verrückt. Ich weiß sehr wohl, dass mich meine Antworten auf Lavilles Fragebogen verurteilt haben. Die Kellers haben schon immer gute Arbeit geleistet. Sie haben mir alles genommen, meine Tochter, meine Zustimmung und meinen freien Willen.

Ich hätte nie gedacht, dass mir die Hunde so fehlen würden, vor allem die Spaziergänge in ihrer Gesellschaft. Manchmal, wenn ich nachmittags spazieren gehe, stelle ich in Gedanken unser Gespann zusammen, und wir brechen gemeinsam auf, um im Hof eine Runde in einem guten Tempo zu drehen. Und der Fluss folgt uns. Und die gesamte Insel ist jungfräulich. Und ich brauche keine Leine mehr. Und wir sind frei, wie wir es nie zuvor gewesen sind.

Auf unseren Spaziergängen habe ich oft zu den Hunden gesagt: Ich bin der Einzige, der weiß, was unten war, der Einzige, der es gesehen hat. Vielleicht haben sie mir deswegen vertraut. Und die Menschen mir misstraut.

Nun brauche ich nur noch stumm abzuwarten, bis eintritt, was ich erhoffe, und wie ein abgerichtetes Haustier zu gehorchen. Sie halten mich an der Leine. Führen mich regelmäßig aus. Ich muss mich auf das Wesentliche konzentrieren: tun, was man mir sagt. Insgeheim meinen Platz in dieser Welt neu definieren. Unsichtbare Berechnungen anstellen, winzige Manipulationen vornehmen. Heimlich die Raumverteilung prüfen. Analysieren, ob sich das Umstellen lohnt.

Rückwärts denken.

Mir vorstellen, wie sie etwas aufheben.

Wenn ich den Blick meiner Angehörigen betrachte, der in jeder Hinsicht dem meiner Wärter gleicht, wenn ich ihre kleinen Menschenaugen sehe, die mich wie ein dressiertes Tier anstarren, versuche ich mir ein wenig von meiner Würde zu bewahren, indem ich allein in meiner Ecke hocken bleibe und dabei stets darauf achte, dass mein Gesicht zur Wand gekehrt ist.

Ich sehne mich danach, zu Marie zurückzukehren. Ich werde so viel Geduld aufbringen wie nötig. Bis jeder für seine Sünden gezahlt hat. Bis eines Nachts ein Regen toter Vögel auf die Stadt niederprasselt. Bis der Fluss Tausende Fischkadaver anschwemmt. Bis ich meine Tochter überall um mich herum spüre, lebendig, in jedem Baum und am Grunde dieses Gewässers.

Mein ganzer Dank gilt Gilles Mingasson, der vieles angestoßen hat und dessen geschätzte Briefe mir seit bald zwanzig Jahren einen anderen Blick auf die Welt, von der anderen Seite der Erde eröffnen.

Doktor Laville, der in diesem Buch mehrmals genannt wurde, möge ganz unbesorgt sein: Jener Mann, der die Knochen verzaubert, die Bewegungen wieder herstellt und der mir lieb und teuer ist, ist seit Kindheitstagen mein Freund.

Was meine Kinder, Claire und Didier, betrifft, so mögen auch sie beruhigt sein: Sie waren niemals Zwillinge.

Ich freue mich immer, die tröstlichen Stimmen meiner Freunde zu hören, die allzu weit entfernt leben, David Lagach, Jean-Baptiste Harang und Kean-Louis Roziès.

Benoît Heimermann, den Bezwinger halsbrecherischer Wellen, und César Roldan, den ungestümen Steuermann, bitte ich um Verzeihung für die ständig auf später verschobenen Schiffbrüche.

Sehr herzlich möchte ich auch Elodie und Philippe Morio für ihre Eleganz und ihre Freundlichkeit danken. Sie haben einiges initiiert, indem sie mir einen der Akteure dieses Buches geschenkt haben.

Nicht zuletzt bin ich Geneviève Laurent, Virginie Petracco, Laurence Renouf, Joëlle Bouhout, Pierre Hild und natürlich, dem Mann mit den Flipflops, Olivier Cohen, für alle Ratschläge, für das Vertrauen und die wertvolle Unterstützung, die sie mir über viele Jahre hinweg gegeben haben, auf ewig dankbar.